설룡 新무협 판타지 소설

死神

사신

사신 11

설봉 新무협 판타지 소설

초판 1쇄 찍은 날 § 2002년 11월 8일
초판 1쇄 펴낸 날 § 2002년 11월 20일

지은이 § 설봉
펴낸이 § 서경석

편집장 § 문혜영
편집책임 § 장상수
편집 § 박영주 · 김회정 · 권민정 · 이종민
마케팅 § 정필 · 강양원 · 김규진
펴낸곳 § 도서출판 청어람
등록번호 § 제1081-1-89호
등록일자 § 1999. 5. 31
어람번호 § 제2-0146호

주소 § 경기도 부천시 원미구 심곡1동 350-1 남성B/D 3F (우) 420-011
전화 § 032-656-4452 팩스 § 032-656-4453
http://www.chungeoram.com
E-mail § eoram99@chol.net

값 7,500원

ISBN 89-5505-348-7 (SET)
ISBN 89-5505-522-6 04810

설룡 新무협 판타지 소설

死神
사신

11

유물유즉(有物有則)
만물에는 모두 법칙이 있는데

도서출판
청어람

◇
목

차

◆ 第百十一章 ◆

한검(恨劍)

"방법이 없겠어?"

"없어."

"아냐, 있어. 방법은 틀림없이 있어. 이곳… 백천의는 마음만 먹으면 들어갈 수 있어. 우리도 그럴 수 있어. 방법을 반드시 찾아야 해. 찾지 못하면 만들어야 해."

"……."

"천객이 뭐야! 천객이 도대체 뭐기에 천객은 할 수 있는데 우리는 못한다는 거야! 천객도 사람이고 우리도 사람이야. 천객이 할 수 있으면 우리도 할 수 있어."

제칠비주 독심미화 여숙상은 붕붕 날아다니는 비적마의를 보며 부르르 치를 떨었다.

비적마의를 뚫고 들어갈 수 없다.

백천의는 '사방이 온통 길'이라고 말했지만 비객에게는 사방이 온통 철벽이다.

제일비주 유홍은 유구무언(有口無言), 할 말을 잃었다.

천객의 등장으로 비객의 중요도가 많이 떨어졌다.

'많이'라는 말도 그나마 좋게 봐줘서 하는 말이다. 비객은 천객의 수족으로 전락해 버렸다. 수단 방법을 가리지 않고, 오직 사마의 척결을 위해서 준비된 중원 최후의 수단이 겨우 잔심부름이나 하는 시종(侍從)에 불과한 처지가 되었다.

예전처럼 문파에 몸을 담고 있었다면 참을 수 없는 모욕으로 생각될지도 모르겠다. 지금은 아니다. 천객의 시종이든 아니든 아무런 상관이 없다. 사마의 무리만 베어낼 수 있다면 그까짓 신분이나 역할 따위는 아무래도 상관없다.

사마 무리를 타도하는 데 천객이면 어떻고 비객이면 어떤가.

그러나…… 지금과 같은 상황에만 부딪치면 천객과 비객의 벽을 실감한다.

'구진법에 지원하는 것인데… 비객이 되는 것 또한 천객이 되는 것만큼이나 어렵다고 생각했는데… 후후! 우리는 수련을 했지만 천객은 죽음의 사선을 넘었어. 그 차이가 오늘의 차이를 만든 거야.'

유홍은 비객 대신 천객에 가담하지 못한 것이 못내 한스러웠다.

특히 지금처럼 무공으로 넘지 못할 벽을 실감하게 될 때는.

"그래, 방법을 찾아보지."

"반드시 찾을 거야."

"그래, 반드시."

"오래 기다릴 수 없어."

"그래, 오래 기다리지 않아도 될 거야."

유홍은 힘없이 대답했다.

'가서 기다려. 어제 저녁도 먹지 않았잖아.'

한줄기 음성이 목구멍에 매달려 간들거렸다.

생각은 있지만 입 밖으로 쏟아낼 수 없는 말이다.

다른 때 같으면 얼마든지 말할 수 있고 여숙상도 받아들일 말이지만 지금의 여숙상을 보고 있노라면 차마 말할 수 없다.

여숙상은 비적마의가 우글거리는 곳에서 벗어날 생각을 하지 않는다. 절대!

날씨가 궂어도 오로지 비적마의만 뚫어지게 응시할 뿐 몸을 돌보지 않는다. 비적마의의 숲만 넘어서면 자신을 강간한 구류검수가 있다는 생각이 그녀를 그렇게 지독하게 만들었으리라.

유홍은 정운이 거처하고 있는 움막을 찾았다.

"길을 열어줄 수 없을까?"

"……."

"비적마의를 잠시만……."

"제일비주."

"……?"

"그러지 마."

"……?"

"판단하지 마. 나서지도 말고. 시키는 대로만 해."

"뭐… 라고!"

"공격하고 싶으면 시키는 대로 흔적을 찾아내. 살문 놈들이 마음대로 팔부령을 들락거리는데 흔적조차 찾아내지 못하면서 공격 운운한다는 건 어이없잖아?"

"……."

제일비주 유홍은 여기서도 할 말을 잃었다.

서로 존중하던 사이, 예의를 꼬박꼬박 갖추며 상대에게 실례가 되지 않도록 조심하던 사이.

화산파의 매화검수와 소림사룡은 그런 관계였다.

유홍은 아직도 그런 관계를 원하고 있는 자신을 발견했다.

소림사룡과 매화검수 간의 거리는 천객과 비객으로 구분되는 순간 사라졌는데… 문파를 버렸다면서 문파에서 준 배분을 버리지 못하고 있는 자신이 불쌍해 보였다.

유홍은 힘없이 몸을 일으켰다.

"공격하고 싶으면 시키는 대로 흔적을 찾아내."

정운의 냉혹한 음성이 귓전을 윙윙 울렸다.

천객이면 어떻고 비객이면 어떤가.

그는 화산파 문도다. 그러나 천외천 무인이 되는 순간 화산파라는 사문(師門)은 인생 한 켠으로 밀쳐졌다.

비객이 되면서부터 화산파와의 인연은 완전히 끊어졌다. 다시 돌아가고 싶어도…… 갈 수가 없다.

그것이 오히려 다행스럽다.

마음 놓고 사마외도를 척결할 수 있으니 마음 홀가분하다. 문파에 오명(汚名)을 씌우는 것은 아닌지 전전긍긍할 필요도 없고, 정도인으로서 명예나 체면도 훌훌 벗어던졌다.

모든 게 홀가분하다.

처음 천외천에 몸을 담글 때 가졌던 마음, 악마는 지옥 끝까지 쫓아가서라도 죽여 버리겠다는 마음만 간직하면 된다.

그랬는데… 회의(懷疑)가 밀려든다.

천외천과 비객은 같은 뜻을 지녔다.

무인들이 자발적으로 모여서 결성한 천외천, 구파일방 장문인들이 십망에 대신해 만든 비객.

비객들을 천외천에 끌어들이는 것은 어렵지 않았다. 구십 명의 비객들 중 천외천에 몸담았던 사람은 열네 명. 십사혈도에 지나지 않지만 나머지 비객들도 천외천에 대한 설명을 듣고는 순순히 가담했다. 절대 주저하지 않았다.

주저할 이유가 없었다.

뜻도 같았고, 행동 방식도 같았다.

천외천과 비객은 동등한 선상에서 움직이는 혈도(血徒)다.

그런데 그게 아니다.

천외천에서 천객이 탄생하는 순간 일이 이상한 방향으로 틀어졌다. 천외천 혈도나 비객은 오로지 천객을 위해 존재하는 사람들처럼 되어 버렸다.

시키는 대로라니!

어떻게 그런 말을 할 수 있을까.

지금만 해도 그렇다.

제일비와 제칠비는 살문을 공격하고자 하나 천객 정운은 움직이려고 하지 않는다. 단 한 사람, 정운이 결정을 내리지 않았기 때문에 이

십여 명의 비객들이 공격을 못하고 있다.

우습게도 그게 현실이다.

정운은 비적마의를 돌파할 수 있지만 비객에게는 그런 능력이나 무공이 없다.

"참! 하나 말해 줄 게 있는데."

걸어나가는 유홍의 등 뒤에 정운의 비웃는 듯한 음성이 내리꽂혔다. 실제로 정운이 비웃었는지 아닌지는 모르지만 유홍에게는 비웃는 듯이 들렸다.

"제구비객이 몰살했다는군."

"……!"

"제구비객만 죽은 건 아니니까 심상해하지는 마."

"……!"

유홍은 너무 놀라 눈을 부릅떴다.

제구비객…… 비객 아홉 명이 몰살하다니!

세상에 누가 있어 그런 일을 할 수 있단 말인가.

비객은 무공으로 싸우지 않는다. 살수들처럼 암습을 전문으로 한다. 초절정고수 아홉 명이 암습을 가한다면 그야말로 무적이라고 할 수 있다. 천객이 등장하는 순간 무적이라는 말이 무색해진 것은 사실이지만, 아직도 무림에서는 통용될 수 있는 말이다.

"삼절수사 정군유도 제구비객들이 몰살할 때 같이 죽었어. 후후! 약한 사람은 죽게 마련이지. 그게 무림의 생리야."

정운은 일말의 동정도 느끼지 않는지 냉혹한 음성으로 말했다.

구진법은 사람을 송두리째 바꿔놓았다.

기재들을 초강고수로 바꿔놓은 것은 굉장한 변화다. 하지만 그들의 심정까지 냉심(冷心)으로 얼려 버린 것은 놀랍다고 감탄할 수만은 없다. 그것은 어쩐지 비정(非情)하게만 느껴진다.

유홍은 힘없이 걸음을 떼었다.

대래봉 정상에서는 오곡동이 보이지 않는다. 깎아지른 절벽 위에서 무릎을 꿇고 두 손으로 땅을 짚고 절벽 밑으로 고개를 내밀어 쳐다봐도 보이지 않는다.

오곡동은 코밑에 위치한 입처럼 위에서 보아서는 아무것도 보이지 않는다.

살문이 오곡동에 둥지를 틀면서 조금 달라진 것이 있다.

줄사다리가 그것인데 대래봉 정상에서 오곡동까지 단단히 박아놓은 줄사다리는 웬만한 강풍에는 미동조차 하지 않는다.

살문 살수들은 재주 부리는 원숭이처럼 줄사다리를 오르내린다.

올라가고 내려가고…… 사내도 여인도, 백발이 성성한 노인도 위험천만한 줄사다리를 평지 걷듯 오르내린다.

살문 살수들에게 줄사다리는 외부 세계와 연결된 유일한 통로다.

유일한 통로? 천만에! 아니다.

살문 살수들에게는 분명히 다른 길이 있다.

줄사다리가 외부 세계로 연결된 유일한 통로일지는 모르지만 대래봉을 벗어나는 길은 아닌 게 분명하다.

여숙상은 제칠비객들을 이끌고 오곡동이 정면으로 보이는 곳에 천막을 쳤다.

"이래 봤자 필요없어. 저놈들이 보이는 곳으로 다닐 것 같아?"

여숙상을 비주로 택한 비객 중 한 명이 말했다.

"그럼 날개라도 달렸단 말야! 아냐, 놈들도 우리하고 똑같은 인간이야. 분명히 어딘가 통로가 있어. 그걸 찾아야만 공격할 수 있다면 반드시 찾아!"

여숙상은 유홍을 믿지 않았다. 천객을 믿는 것도 아니다. 정운도, 진조고도 믿지 않았다. 그녀의 믿음은 옛날 구류검수라는 사형에게 강간을 당하는 순간 사라져 버렸다.

그녀는 자신의 판단을 좇는다.

옳은 일인지 그른 일이지, 더 좋은 판단은 없는지… 좀 더 차분히 생각해 볼 여유가 없다.

그녀의 판단으로 현재 제일 좋은 행동은 오곡동을 주시하는 것이다. 그들이 오가는 모습을.

'반드시 허점을 드러낼 거야! 사람인 이상!'

하루, 이틀…….

여숙상이 오곡동을 노려본 지도 벌써 사흘이 넘어섰다.

팔부령의 일과는 조금도 달라지지 않았다.

해가 뜨고 지고, 바람이 불었다가 멈추고, 새들이 날다가는 쉬고… 모든 게 똑같았다. 천변만화하게 달라지는 자연의 변화만 빼면 사흘 동안 무엇이 변하기를 기대한 것 자체가 잘못이다.

'그렇군.'

여숙상의 미간이 가늘게 좁혀졌다.

달라진 것이 전혀 없는 무변화는 여숙상에게 한 가지 사실을 일깨워 주었다.

'살문에 남아 있는 사람이 몇 명 되지 않아.'

줄사다리를 오르락내리락거리는 사람의 체형이 거의 비슷하다. 옷 입은 모습은 다른데 체형이 비슷하다.

위장이다. 위장으로 눈속임을 하고 있다.

현재 살문에 남아 있는 사람은 기껏해야 칠팔 명을 넘지 못한다.

'껍데기뿐이야. 모두 빠져나갔어. 치잇!'

이제 확실해졌다.

중원 곳곳에서 일어나는 살풍(殺風)은 살문 짓이다.

제일비주 유홍, 그는 또 한 번 바보가 되었다.

"모두 다 알고 있는 일 아냐? 살문이 아니면 감히 천외천 무인들에게 검을 들이댈 문파가 몇이나 될까? 생각나는 게 있어? 살문을 빼고 말야."

"……."

"그런 걸로는 소림 고집불통들을 물러서게 하지 못해. 우린… 살문이 팔부령을 떠났느냐 떠나지 않았느냐를 찾는 게 아냐. 그들이 어디로, 좀 더 정확히 말해 줘? 어느 통로로 해서 어떻게 빠져나갔는지를 알아야 해. 그것만이 소림 고집불통들을 물러서게 할 수 있어. 그래도 한때는 차기 장문인감이라는 매화검수가 그 정도밖에 생각하지 못하다니 실망이 커."

유홍의 심정은 처참하게 구겨졌다.

비객이 되면서, 살수들에게 은신술을 배우면서 자존심이란 자존심은 모두 버렸다고 생각했는데 아직까지 살아 있었다.

뱃속에서 붉은 용암덩어리가 솟구쳐 올라오는 듯했다.

"말조심 좀 해야겠군. 난 네 수하가 아냐. 알았어, 정운?"

"호오, 그래?"

"나 역시 천외천의 뜻에 동조했어. 비객이 되지 않았다면 구진법을 받았을지도 모르지. 그대처럼 천객이 되었을 수도 있고. 어려운 길을 가는 사람…… 짓밟지 마라."

"자존심이 꿈틀거린다는 이야기인데, 자존심은 무공만이 세워줄 수 있지."

스르릉……!

정운이 검을 뽑아 곧추세웠다.

날카로운 검기가 사방을 베었다.

'이건 아냐, 이건…….'

또다시 천외천에 대해 회의가 치밀었다. 아니, 좀 더 명확히 상대를 구분하면 천외천이 아니라 천객이 못마땅하다.

유홍은 군말없이 물러섰다.

정운은 물러서는 유홍에게는 눈길조차 주지 않고 검에서 발산되는 검광을 감상하기에 여념이 없었다.

"훗! 제일비주, 정말 머리가 어떻게 된 거 아냐? 그럼 정운이 오냐, 고맙소 하고 큰절이라도 할 줄 알았어?"

'제일비주…….'

유홍은 정운의 모멸스런 말보다 여숙상의 '제일비주'라는 말에 더 가슴이 찢어졌다.

제일비주라는 말 대신 전처럼 사형이라는 말이 듣고 싶다.

단둘이 있을 적에는 비객이라는 울타리보다 화산파의 사형제 간이라는 인연을 떠올렸으면 좋겠다.

정운처럼 모욕해도 좋다. 그보다 더한 말을 해도 좋다. 여숙상이 하는 말이라면 '자진(自盡)' 하라고 해도 기꺼이 따를 용의가 있다. 전처럼… 돌아갈 수만 있다면.

"할 도리는 다한 거야. 우린 비객이야. 천외천이기도 하지. 사마를 죽이는 데 수단 방법을 가리지 않기로 약속한 두 집단에 모두 포함되어 있어. 그 외에는 아무것도 없어. 무슨 말인지 알아? 제일비주라 해도 내 행동을 막을 수는 없다는 거야."

"여매(呂妹)!"

"그런 소리 하지 마. 난 제칠비주지 제일비주의 사매가 아냐. 화산파의 여숙상은 이미 죽었어. 다시 한 번 그런 식으로 부르면 비객이라는 허명도 벗어버리겠어."

"……."

유홍은 사매라는 말이 목구멍까지 치밀었지만 아무 소리도 하지 못했다.

"왜 명령을 받아야 하지? 사마가 보이면 수단 방법을 가리지 않고 죽여도 된다면서? 그러기 위해 모인 사람들 아냐?"

여숙상이 벌써 세뇌를 시켰는지 제칠비객들이 고개를 끄덕였다.

사실 그들의 동의를 얻어내기는 쉽다.

천객들의 오만한 행동은 천외천 무인들 간의 친목을 깼다.

군림하는 자와 지배당하는 자로 분류하게 만들었다. 지배당하는 자에 속한 사람들은 불만이 없을 수 없다.

무림에서 가장 중요한 사람이 될 줄 알았던 비객들.

구대문파에서 각기 '뛰어난 기재' 소리를 듣던 사람들이고, 장문인 후보를 거론할 때는 빠진 적이 없던 사람들이다.

그들은 이토록 무시당하는 데 익숙하지 않다.

여숙상이 말했다.

"내가 여기서 오곡동을 지켜본 것은 천객에 대한 예우야. 이제 예의를 지켰으니 행동해도 되겠지. 비적마의의 틈을 찾아내는 대로 공격할 거야."

제일비주 유홍은 묵묵히 듣기만 했다.

그는 알고 있다, 여숙상이 옛날 팔부령 싸움을 참조해서 하후가 무인들이 그랬던 것처럼 특이한 광목을 주문해 놓았다는 사실을. 여숙상은 비적마의에게서 틈이 발견되기를 기다리는 것이 아니라 주문한 광목이 완성되기를 기다린다는 사실을.

"제칠비주."

"무슨 말을 해도 소용없어."

"부탁도 안 될까?"

"그만 돌아가. 제일비객들이나 다독이는 것이 좋을 거야. 그 사람들… 너와 정운이 나눈 대화 내용을 알고 있어. 비객의 우두머리가 천객에게 무시당했다고 꽤나 분노한 것 같던데?"

"그런 건 아무래도 상관없고… 부탁 하나만 하자."

"해봐."

"한 사람을 만나면 무조건 죽여. 말을 나눌 필요도 없어. 쳐다볼 필요도 없겠지. 무조건 죽여."

"물론!"

여숙상은 말이 끝나자마자 되받았다.

유홍이 말한 '한 사람'이 누구를 지칭하는지 아는 까닭이다. 여숙상은 더 이야기 나누기 싫다는 듯 휭 소리가 나게 일어나 숲 속으로 걸어갔다.

'흥분이 지나치게 커.'

살문을 공격하는 데 천객의 허락을 받을 필요가 없다는 데는 유홍도 동의한다.

여숙상의 말이 백 번 옳다.

좀 더 효율적인 공격을 위해서 천객의 명령을 들었지만, 처음부터 천객과 비객은 갈 길이 달랐다. 천객은 천외천의 가장 강한 무인으로 활동하면 되는 것이고, 비객은 처음 약조대로 구대문파 장문인의 연서에 따라 움직이면 된다.

그랬다면… 제구비객들이 몰살당하는 일도 없었으리라.

유홍은 마음을 다잡았다.

'장문인들의 명령을 받아야 해.'

수단 방법을 무시하고 사마를 척결하더라도 정해진 규율은 있어야 한다. 비객들에게 그것은 장문인들의 연서다.

그만한 족쇄도 없다면 고삐 풀린 망아지처럼 이리 뛰고 저리 뛰다가 죽고 만다. 꼭 지금처럼, 이미 죽어버린 제구비객들처럼.

그전에 마지막으로 사매의 한을 풀어주고 싶다.

이번 공격이 어쩌면 조금이나마 한을 푸는 경우가 될지도.

'흥분을 조금만 달래면 되는데……'

유홍은 제칠비객들을 한 사람 한 사람 만났다.

제칠비객은 제칠비주만을 따른다. 하나의 일에 각기 다른 명령이 나왔을 경우, 제칠비객은 가장 우선적으로 제칠비주의 명령을 따르도록 되어 있다.

어떤 면에서 제일비주가 제칠비객을 만날 이유가 없다. 그가 비객 모두를 총괄 책임지는 제일비주라 해도.

제칠비객의 전권은 제칠비주에게 있으니 자칫 월권 행위가 될 수도 있다.

유홍은 여숙상이 눈치 채지 않도록 조심스럽게 제칠비객을 만났다.

단 한 번의 실수가 목숨을 앗아간다. 다른 일들은 '차후'라는 것이 있지만 무인에게 다음 기회란 영원히 찾아오지 않는다.

'다치는 일이 있어서는 안 돼. 무슨 일이 있어도 지켜주지. 사매… 넌 내가 지켜주겠어.'

유홍의 눈가에 깊은 그늘이 주름졌다.

검은 물감을 뿌려놓은 듯한 어둠이 사위를 휘감았다.

하늘과 산과 들과 바위와 나무와…… 어둠 속에서 자연은 색의 농도가 진하고 옅음에 따라 구분되었다.

구류검수는 모닥불을 지켜봤다.

모닥불은 컴컴한 어둠 속에서 유독 빛을 밝히는 부조화물이다.

활활 타오르는 모닥불이 구류검수의 마음을 강하게 잡아당긴다. 마치 마음 깊은 곳에 애써 눌러두었던 열정이 되살아나는 듯.

"주공, 왜 저에게는……."

모두들 일거리를 받았지만 구류검수만은 아무 언질도 듣지 못했다.

명령을 받기는 받았다. 자신을 비롯하여 사령 살수 몇 명, 그리고 무공이 빈약한 아녀자들은 오곡동을 지키란다. 모두들 중원으로 나가면서.

구류검수는 거칠게 항의했다.

"……."

종리추는 대답 대신 얼음이 풀풀 날리는 차디찬 눈으로 쳐다봤다.

심혼(心魂)을 꿰뚫는 듯한 날카로운 눈이다. 마음속을 환히 들여다보는 눈길이다.

구류검수는 마주 쳐다보지 못하고 벽리군에게로 시선을 돌렸다.

벽리군은 고개를 숙인 채 동혈 바닥만 쳐다보고 있다. 종리추와 구류검수 간의 대화에는 관심없다는 듯 무심한 표정이다.

어린을 봤다. 항상 밝고 활기 찬 여인이다. 한데 무슨 일이 있었는지 딴 곳을 응시하고 있다. 눈을 마주치지 않는다.

모두들 그렇다. 마치 처음 본 사람처럼 냉담한 표정들이다.

어린이 눈길을 피한 채 구류검수의 궁금증을 풀어주었다.

"갈 길이 있잖아?"

구류검수는 쇠망치로 뒤통수를 얻어맞은 듯 멍해졌다.

'그, 그렇군…… 갈 길…….'

종리추가 왜 자신에게는 아무 명령도 내리지 않았는지, 모두들 강 건너 불 구경하듯 무심히 쳐다보는지 비로소 알았다.

살문 살수들치고 사연 없는 사람이 없다.

그들 모두 언젠가는 자신만의 길을 걷게 될 것이라 생각하고 있으며, 그런 날이 올 때를 학수고대하고 있기도 하다.

의식하지 못했는데…… 그날이 왔다.

화산파 매화검수들이 지척에서 부딪치고 있으니 기회가 빨리 왔는지도.

이제 외톨이가 되어 혼자만의 길을 찾아가야 한다.

지옥이 될지 천국이 될지 모를 길을. 지금까지는 같이 왔지만, 이제부터는 누구도 같이 갈 수 없는 길을. 언젠가는 가야 할 그 길… 그 길이 눈앞에 닥쳤다.

"…주공."

종리추가 고개를 끄덕이며 말했다.

"우린 오래 걸릴 거야. 한 달 이상 소요될 것 같은데…… 일이 이렇게 풀릴 줄은 몰랐지만 약속을 지키게 되어서 다행이야. 죽을지 살지… 기왕이면 살았으면 좋겠지만, 가슴에 맺힌 한을 풀도록 해. 벽 총관이 잘 도와줄 거야."

뒷말은 잘 들리지 않았다.

가슴에 맺힌 한을 풀도록 하라는 말에 정신없이 달려온 지난날이 마구 뒤엉켰다.

천객도 비객도 중요하지 않았다.

살문, 묵월광, 팔부령, 대래봉…… 모든 말들이 무의미했다.

가슴에 맺힌 한을 풀도록 하라는 말이 떨어진 순간 구류검수에게 남은 것은 검 한 자루와 알몸뚱이 육신뿐이었다.

구류검수라는 말도, 살문 살수라는 말도 모두… 모두 기억 저편으로 아스라이 사라져 갔다.

구류검수는 검을 풀어놓고 일어섰다. 그리고 살문 살수들 모두를 향해 큰절을 했다.

주공에게도, 형, 아우들에게도.

살문에 몸을 담고 있는 모든 사람들을 향해.

종리추가 떠난 며칠 후, 살문 외장이 거둬들인 정보대로 그토록 소망하던 여숙상이 왔다.

비객이 되어서 왔다.

가녀리고 해맑던 여숙상은 사라지고 전신에서 독기가 풀풀 풍기는 독나방이 되어서 왔다.

그녀에게서는 오로지 죽음의 냄새만이 피어난다.

대낮에 검을 뽑아 들면 햇볕에 반사된 검광이 눈을 아리게 한다. 밤에 뽑아 들면 월광(月光)과 조화를 이룬 검광이 시리디시리게 가슴을 저며온다.

그녀가 모닥불을 피우고 앉아 있다.

더욱 여름에 피우는 모닥불에는 의미가 있다.

연기를 내어 모기를 쫓는다는 일반적인 의미는 아니다. 자신의 위치를 알려주고 있다.

그녀는 소리치고 있다.

—비겁하게 숨어 있지 말고 나왓!

구류검수는 귀신에 홀린 듯 검을 들고 일어섰다. 순간 어깨를 짓누르는 손길.

구류검수는 고개를 돌렸다.

벽리군이다.

"조금만 더 참아요."

구류검수는 고개를 끄덕이고는 힘없이 주저앉았다.

그의 눈에 활활 타오르는 모닥불이 보였다.

어서 오라고 손짓하는…… 오곡동에서 바라보면 손에 닿을 듯 가깝게 느껴지는 절벽 바로 밑에서 지옥불처럼 요염하게 타오르는 불길을.

"기관이 열리는 시간은 일 다경(一茶頃)이에요. 그 안에 끌어들여야 해요."

"총관, 만약……."

"알아요. 일이 잘못되더라도 해코지하지 않을게요. 얌전히 돌려보내겠어요."

"진심으로 약속해 주시오."

"약속하죠."

구류검수는 벽리군의 약속을 믿었다.

살문 사람들의 약속은 천금이다. 처음부터 그런 것은 아니었는데, 이상하게 분위기가 '약속은 반드시 지켜야 한다'는 쪽으로 흐르면서 행동에 무게가 실리기 시작했다.

죽인다면 죽이고, 살린다면 살리고, 보내준다면 보내준다.

구류검수는 심호흡을 크게 해서 맑은 공기를 들이켰다. 아무리 고요한 마음을 유지하려고 해도 쉽게 되지 않았다. 여숙상…… 그녀를 만나면 무슨 말부터 할까.

동이 틀 무렵,

쉬익! 쉬이익……!

제칠비객들은 수월하게 비적마의 숲을 타 넘었다.

하후가 무인들이 성공한 방법은 이번에도 어김없이 성공했다. 문제는 하후가 무인들이 실패한 절벽이다.

비적마의를 넘어섰다고 살문 살수들과 검을 맞댈 수 있는 것은 아니다. 그들에게는 천험의 지형이 있다. 하후가 무인들은 지형을 이용한 암습에 고전을 면치 못하다가 물러서고 말았다.

아홉 비객은 비적마의를 넘자마자 살수들의 움직임을 보였다.

땅에 배를 붙이고 납작하게 엎드렸다. 두 명이 한 조를 이뤄 전후좌우를 살폈으며, 여숙상은 한가운데서 총괄적으로 사위를 살폈다.

상대하는 적이 살수이니 암습을 가해올 것은 자명하고, 이쪽도 이제 암습이라면 자신이 있는 터이다.

살문은 허를 찌를 속셈인가?

암습을 가해와야 당연하건만 사위는 쥐 죽은 듯 조용했다. 귀를 기울여 자세히 듣지 않으면 들을 수 없는 비적마의의 날갯짓 소리가 천둥처럼 크게 들렸다.

조용해도 너무 기분 나쁘게 조용했다.

여숙상은 아랫입술을 잘근 깨물며 손을 들어 올렸다.

쉬익! 쉬이익……!

엎드려 있는 비객들 중 좌우에 있던 네 명이 번개처럼 일어나 치달렸다.

행동에 망설임은 없다.

비객 개개인이 무림기재로 정평난 무인들이다.

모두들 가슴속에 무림제일인이라는 야망을 한 번씩은 간직했던 사람들이다.

구파일방은 이들을 비객으로 내놓음으로써 막대한 손실을 감수했다. 적어도 일대(一代)가 단절될 수도 있는 위험을 감수하면서.

거기에 살수들의 습성까지 낱낱이 꿰뚫어 보게 되었으니 살수의 역량이라는 측면에서 보면 가장 강한 살수 집단일 수도 있다.

비객 네 명은 전면으로 달려가 절벽 밑에 찰싹 몸을 붙인 후 사방을 예리하게 훑어냈다.

하후가 무인들은 여기서 좌절했다.

그들은 절벽을 기어오르지 못했고, 그래서 살문 살수들과 검을 맞대지 못했다. 검만 부딪치면 산산이 가루를 낼 수 있는데, 마지막 일 보에서 물러서야만 했다.

지금은 아무도 없다.

비적마의 관문이 뚫렸는데도 살문은 설마 침입자가 있겠냐는 듯 움직임을 보이지 않는다.

비객 무인들은 언제 어디서 적이 공격해 오더라도 반응할 태세를 갖췄다.

여숙상은 비객 무인들의 행동을 지켜본 다음 다시 한 번 주위를 훑어봤다.

구석구석 빠짐없이 살폈다. 사람이 은신할 만한 구석은 바위 속이라도 꿰뚫어 볼 듯 예리하게 관찰했다.

'없어.'

여숙상은 눈짓을 했고, 남아 있던 비객 무인들이 일제히 움직였다.

그들은 절벽에 달라붙은 비객 무인들의 등 뒤에 달라붙었다. 앞선 비객 무인들을 엄호할 수 있는 최적의 장소를 차지했고, 은신처를 고른 다음 몸을 꼭꼭 숨겼다.

주위는 조용하기만 했다.

산새는 떠오르는 아침 해를 맞이하기 위해 조잘거렸고, 아침 이슬을 머금을 풀잎은 수줍은 듯 똑! 눈물을 떨궜다.

평화로운 풍경이다.

비객 무인들은 평온함 속에 숨어 있는 피비린내를 맡았다.

무엇인가 알지 못할 기운이 자꾸 머리를 잡아당겼다. 불길한 예감은 쉽게 잦아들지 않았다. 아무도 없다는 것을 알면서도 재삼재사 주위를 돌아보게 만들었다.

나쁜 기분만 있는 것이 아니라 좋은 기분도 든다.

무림군웅들이 뚫어보지 못한 전인미답을 걷는 기분도 남다르거니와 살수 문파 살문을 암습으로 제거한다는 쾌감도 육신을 흥분에 들뜨게 만든다.

여숙상이 다시 살짝 손을 들자 절벽에 달라붙어 있던 비객들이 재빨리 움직였다.

그들은 절벽을 타고 올라가기 시작했다.

구르르릉……!

지진이라도 일어난 듯 팔부령이 심하게 흔들렸다.

수백 년 동안 지진이라고는 일어난 적이 없는 산이니 인위적인 흔들림이 분명하다.

'산사태?'

여숙상은 제일 먼저 산사태를 생각했다. 그렇지 않고는 산을 뒤흔들 까닭이 없다. 아마도 이 정도 지축을 흔들려면 수십 근의 화약을 사용했으리라.

산사태는 없었다.

땅만 흔들렸을 뿐, 작은 돌 조각 하나 떨어지지 않았다.

비적마의가 쳐놓은 담벼락을 넘어서면 나뭇가지가 움직이는 것조차도 신경을 곤두세워야 한다.

　제칠비객은 숨죽이고 사태를 살폈다. 절벽을 기어올라 가던 무인들도 움직임을 멈추고 변화를 주시했다.

　방금 전에 지축을 뒤흔든 것이 자신들과 관계가 있는 것인지, 종적이 발각된 것은 아닌지 알아야 한다.

　조용했다. 움직임은 전혀 없었다.

　여숙상은 손을 들어 올려 까딱거렸다.

　은신해 있던 비객 무인들은 재빨리 뛰쳐나와 절벽에 달라붙었고, 절벽에 붙어 있던 무인들도 다시 움직였다.

　스슥……! 스으으윽……!

　제칠비객들 중 한 명이 주변을 예리하게 살피다가 무심히 기어오는 뱀 한 마리를 보았다.

　'희귀한 뱀이군. 희귀한 뱀?'

　그는 눈을 돌려 다른 곳도 살폈다.

　사람이 숨어 있을 만한 곳은 물론이고, 그렇지 않은 곳까지 세심하게 훑었다. 그의 관심은 뱀에게 쏠렸다.

　'있다! 있어! 위험하다!'

　또 다른 곳에서 처음 발견한 것과 똑같은 연녹색 뱀을 발견한 그는 입을 오므려 산새 소리를 냈다.

　"쨱! 째쨱! 째재재재쟄……!"

　제칠비객들이 고개를 돌려 그를 쳐다봤다.

　그는 손으로 연녹색 뱀을 가리켰다. 군데군데 땅을 뚫고 나오는 뱀, 거꾸로 세워놓은 콩나물처럼 몸은 땅속에 묻어두고 머리만 바짝 쳐든 뱀.

절벽을 올라가던 비객 무인들이 신속하게 내려왔다.

사태가 변화하면 모든 행동은 중지되어야 한다. 그것은 곧 암습을 의미하며, 살수들과의 싸움에서 기선을 제압당하면 십 중 오륙은 패배로 직결된다.

연녹색 뱀들은 슬금슬금 기어왔다. 서두를 것 없다는 듯이 천천히.

"이런 일이!"

여숙상은 당황했다.

연녹색 뱀은 무척 빠르다. 허공을 나는 비적마의처럼 훌쩍 뛰어올라 공격을 하기도 한다. 물리면 즉사하는 독사이기도 하지만 더욱 징그러운 점은 뱀들이 먹이를 찢어 먹는다는 것이다.

연녹색 뱀과 비객 무인들의 사이를 유유자적 가로지르던 두더지가 뱀 두 마리에게 찢겨 먹혔다.

이런 뱀은 없다. 이런 뱀은…….

하기는 비적마의라는 요물 또한 보기 힘든 마물이 분명한 터.

그러나 그런 점은 여숙상을 당황하게 하지 못한다. 그녀가 당황한 것은 뱀들을 피해 움직이다 보니 어느새 제칠비객과 떨어져 있는 자신을 발견했을 때이다.

뱀들은 제칠비객을 뿔뿔이 흩어놓았다.

뱀들의 공격을 피해 조금씩 조금씩 움직인 것뿐인데 어느새 제칠비객들은 비적마의가 있는 곳으로 물러났고, 자신은 혼자가 되어 절벽을 따라 움직이고 있다.

'위험하다!'

경각심이 더욱 크게 작용했다.

뱀들이 휘젓고 다니는, 아니, 뱀의 소굴이라고 할 수 있는 곳에 들어선 게 우연만은 아니라는 느낌이 들었다.

뱀이 이렇게 많지도 않았다. 전방을 유심히 살핀 후 아무도 없다고 확인한 후에나 움직였다. 그때도 사람은 물론 개미 한 마리 없었다. 그렇지 않아도 비적마의 때문에 살아 움직이는 모든 것이 신경 쓰이던 판이다.

뱀이 있었다면… 이렇게 우글거리는 곳이었다면 애당초 들어서지도 않았을 게다.

'분명히 없었는데…… 그래! 그거야, 산울림! 산울림이 있고 난 다음부터 뱀이 나타났어. 치잇! 발각당했군. 이런 식으로 공격해 오다니. 살수 놈들!'

살문은 확실히 다른 살수 문파들과 다른 점이 있다.

한낱 미물로 천하의 무인들을 가로막는다는 발상 자체가 쉽게 떠올릴 수 없다.

"이런!"

제일비주는 좀 더 좋은 위치에서 제칠비객들을 관찰했다.

그들은 무엇인가에 쫓겨 제자리를 벗어났다.

은신술을 펼칠 때 가장 중요한 것이 은폐(隱蔽)다. 적으로부터 철저하게 숨어야 한다.

제칠비객은 은신술의 기본조차 모르고 있는 듯하다. 결코 은신술을 펼쳤다고 할 수 없다. 조금씩 물러서고 있는데 환히 노출되어 있다. 누가 공격을 해온다면 살수로서의 싸움이 아니라 무인으로서의 싸움을 해야 한다. 그것이 겁나는 것은 아니지만 아무래도 여느 살수들과는 다른 살문 살수들과의 싸움인 이상 불길한 조짐이다.

살수들에게 두 번째로 중요한 것은 상호 공조다. 서로가 서로를 보듬어 안아야 한다. 서로에게 호법이 되어주는 밀접한 관계, 거리를 유지해야 한다.

그런 면에서 제칠비객은 무너졌다.

은신술이 깨지고, 서로를 보호해 줄 수 있는 거리도 벗어났다.

그들은 살수들의 비기인 암습으로 싸우는 것이 아니라 무인들의 정통 무공으로 싸워야 한다. 서로를 도울 수도 없는 위치에서 각자 지닌 무공으로 싸워야 한다.

'무엇인가……!'

급습도 받지 않은 제칠비객이 왜 저토록 쩔쩔매며 물러서는지 원인을 알아내는 것도 급하지만, 그것보다는 점점 안으로 파고드는 여숙상에게서 눈길이 떨어지지 않는다.

다른 칠비객들은 밖으로 물러서고 있는데 여숙상만은 절벽을 끼고 돌아 팔부령 안쪽으로 파고든다. 당연히 칠비객과 그녀의 거리는 점점 벌어져 연수(聯手)라는 것은 꿈도 꾸지 못할 지경이다.

'여매가 일부러 간격을 벌릴 리는 없고…… 어쩔 수 없는 상황에 봉착한 거야. 급해!'

제일비주 유홍은 손을 번쩍 들어 올렸다.

쉬이이익……!

그러잖아도 제칠비객들의 행동을 지켜보며 불안해하던 제일비객들이 비호같이 움직여 안으로 파고들었다.

'이러다가는 당한다. 당황하지 말고 침착하게…… 그래 봤자 일개 살수들이야. 놈들을 죽이기만 한다면…….'

여숙상은 물러서던 발길에서 움직이는 발길로 바꼈다.

그녀 역시 자신 혼자만이 떨어져 나왔다는 것을 의식하지 않을 수 없었다.

영활하기 이를 데 없는 녹색 뱀들은 사람의 조종이라도 받는 듯 제 칠비객과 여숙상의 간격을 철저히 벌려났다.

여숙상은 판단했다. 이러다가는 협공을 받아 손도 써보지 못하고 죽을 것이라고. 살문 살수들의 능력이라면 쥐도 새도 모르게 암습을 가해올 수 있을 것이라고.

그녀의 판단은 한 발 더 나아갔다.

'이대로 개죽음을 당할 수는 없지. 불에는 불!'

단신으로라도 오곡동으로 들어갈 생각을 굳히자 마음이 오히려 홀 가분해졌다.

쉬익!

여숙상의 신법이 빨라졌다.

달려드는 뱀들을 쳐내는 것이 아니라 될 수 있는 대로 피하기로 작정하니 걸음이 한결 빨라질 수밖에 없다.

적은 뱀이 아니라 사람이다. 살수다. 그들과 부딪치기 전에 힘을 소진하는 것은 낭비다.

쉬이익!

여숙상은 안으로 안으로 깊이 파고들었다.

그러던 어느 순간, 발길을 멈췄다.

더 이상 움직일 수 없었다.

그녀의 입이 벌어지며 작은 울림이 흘러나왔다. 악다문 입에서 신음처럼, 가슴을 쥐어짜는 듯한 음성이 새어 나왔다.

"진(陳)…… 백강(百强)!"

한 사내가 웃통을 벗고 앉아 있다. 우람하고 단단한 근육을 고스란히 드러낸 채 가부좌를 틀고 앉아 있다.

사내는 병기를 들고 있지 않다. 두 손도 합장한 것이 아니라 무릎 위에 얌전히 올려놓은 상태다.

싸울 의사가 전혀 없다.

사내가 입을 열었다.

"여기서는 구류검수라고 하지. 몇 년 동안 그렇게 불렸어."

"……."

"내가 살문에 몸담은 것은……."

"듣기 싫어!"

여숙상의 눈에서 하얀 독기가 흘러나왔다.

"네놈이 무슨 짓을 했든! 실수든 아니든 상관없어! 내 손에 죽기만 하면 돼!"

구류검수는 입을 다물었다.

그의 입가에 쓸쓸한 고소가 스쳐 갔다.

사매에게 용서를 빌고 싶었는데…… 그것마저도 늦었다는 것을 깨달았다.

사매는 그때의 일을 증폭시켜 왔다. 마음속으로 되새기고 되새기면서 분노를 더욱 키웠다. 지금에 와서는 분노가 변질되어 오히려 그때의 일은 아무것도 아닌 것이 되어버렸다.

사매의 마음속에 자리 잡은 원한, 분노, 증오는 그때의 일 때문이 아니다. 그녀가 스스로 키워온 무자비한 증오다.

강간. 강간은 사랑을 얻는 방법이 될 수 없다.

구류검수는 너무 늦게 그 사실을 깨달았다. 다시 주워 담을 수 없는 과거사가 되어버린 후에야.

순간의 행동이 세 사람의 운명을 바꿔놓았다.

자신은 긍지와 자부심을 충만시켜 준 화산파에서 쫓겨났다. 어제까지만 해도 웃고 떠들던 사형, 사제들에게 손가락질을 당하고 목숨까지 위협받는 지경에 이르렀다.

그러나 다른 두 사람에 비하면 그런 고통은 고통도 아니다.

순진하고 청초하던 한 여인은 독심미화라는 무명(武名)을 얻었다. 비무를 할 때도 사람이 다칠까 봐 마음대로 초식을 전개하지 못하던 여인이 서슴없이 살을 베어내는 무정한 꽃으로 변했다.

그녀는 변했다.

선녀의 얼굴이 악귀의 얼굴로 변했다. 언제나 방실방실 웃던 얼굴에서 서툰 농담조차 건넬 수 없는 한녀(恨女)로 변했다.

또 한 사람의 운명도 변했다.

차기 화산파 장문인으로 내정된 유홍.

매화검수 중에서도 무공, 지략, 성품 모든 면에서 가장 탁월했던 유홍이 화산파를 등지고 비객이 되었다. 살수들처럼 무림을 떠도는 들개가 되었다.

'그렇군. 사매… 넌 내가 넘볼 수 없는 여자였어. 네 몸과 마음은 오로지 사형에게 가 있는 것을……'

구류검수는 여숙상의 마음을 확실히 알았다.

그날 이후 처음으로 만났다. 말도 몇 마디 건네보지 않았다. 하지만 마음을 읽기는 충분한 시간이다. 얼굴 표정만 보고도 알 수 있는 일이지 않은가.

'잘못된 일이었어, 그날 일은……. 차라리 평생 마음속에 품고 살 것을. 그랬다면… 그랬다면 다른 사람을 향한 웃음이라도 매일 볼 수 있었을 텐데…….'

쉬익!

검풍이 느껴졌다.

불로 지지는 듯한 고통이 가슴에서 피어났다.

독심미화 여숙상은 망설임없이 검을 쳐냈다.

그녀는 구류검수에 대한 미련이 조금도 없었다. 구류검수는 단지 처녀를 앗아간 도둑이자 원수일 뿐이다. 죽여 없애야 할 원수.

피유웃!

검이 다시 허공을 날았다.

그녀가 노린 곳은 몸과 머리를 잇는 목이다. 순간,

피유웃! 피웃!

사방에서 날카로운 경기가 일어났다.

"안 돼! 물러섯!"

구류검수가 눈을 번쩍 뜨며 소리쳤다.

"호호호호!"

여숙상은 그럴 줄 알았다는 듯 비웃음을 터뜨리며 일 장 뒤로 물러섰다.

여숙상 앞에 길들여지지 않는 늑대 세 마리가 나타났다.

늑대다. 그들은 늑대다. 인간의 형상을 하고 있는 늑대다.

여숙상은 나타난 자들을 보는 순간 자신도 모르게 다시 뒤로 한 발 짝 물러섰다.

'이자들은… 정말 살수들이다.'

여숙상은 긴장했다.

많은 살수들을 만났지만, 그리고 죽였지만 눈앞에 나타난 자들처럼 강한 기세를 뿜어낸 자들은 없었다. 굳이 찾으라면 살수들이 아니라 정도 무인들 중에서 찾아야 한다.

천외천 천객들.

늑대 세 명은 천객과 같은 기도를 지닌 자들이다. 무공은 어떤지 모르지만 일신에서 뿜어내는 살의(殺意)만은 하늘과 맞바꿔도 될 만한 자들이다.

'살문에 고수가 득실거린다더니 맞는 말이군. 도대체 이자들은…… 그렇군. 묵월광이 합류했다더니 사령 살수들이군.'

나타난 자들의 정체를 짐작해 냈지만 두근거리는 가슴은 좀처럼 진정되지 않았다.

"물러섯!"

구류검수가 냉랭하게 말했다.

"형님, 이 여자가 지금……."

"물러섯!"

"형님!"

"지금 물러서지 않으면…… 내가 죽인다."

사령 살수 세 명은 한동안 구류검수를 바라봤다.

"좋소, 형님이 선택한 길이니……. 하지만 임금님도 사람을 죽일 때 는 변명 한마디쯤은 들어보는 법이오. 하지만 이 여자는 그러지도 않았소. 정말 목숨을 내놓을 생각이시라면……."

"물러서라."

구류검수의 음성이 잔잔하게 가라앉았다.

사령 살수들은 서로를 쳐다보다 더 이상 어쩔 수 없다는 듯 사방을 경계하며 물러섰다.

구류검수는 벽리군을 떠올렸다.

지혜로운 여인이다.

처음 그녀를 봤을 때만 해도 한낱 기루의 창기 정도로밖에 보지 않았다. 그리고 또 그랬다. 벽리군은 하오문의 향주 이상도 이하도 아닌 꼭 그만큼의 기녀였다.

그녀가 달라진 것은 살문 총관을 맡으면서부터다.

총관을 맡아서 달라진 것이 아니라 종리추를 사랑하면서부터 달라졌다.

직위가 사람을 바꾸기도 하고 주변 사람이 사람을 변하게도 만들지만 벽리군은 양쪽 모두의 영향을 받았다고 봐야 한다.

어쨌든 그녀는 지혜로운 여인으로 변모했다.

처음부터 지혜가 탁월한 여인이었으나 환경 탓에 부각되지 못했는지, 아니면 종리추를 만난 후 부단히 노력해서인지는 그녀 자신만이 알겠지만.

벽리군의 안배는 구류검수의 목숨을 잠시나마 지체하게 해주었다.

사령 살수들은 여숙상을 공격할 의도가 없었다.

그들은 검을 부딪칠 정도로 미숙하지 않다. 만일 공격하고자 마음먹었다면 벌써 짙은 피 냄새가 허공에 흩어져 있을 게다. 여숙상이 죽든가, 오히려 사령 살수들이 당했든가 양단간에 승부가 났으리라.

그들은 단지 여숙상의 살검만 저지했다.

시간을 벌기 위해서.

활화산처럼 터져 버린 여숙상의 분노가 조금만 진정되기를, 생을 포기해 버린 구류검수의 허탈한 마음이 조금만 가다듬어지기를…… 기다리는 시간이 필요해서.

방금 전 벽리군이 사령 살수들을 조종해 여숙상의 살검을 가로막지 않았다면 자신의 목은 땅바닥에 뒹굴고 있을 게다.

벽리군의 노력은 여기까지다.

살문 살수들은 약속을 지킨다.

여숙상과 구류검수. 둘 중 누가 죽어도, 두 사람이 모두 죽어도 살문 살수들은 두 번 다시 검을 들지 않을 게다. 죽을 사람은 죽고, 산 사람은 떠나고…… 모든 것이 정리된 다음에야 모습을 드러내 시신을 수습하는 것이 고작이리라.

그것이 구류검수에 대한 예의라고 생각하니까.

단적인 예로 사령 살수들은 구류검수에게 '형님' 이라는 호칭을 사용했다.

그들은 구류검수를 '형님' 이라고 부르지 않는다. 적사와의 인간 관계를 고려하여 수족으로 남기를 자처한 사람들이다. 그럼에도 '형님' 이라고 부른 것은 조금이라도 주의를 분산시켜 한곳으로만 빠져드는 마음을 건져 내려는 의도다.

구류검수에게 벽리군의 마음이 따스하게 전해졌다.

'그래도… 소용없는 것을……'

구류검수는 죽음을 각오했다.

상황은 변하지 않았다.

여숙상은 변명 한마디 들어보려고 하지 않는다. 그만한 가치조차도 없는 게다. 그런데 더 무슨 말을 하랴. 냉정한 마음을 찾아서 같이 검이라도 들고 싸우라는 겐가?

구류검수에게는 산다는 자체가 무의미해졌다.

"사매, 아니, 사매라는 말도 모욕이 되겠군."

이토록 세상을 살기 싫었던 적은 없다.

'사매'라는 말이 아니라 '여매'라는 말을 하고 싶은데 꿈에 불과하다. 이 세상에서는 이루어질 수 없는 바람이다.

"독심미화라고 불러야겠지. 후후! 독심미화, 싸워볼까? 아무래도 여기서 두 사람 중 한 사람은 죽어야 할 것 같군."

구류검수는 사령 살수들이 벌어준 시간을 미련없이 던져 버렸다.

벽리군과 사령 살수들이 바란 것은 구류검수가 여숙상을 얼마나 사랑했는지, 사랑하고 있는지 말하는 것이다. 이 세상을 사는 목적이 오직 한 여인, 여숙상에게 있다는 것을…… 그래서 여숙상의 마음이 돌려지기를.

구류검수는 불필요한 변명이라고 생각했다.

서글픈 마음은 자신만의 생각이고 여숙상은 복수귀가 되어 혈검(血劍)을 들고 있다.

'빨리 죽는 것이 좋겠어.'

구류검수는 여숙상을 재촉했다. 빨리 검을 들어 공격해 오라고.

쒸이익……!

검광이 허공을 날았다.

초식을 보니 너무나 눈에 익다. 이십사수 매화검법으로 구류검수도 침식을 잊고 수련하던 검공이다.

'매화몽염(梅花夢念), 훌륭한 초식이군. 아주 잘 익혔어.'

구류검수는 여숙상과 함께 매화검법을 수련했다.

서로 장단점을 비교하면서 버릴 부분은 버리고 보충할 부분은 더욱 열심히 수련했다.

그때는 늘 웃었다.

구류검수도, 여숙상도… 그리고 두 사람이 수련하는 모습을 지그시 쳐다보던 유홍도.

사형과 사매가 주고받는 눈길에서 질투를 느끼지 않았다면 그때 일은 없었을 것을. 아니다, 그래도 그와 같은 일은 벌어졌을 게다. 사형과 사매는 서로 연모하는 사이였고 자신은 혼자만의 짝사랑에 불과했으니.

'사매, 네 손에 죽어 다행…….'

구류검수는 싱긋 미소를 지었다. 그 순간 그의 목을 막 베어내려던 검이 뚝 멈췄다.

"왜 웃는 거지?"

"……!"

할 말이 없다. 이런 경우를 대비해 준비해 둔 말이 없다.

"비웃는 거야!"

"……."

그것은 아닌데, 옛날 다정했던 때를 떠올렸고, 사랑하는 사람에게 죽는 것이 다행이다 싶었는데, 그래서 웃은 것뿐인데…… 뭐라고 해도 할 말이 없다.

"검은 왜 안 가져왔어! 동정심이라도 유발해서 살려주기를 바라는 거야! 몸은 빼앗아도 차마 목숨은 못 빼앗겠어?"

"사, 사매!"

"더러운 입 나불거리지 맛!"

"……."

여숙상이 검을 내렸다.

구류검수는 죽이려고 마음만 먹으면 언제든지 죽일 수 있는 사내다. 말을 나눠서 아는 것이 아니라 서로 몸으로, 마음으로 느끼고 있기 때문에 안다.

한참 동안 노려보기만 하던 여숙상이 입을 열었다.

"널 여기서 데리고 나가야겠어. 만인(萬人)이 네 얼굴에 침 뱉는 모습을 봐야겠어. 세상에서 가장 비참한 인간으로 만들어줄게. 호호호! 따라올래?"

'사매…….'

구류검수는 마음이 아렸다. 하지만 입이 열 개라도 할 말이 없다.

"왜? 겁나?"

"한 가지만 약속해 준다면……."

"호호호! 목숨은 아깝지 않다면서 두려운 건 있는 모양이지? 내게 지금 뭘 약속해 달라는 거야? 뻔뻔스러운 자식!"

여숙상의 얼굴은 분노로 이글거렸고 그럴수록 구류검수의 얼굴은 고통으로 일그러졌다.

"내… 마지막 숨…… 이 세상에서 내쉬는 마지막 호흡만은… 직접 거둬주기 바래."

"……!"

"그 약속… 그 약속만 지켜준다면……."

여숙상은 냉정했다.

"약속? 약속은 인간끼리 하는 거야. 마음이 있는 사람끼리 하는 게 약속이야. 네게 마음이 있다고 생각해? 더러운 자식! 일어섯!"

검이 디밀어져 턱 밑을 추켜올렸다.

구류검수는 묵묵히 일어섰다.

살문 살수들은 모습을 드러내지 않았다. 어디선가 지켜보고 있으련만.

◆第百十二章◆

친자(親子)

이인일조(二人一組)로 구성된 살문 살수들의 활약은 눈부셨다.

그들이 일으킨 살인은 작았지만, 만인 앞에 공고한 방문(榜文)은 상당한 파장을 불러왔다.

죽은 사람들은 대부분 명망있는 사람이거나 평소 후덕하다고 알려진 사람들인지라 경악은 더욱 컸다.

죽은 사람의 죄상을 낱낱이 적어놓아 만인 앞에 공고한 것도 치명적이다. 손속이 끔찍해서 눈을 뜨고 쳐다볼 수 없는데, 평소의 죄상까지 세상에 널리 알려졌다.

사람의 목숨만 빼앗은 것이 아니라 평생 쌓아 올린 공적마저 죽여 버렸다. 두 번, 세 번 죽은 격이다.

살수들은 과연 악인인가, 협의지사인가?

도무지 정의를 구분할 수 없는 사건이 중원 각지에서 연속적으로 벌어졌다.

무인들은 경악했지만 검을 뽑지 못했다.

검을 뽑기에는 죽은 자들이 너무 후안무치(厚顔無恥)하다.

죽은 사람들과 연관있는 친인척도 공식적으로는 보복을 맹세하지 못했다.

살문 살수들이 벌인 살인은 복수극이다.

힘없는 사람이 힘있는 사람에게 억눌려 당하던 끝에 마지막 발악을 한 것이다.

협의지사, 대인이라고 칭송받던 사람들이 사전에 알았다면 그들 역시 검을 뽑지 않고는 베길 수 없었던 사건들이다.

어쩌면 알고 있었는지도 모른다. 서로 간의 안면을 생각해서 사소한, 그들이 생각하기에는 사소한 행각 정도는 묻어두고 있었을 수도 있다.

살문 살수들의 살인에 무림은 침묵을 지켰다.

그러나 암중으로는 부지런히 흉수를 찾아다녔다.

이때야말로 전부터 준비해 놨던 비객이 움직일 때이며 천외천이 진가를 발휘할 때이다.

그들이 생각하기에는 죽은 자도 나쁘지만 죽인 자도 나쁘다.

살수들은 분명 아무 조건 없이 의로움 하나만으로 사람들을 죽인 것은 아닐 게다.

한 명 죽이는 데 얼마를 받았을까? 열 냥? 백 냥? 천 냥?

청부한 사람들이 짓눌림을 당하면서도 돈이 없어 어디 하소연할 데도 없었다는 점을 감안하면 큰돈은 받지 못한 게 분명하다.

그래도 대가없이 살인을 저지르지는 않았을 게다.

돈을 받고 사람을 죽이는 살인자들, 살수.

그들은 이유 여하를 막론하고 죽어야 한다. 사람 목숨을 돈으로 바꿨다는 자체가 죽일 놈들이다.

그들은 살문 살수들의 행적을 손쉽게 찾아냈다.

이목을 한 군데로 집중시킨 무림의 눈은 살문이 어떻게 움직이는지, 앞으로 어느 지역에서 어떤 살인이 일어날 것인지 간단하게 예측해 냈다.

비객과 천객은 움직였다.

살문 살수들… 단 두 명만이 전부인 살문 살수들……. 일부는 접전을 벌였고, 일부는 도주하기에 급급했다.

끼익! 끼이익……!

고요한 강변을 노 젓는 소리가 일깨웠다.

무척 단조로운 음향이다.

낚시라도 하는 듯 여유롭기 이를 데 없다.

소여은은 뱃전에 앉아 흐르는 강물 속에 손을 집어넣었다. 찰랑이는 물결이 손을 간질이는지, 손이 물결을 흐트러뜨리는지 강물에 조그만 파문이 일었다.

강물을 쳐다보며 지나가듯 물었다.

"다른 곳도 위험할 텐데… 우리가 가장 불안해 보였어?"

모두들 급박한 위기에 처해 있다. 천객과 비객은 살문 살수들의 종적을 잡아냈고 단 두 명만으로 그들을 상대한다는 것은 계란으로 바위치기다.

무공이라면 절대적으로 자신있던 소여은과 소고가 직접 몸으로 겪어봤으니 두말하면 잔소리다.

다른 지방에서 살행을 저지르고 있는 살수들도 위험천만하다.

종리추는 뱃전에 앉아 무를 깎아 먹으며 대답했다.

"아니."

"그럼?"

"오곡동을 떠날 때 말했던 것처럼 모두 미끼야."

"미끼라는 건 알아. 하지만 너무 우연하게 만나서 말야. 마치 잘 짜여진 각본 같았어."

"맞아."

"……?"

"잘 짜여진 각본이라는 말, 맞는다고."

"……?"

"배고픈 호랑이가 사냥하려고 일어섰는데 많은 먹이가 난무하고 있어. 어떤 것을 잡아먹어야 좋을지 모를 만큼 전부 구미가 당기는 먹이들이지. 호랑이는 어떤 선택을 할까?"

"가장 가까운 것?"

"그렇지. 그렇게 되어 있어. 모자도에서 가장 가까운 곳에 있는 사람이 첫 사냥감이지. 바로 소고와 너."

"그렇군."

"……."

"그럼 소고가 천객과 부딪칠 줄도 알고 있었겠네? 천음에서 말야. 천음까지만 끌어들이면 된다고 했잖아?"

"반반."

"……?"

"똑똑하면 도주할 것이고 미련하면 싸울 것이라고 생각했지."

눈을 감고 있는 소고의 눈까풀이 파르르 떨렸다.

소여은은 소고의 그런 모습을 스치듯 흘겨봤다.

소고는 위기를 넘겼다. 앞으로도 한 달 정도는 요양을 해야 할 깊은 상처이지만 죽지도 않을 뿐더러 무공에도 전혀 지장이 없다.

그녀는 진작부터 깨어 있었다.

깨어나는 순간 앞가슴에 와 닿는 서늘한 한기를 느꼈고, 소여은 외에 낯선 타인도 있다는 것을 직감으로 알아냈다. 그리고 타인들이 사내이며, 그들 중 한 명이 자신의 가슴을 더듬고 있다는 것도.

상처를 치료하는 사심없는 손길이지만 소고는 얼굴이 화끈 달아올랐다.

창피함이 느껴지고… 눈을 뜨지 못하겠다.

"우리가 미련했다는 거야?"

"……."

종리추는 작은 비수로 무 하나를 거의 다 깎아 먹었다.

아무 맛도 없는 무지만 종리추가 먹고 있으니 무척 맛있어 보인다. 특히 달밤에 강 위에서 먹는 무의 맛은 달짝지근할 것 같다.

"한 가지 더 물어봐도 돼?"

"……."

"노리는 호랑이가 누구야? 천객은 아닌 것 같은데……."

삼절수사 정군유는 소고를 절명 직전까지 몰아넣을 만큼 강한 자이다. 천객의 무공은 여러 말을 할 필요가 없이 '최강자'라는 한마디로 간단히 압축된다. 하지만… 어쩐지 느낌이 다르다. 종리추가 모진아와 유구까지 데려왔으니 노리는 자가 따로 있다는 느낌이 든다. 분명히.

"……"

종리추는 무만 깎아 먹을 뿐 정작 궁금한 점은 대답하지 않았다.

소여은이 다시 물었다.

"그런데 그 무… 맛있어?"

소고가 일어나 앉았다.

햇볕이 쨍쨍 내리쬐지만 배 안에는 몸을 가릴 그늘조차 없다.

덥다. 무척 덥다. 하지만 더운 것보다 더욱 참을 수 없는 것은 갈증
이다. 피를 흘려서인지 목이 탄다. 사막 한가운데 서 있는 것처럼 입술
이 바짝 마르고 가슴이 갑갑해 터질 것만 같다.

보통 사람 같았으면 아직도 혼절해 있을 상처다. 안내와 끈기라면
습관처럼 몸에 붙은 무인도 십여 일은 움직일 수 없는 상처다.

소고는 아픔을 무릅쓰고 일어나 앉았다.

예상했던 대로 상의가 활짝 열려 있다.

가슴이 붕대로 둘둘 말려 있지만 어깨 살이며 배 부분이 환히 드러
나 있다.

아무에게도 보여준 적이 없는 알몸이 백일하에 드러나 있다니.

종리추가 더욱 얄밉다.

소여은도 충분히 다룰 수 있는 상처를 왜 사내자식이 끼어들어 치료
했단 말인가.

가슴을 보고 만지고… 그래 놓고 아무 일도 없었던 듯 태연하게 뱃
전에 드러누워 잠을 청하고 있으니.

세상이 두 겹, 세 겹으로 겹쳐 보였다.

고열에 들끓는 육신은 세상을 똑바로 보지 못하게 만든다.

소고는 이를 악물고 운기조식에 돌입했다.

몸 상태가 워낙 안 좋고 정신도 가다듬을 수 없는 처지인지라 자칫하면 주화입마에 걸린다. 지금과 같은 상태에서 무리하게 진기를 운용하면 열 중 일고여덟은 주화입마를 피하지 못한다.

위험천만하지만 할 수밖에 없다.

살수에게는 친구가 없다. 지인도 없다.

살수가 세상에서 믿을 수 있는 유일한 사람은 오직 자신뿐이다.

묵월광이나 살문 살수들은 여타의 살수 문파들과는 다르다. 인간적인 면에서는 일반 무림 문파에 비해서 하등 빠질 것이 없다. 서로를 위하고 아끼는 면에서는 더하면 더했지 덜하지는 않는다.

소고는 차분히 몸조리를 해도 된다는 것을 안다.

그렇게 해도 누구 한 사람 욕할 사람이 없다.

그러나 그렇게 할 수 없다.

'짐이 될 수는 없어. 그래도 사무령이 되려고 했던 몸인데…….'

소고가 억지로 일어나 앉는 것을 보면서도 배 안에 있는 사람들은 아무 소리도 하지 않았다. 말을 걸지도 않았고 달려와 부축하지도 않았다.

그것은 소고의 자존심이다.

모진아는 뱃전 한구석에 앉아 소도(小刀)로 손톱을 다듬었다. 유구는 끊임없이 노를 저었다. 소여은은 뜨거운 햇볕에 얼굴을 태우기 싫다는 듯 푹 고개를 수그리고 있었고, 종리추는 무심히 강물만 바라볼 뿐 소고에게는 눈길조차도 주지 않았다.

그들 모두 정상에 섰던, 혹은 정상 부근에 섰던 사람들이기에 소고의 마음을 알 수 있다.

지금은 어떤 관심이든 부담이 된다.

무관심하게, 무덤덤하게 가만히 있는 것이 소고를 도와주는 지름길이다. 육신은 더욱 고달프겠지만 마음은 한결 평온을 찾게 되리라. 그런데,

'응?

'저런!'

무덤덤하게 있는다고 관심조차 없을 수는 없다.

애써 외면을 하고 있지만 곁눈질로는 연신 소고를 살피고 있다. 이목(耳目)이 영민한 소고이지만 지금과 같은 상태에서 곁눈질까지 파악할 수는 없을 테니까.

그런 눈길에 부들부들 떠는 모습이 들어왔다.

소고의 신형이 심하게 떨렸다.

간질에 걸린 사람이 입에 거품을 물고 쓰러져 사지를 뒤틀듯이… 육신을 스스로 제어하지 못하고 지배당했다. 육신을 지배하는 머리와 머리의 명령을 받아 움직이는 육신의 연결 고리가 끊긴 것과 다름없다.

쉬익!

종리추가 신법을 펼쳐 달려왔다.

좁은 뱃전에서 신법을 펼친 만큼 다급한 상황이다.

소고가 보인 증상은 영락없이 주화입마의 징조다.

탁탁! 타타탁……!

양손이 번갈아 움직이며 전신 혈도를 타통(打通)시켜 나갔다.

백회혈(百會穴)에서 시작한 지법(指法)은 손가락 끝, 발가락 끝까지 머물지 않는 곳이 없었다.

혈도가 있는 곳이라면 어느 곳이나 손가락이 머물렀다가 떠났다.

탁!

이마에 굵은 땀을 흘려대는 종리추가 마지막으로 장심을 갖다 붙인 곳은 명문혈(命門穴)이다.

"너무 서둘지 마."

종리추는 마치 아무런 일도 없었던 것처럼 편안하게 말했다.

검상도 중한 상태에서 기혈까지 뒤틀렸으니 한동안 운기를 할 수 없는데도, 언제 어디서 천외천 무인들이 나타날지 모를 판국인데도, 소고의 상태로는 손가락 하나 움직일 수 없는데도 걱정하지 말라는 투로 말했다.

소고는 등을 종리추의 가슴에 기대고 은빛으로 찰랑거리는 강물을 바라봤다. 하염없이…….

머리 속이 텅 빈 듯 아무 생각도 나지 않았다.

은빛으로 찰랑이는 것은 강물이고 푸른 녹음을 드러낸 것은 나무다. 노를 젓는 사람은 유구고… 그리고 또 배, 나뭇조각, 하늘……. 세상은 있는 그대로일 뿐 아무 느낌도, 감흥도 들지 않는다.

"어떻게 그럴 수 있지?"

한참 만에야 입을 열었다.

"……?"

"어떻게 그렇게… 당당할 수 있지? 중원 전 무림이 적인데, 겨우 몇 사람 가지고…….”

"…….”

"말해 봐."

"서 있지 않으면 쓰러져야 하니까."

"훗! 간단하네."

"간단하지."

종리추는 소고의 어깨를 부드럽게 감싸주었다. 그리고 소고의 귓가에 입을 대고 배에 동승한 모진아, 유구, 소여은도 알아들을 수 없을 만큼 작은 소리로 몇 마디 중얼거렸다.

소고의 봉목(鳳目)이 부릅떠졌다.

하늘이 무너졌다는 소리를 들은 것만큼이나 놀란 듯 멍한 표정으로 종리추를 쳐다봤다.

"미, 미쳤어!"

한참 만에야 의지와 상관없는 중얼거림이 새어 나왔다.

"그럴지도 모르지."

"무, 무슨 짓이 그런……."

"방금 전에 말했잖아, 서 있지 않으면 쓰러져야 한다고."

소고는 경악을 풀지 못했다.

어지간하면 몇 마디 말이라도 더 건네볼 텐데 너무 놀라서인지 말도 이어지지 않았다.

"휴우!"

소고는 깊은 한숨을 내쉬었다. 한숨밖에 내쉴 것이 없었다.

부엉! 부우엉……!

부엉이가 요란하게 울어댔다.

"부우엉……!"

종리추의 입에서도 영락없는 부엉이 울음소리가 새어 나왔다.

부엉! 부엉……!

날이 저물어 사위가 캄캄한 것을 알기라도 하는 듯 부엉이 울음소리
는 끊어질 듯 끊어질 듯 지속되었다. 마치 배가 접안할 곳을 안내라도
하는 듯.

배가 부엉이 울음소리를 쫓아 강안(江岸)에 접안했지만 예상외로 마
중 나온 사람은 보이지 않았다.

주위는 을씨년스럽기만 했다.

종리추는 소고를 안아 들고 일어섰다.

소여은은 묘한 질투감을 느꼈다.

종리추와 소고는 무슨 이야기를 나눴을까?

소고가 어지간히 놀란 것으로 보아 대단히 충격적인 말인 것 같은데
자신에게도 들리지 않을 정도로 속삭였으니… 도대체 무슨 말을 한 것
일까?

소고와 많은 세월을 붙어 있었다.

중원에서 소고를 가장 잘 아는 사람 중 한 사람이라고 자부할 수 있
다.

소고는 어지간해서는 놀라지 않는 여자다.

같은 여자의 입장에서 보더라도 질투가 날 만큼 냉정하다.

그런데 놀랐다. 너무 놀라 말도 하지 못했다. 그 내용이 무엇일까?
왜 소고에게만 말해 주고 자신에게는 말해 주지 않는 것일까.

그러다 문득 소여은은 어린이 떠올랐다.

'풋! 자칫하다간 어린에게 모두 당하고 말지.'

종리추의 제일부인.

오곡동에 여인들이 많아지자 어린의 신경이 제일 예민해졌다.

"쓸데없이 실실 웃고 다니지 마! 하나는 괜찮아도 둘은 안 돼! 죽을 줄 알아!"

종리추가 소고나 소여은에게 할 말이 있을 때는 꼭 어린이나 벽리군을 대동해야 했다.

"뭐 하는 거야! 상공에게 눈웃음치는 것들이 하나둘인 줄 알아! 눈 똑바로 뜨지 않으면 혼날 줄 알아!"

덕분에 벽리군까지도 된서리를 맞았다.
지금과 같은 상황에서 어린의 모습이 떠오르다니 우습기도 하다. 나이는 가장 어리면서 가장 어른 행세를 하는 여자.
아마도 종리추와 소고의 모습이 다정해 보여서일 게다. 종리추의 품에 안겨 배에서 내리는 모습이 너무 다정해 보여서. 아니면 어떤 말을 소고에게만 말해 준 데 대한 소외감이 질투를 유발했고, 종리추를 사내로 보았는지도.
그동안 모진아와 유구는 배를 가라앉히고 들것을 챙겨왔다.
분명히 배에서 보지 못했던 물건들이니 누군가가 강변에 놓아둔 것이리라.
누굴까? 누가 부엉이 울음소리로 화답하고 배 안의 사정을 알고 있기라도 한 듯 들것을 준비해 놓았을까.
'살문 외장?'
얼핏 그런 생각이 들었지만 곧 고개를 흔들었다.

개방도는 무인이다. 그들은 정보를 수집하면서 싸움이 벌어질 때는 기꺼이 싸움한다. 하오문은 절반쯤 무인이다. 무공을 익힌 자도 있고 전혀 익히지 않은 자도 있다.

거기에 비하면 살문 외장은 무림과는 거리가 멀다.

무공을 익힌 자라고 해봐야 하오문에서 온 자들이 대부분이며, 나머지는 무공을 모르는 평범한 사람들이 주위에서 보고 들은 이야기를 전해줄 뿐이다.

살문 외장 문도들은 말이 문도이지 무림과는 전혀 관계가 없는 사람들이다. 아마도 정보를 전해주는 그들 스스로도 자신이 누구를 위해 무슨 일을 하고 있는지 모르고 있으리라.

그런 사람들이 싸움에 가담할 리는 없다.

설혹 그들이 싸움에 가담할 뜻을 비쳐도 죽음이 산재한 곳에 무지한 사람들을 끌어들일 종리추가 아니다.

살문 살수들이 왔다고 믿기도 어렵다.

현재 오곡동에는 최소한의 인원만 남아 있다. 소림승과 천객, 비객의 눈을 간신히 가릴 정도에 불과하다.

전국 각지로 흩어진 살문 살수들은 제 앞가림하기에도 급급하다.

누군가 있기는 한데 살문은 아닌 것 같고.

'그렇군! 하오문이야! 하오문도가 끼어들었어!'

두 여인은 종리추와 밀마를 주고받는 일단의 무리가 어느 쪽에서 온 사람들인지 짐작해 냈다.

하오문은 살문에 간여하지 않았다. 살문이 아무리 어려워도 눈길 한 번 주지 않았다. 하오문주를 복위까지 시켜주었는데.

물론 그럴 수밖에 없는 상황이란 것은 안다. 만약 하오문이 살문의 일에 간여했다면 지금쯤 하오문주는 이 세상 사람이 아닐 게다. 살문에 협조하는 것은 구파일방에 반기를 드는 것, 도박을 하는 것과 같다.

그런데 이번에는 끼어들었다.

하오문에 무슨 일이 있는 것일까? 아니면 이번에는 끼어들어도 괜찮다고 생각했는가?

모두 아닐 것이다. 하오문주의 냉철함은 이미 소문난 터이니.

하오문주는 하오문을 도박대에 올려놓기 위해서 나름대로 판단했을 것이고, 그가 판단하기에 이번이야말로 커다란 도박을 하기에 적절한 기회라고 생각한 게다.

무슨 일이 있었기에 하오문주가 그런 판단을 했을까?

살문이 중원을 휘집고 다닌 것은 사실이지만, 천외천 무인들의 압박이 코앞에 들이닥친 이상 바람 앞의 촛불처럼 위태로운 지경이라는 것은 알 만한 사람이면 모두 아는 사실인데.

'하오문주는 도박할 사람이 아냐. 구 할의 승산으로도 움직일 사람이 아니지. 십 할. 십 할의 승산이 있어야만 움직일 사람이야. 하오문 전부가 움직였다면 십 할 승산이 있다 본 것이고, 일부만 움직였다면 목숨을 건 결사대겠지. 하오문과는 상관없는 사람들……'

어느 쪽일까?

그것 또한 궁금하기 이를 데 없지만 현재로써는 아무것도 알 수 없다.

소고를 들것에 뉘이자 모진아와 유구가 양쪽을 들었다.

앞은 종리추가 맡았다.

"이야옹! 이야아이아옹!"

종리추의 입에서 느닷없이 고양이 울음소리가 흘러나왔다.

소여은은 문득 풀숲에서 만난 고양이가 떠올랐다.

도둑고양이였다. 들판을 휘젓고 다니며 들쥐나 잡아먹는 도둑고양이가 분명했다. 집고양이보다 훨씬 사납고 날렵했다. 경황 중에 얼핏 본 것에 불과하지만 길들이지 않은 들고양이인 것만은 확실하다고 말할 수 있다.

소여은의 직감은 맞아떨어졌다.

소고를 등에 업고 필사적으로 뛸 때, 강가에서 배를 찾을 때 보았던 바로 그런 종류의 고양이들이 모습을 드러냈다.

야옹……! 야아옹……!

고양이들은 산책이라도 하는 듯 여유있어 보였다. 어떤 놈은 오다 말고 풀숲에 드러누워 땅에 몸을 비벼댔다.

'맙소사!'

종리추를 어느 정도 알고 있다고 생각했건만 또다시 놀라고 말았다.

모여든 고양이는 무려 백여 마리나 넘는다.

"야아옹……!"

종리추는 묘왕(猫王)이다.

지금 이 순간만은 분명히 묘왕이다.

고양이들은 종리추의 음성을 알아들은 듯 민첩하게 움직였다.

사삭! 사사삭……!

고양이들이 앞을 맡았다.

소여은은 이제야 그때 자신이 잘못 보지 않았다는 것을 알았다. 고양이와 우연히 만난 것이 결코 아니라는 것을.

고양이가 앞을 경계해 주고 있다.

부엉! 부엉……!

야옹! 야아옹……!

부엉이 소리와 고양이 소리는 신경을 거스르지 않을 만큼 간간이 들렸다.

모진아와 유구는 습관이 된 듯 태연하게 걸었다.

그들도 사방에서 들려오는 고양이 소리에 어느 정도 적응이 된 듯했다. 그러던 중,

야아옹!

전면 십여 장 앞에서 날카로운 고양이 소리가 들렸다. 소리가 너무 날카로워서 단번에 알아들을 수 있었다.

소여은도 그 소리가 지닌 의미를 깨달았다.

자신이 고양이와 마주쳤을 때 깜짝 놀란 고양이가 저런 울음을 토해냈었다. 그렇다면 앞서 나가던 고양이가 누군가를 발견했다는 뜻이지 않은가.

"그르르룽……!"

종리추는 지금까지와는 전혀 다른 고양이 울음소리를 토해냈다.

모골이 송연해지는 섬뜩한 소리!

동물의 소리에는 전혀 무지한 사람이라도 알아들을 수 있는 소리, 갓 태어난 갓난아기도 무의식 중에 느낄 수 있는 소리다.

'세상에! 고양이에게 공격 명령을!'

소고와 소여은은 목숨이 경각에 달렸다는 긴장감도 잊어버리고 수림을 뚫어지게 응시했다. 과연 종리추의 명령을 받은 고양이들이 어떻게 움직일 것인가. 궁금하기 짝이 없었다. 애완 동물로 고양이를 기르는 것은 흔한 일이고, 그러다 보면 주인의 말을 알아듣는 고양이도 나오기 마련이지만 지금처럼 조직적으로 무리 지어 움직이는 일은 고금을 통틀어 전무하다.

"그르르룽……!"

종리추는 고양이라도 된 듯 낮은 음성으로 으르렁거렸다. 적을 앞에
둔 고양이가 갈기를 곤두세우는 듯했다.

소고와 소여은이 기대한 것 같은 일은 벌어지지 않았다.

수림 속으로 스며든 고양이들은 벌써 멀찌감치 도주라도 한 양 움직
일 기미를 보이지 않았다.

고요한 정적이 수림을 휘감았다.

한쪽으로는 여인의 머리카락처럼 윤기나는 검은 강물이 흐르고 다
른 한쪽에는 바람에 살랑대는 나뭇잎들이 옅은 비명을 토해낸다.

모진아와 유구는 들것을 든 채 낮게 앉아 있다. 언제라도 뛰쳐나갈
수 있도록 바짝 긴장한 채.

사전에 약조라도 되어 있는 듯 각이 맞는 행동이다.

종리추가 으르렁거리는 소리는 너무 나직해서 잘 들리지도 않는다.

두 여인 역시 종리추 바로 옆에서 듣지 않았다면 들고양이가 싸우는
소리 정도로 치부하고 무심히 넘겨 버렸으리라.

야옹! 야옹……!

숨죽이고 있던 고양이들이 움직이는지 사방에서 고양이 울음소리가
극성을 부렸다. 세상에 들고양이, 도둑고양이가 없는 곳은 없지만 이
곳 강변은 유독 많다.

소리는 곧 잠잠해졌다.

그렇게 기승을 부리던 고양이들이 일시에 잠적이라도 한 듯 조용해
졌다.

"그르르룽……!"

종리추가 얕게 으르렁거렸지만 화답(和答)이 없다.

'모두 제압당했어. 하기는 코앞에서 으르렁거리면 신경깨나 쓰일 거야.'

소여은은 다시 얼마 전 기억을 떠올렸다. 풀숲에서 고양이와 마주쳤을 때의 기억을.

'이 조그만 언덕에 적어도 스무 명 이상이 숨어 있어. 그렇지 않고서야 일시에 그 많은 고양이들을 모두 잠재울 수 없지. 무풍무영(無風無影)의 신법을 지닌 자가 아니라면.'

장담하건대 그런 신법을 지닌 자는 존재하지 않는다.

신법이란 상대적이다. 무공을 모르는 사람이 보기에는 삼류무인의 신법도 경이롭게 보일 것이다.

신법을 제대로 저울질하려면 초절정고수 반열에는 들어야 한다.

소고, 소여은, 종리추, 모진아, 유구… 이들의 눈에 비치는 신법은 각기 다르다. 하지만 이들이 무풍무영이라고 느낄 만큼 빠르고 날랜 신법을 구사하기 위해서는 그야말로 천신의 날개라도 달고 있어야 한다.

천외천의 천객들도 그만한 신법은 지니고 있지 않다.

결론은 사람 수가 많다는 것이다.

종리추의 울음소리에 화답하던 고양이가 무려 백여 마리에 달했으니, 일시에 소리를 죽이려면 한 명에 다섯 마리씩, 적어도 스무 명 이상은 숨어 있어야 한다.

숨어 있는 자들은 틀림없이 당황했다.

느닷없이 고양이 무리 속에 뛰어든 꼴이 되었으니 당황하지 않을 수 없다.

그들이 일시에 쳐낸 살수는 고양이 울음소리를 죽였지만 다른 정보를 알려주었다.

가장 큰 것은 그들이 어디에 숨어 있는지 숨은 위치를 알려준 것이고, 좀 더 자세히는 어디에 몇 명 정도가 숨어 있는지 하는 세부적인 상황까지 알려준 것이다.

이와 같은 이유로 그들은 틀림없이 당황하고 있을 게다.

쒸이이익……!

종리추가 쾌속하게 짓쳐 나갔다.

양손에서 비수가 번뜩였다.

일수비백비를 전개할 때 사용하는 비수가 아니다. 비류혼을 전개할 때 사용하는 비수다.

비수는 요요롭게 빛나는 달빛을 받아 반짝거렸다.

슛! 수슛!

비수가 스치는 곳에 풀잎이 갈라졌다. 비수에 잘려 나간 풀잎이 나풀나풀 휘날렸다.

쒜에엑! 쒜에엑……!

비수가 허공을 찢었다. 살을 갈라내고 피를 머금고 싶어하는 악마의 이빨이 되었다.

맞은편에서도 반응이 일었다.

도광에 스친 풀잎이 맥없이 잘려 나가 허공에 흩뿌려졌다. 소리도, 기척도 없이 물 흐르듯 조용하게 펼쳐진 도광이었지만, 그 안에 내포된 힘은 철벽에 부딪친 듯 뚫고 들어갈 틈이 없어 보였다.

기척없이 다가서는 것은 또 있다.

풀숲에 바짝 엎드려 있던 뱀이 고개를 쳐들듯 도광 사이로 은빛 창날이 번쩍였다.

카캉! 카카캉……!

장도와 짧은 비수가 부딪치며 맑은 불똥을 튀겨냈다. 순식간에 수십여 합을 교환하며 일궈낸 불똥이다.

'아! 포위당했어. 어느새…….'

소여은은 내심 가벼운 한숨을 토해냈다.

소고와 둘이 쫓길 때와 비교해 봐도 달라진 게 아무것도 없다.

이쪽에는 종리추와 모진아, 그리고 유구가 가세했고, 소고가 가슴에 깊은 상처를 입은 채 들것에 누워 있다는 것만이 다르다.

중원 무인들에게 끊임없이 쫓긴다는 것, 포위를 벗어나지 못하고 있다는 사실은 변함이 없다.

언제 포위당했을까? 포위를 한 자들은 누구일까?

천외천은 개방의 정보망을 이용하고 있으니 찾고자 마음만 먹으면 사람 한두 명쯤 찾아내는 것은 식은 죽 먹기다. 느닷없이 앞을 가로막으며 검을 쳐온다고 해도 하등 놀랄 게 없다.

스르릉……!

검집을 찾아 들어간 검이 하루 만에 다시 모습을 드러냈다.

"과연 살문주!"

종리추의 비수를 가로막은 자가 거센 고함을 내질렀다.

강변에 흐르는 물이 출렁일 정도로 거센 고함. 고함 속에 섞여 있는 내력이 무척 심후하다.

일장 격돌을 치른 세 사람은 일 장 정도의 거리를 두고 마주 섰다.

그중 고함을 지른 자는 체격이 다부져 보이는 중년인이었다.

"하후가주… 양가주……."

나지막하니 흘리는 듯 잦아드는 소리는 격전과는 상관없는 곳에서 터져 나왔다.

들것에 누워 있던 소고가 흘린 소리다.

그녀도 사태의 위급함을 짐작했고, 사방을 주시하던 중 종리추와 맞겨룬 두 명을 보게 되었다.

도법으로 종리추와 맞선 사람은 하후가주다.

중간중간 창을 내지른 사람은 양가주다.

한 시대를 풍미한 두 절정고수가 평소에는 결코 생각할 수 없는, '연수(聯手)' 라는 파격스런 모습으로 종리추 앞에 섰다.

도문(刀門) 제일가(第一家) 하후가.

신창(神槍)들의 고향인 양가.

두 가문을 이끄는 가주가 병장기를 들고 종리추와 마주 섰다.

"살문주, 살문주… 소문은 익히 들었지만 과연 명불허전(名不虛傳). 뛰어난 솜씨. 미꾸라지 한 마리가 못을 흐리는 줄 알았더니 잘못 알았군. 미꾸라지가 아니라 이무기였어."

하후가주가 말을 하며 도를 고쳐 잡았다.

양가주 양왕은 창을 비켜 잡고 좌측으로 삼 보 정도 물러섰다.

보기에는 싸움과는 무관한 사람 같았다. 싸움이 벌어지더라도 가세할 마음이 없을 뿐 아니라 시간적인 여유도 없을 것 같았다. 그의 목적은 도주하는 것을 막겠다는 만일의 사태에 대비한 듯했다.

천만에! 양가주의 병기는 창이다.

양가주는 창수(槍手)들에게는 신으로 군림하는 창술(槍術)의 달인이다.

양가주가 싸움에 가세하려고 들면 그까짓 서너 걸음은 문제도 되지 않는다. 아니다, 그런 생각까지도 할 필요가 없다. 양가주는 지금까지와 마찬가지로 싸움에 가담할 게다. 그가 삼 보 정도 옆으로 물러선 것은 보다 효과적으로 창법을 전개하기 위해서다.

양가주 양왕이 말했다.

"하하! 단병(短兵), 중병(中兵), 장병(長兵). 모두 한자리에 모였군. 아주 좋아. 그중에 자네의 병기가 가장 짧군. 비수라… 많은 무인과 겨뤄봤지만 내 창에 비수로 맞선 자는 보지 못했어. 이제 보게 되었군."

종리추는 대답하지 않았다.

스무 명 정도 숨어 있다고 생각한 것은 큰 오산이다. 사태를 굉장히 낙관적으로 본 것이다.

이름도 없는 강변에 숨어 있는 고수의 수는 무려 이백여 명에 이른다. '도문제일가'라는 명성을 버리고 낭인이 되어 떠도는 하후가 무인들이 모두 모였고, 양가에서 신창으로 소문난 고수들도 무려 백여 명이나 합류했다.

이것은 종리추조차도 예측하지 못한 듯하다.

실례로 모진아와 유구가 당황한 모습을 보인 것만 봐도 그렇다.

모진아와 유구는 아직도 들것을 들고 있다. 그들은 앞으로 내처 뛰려는 생각만 했지 공격을 막을 생각은 하지 않았다.

강변에 무려 이백여 명에 육박하는 무인들이 잠복해 있다는 사실을 알았다면 들것 대신 병기를 들었으리라.

'빠져나가기 힘들겠어.'

소여은은 소고를 힐끔 쳐다봤다.

소고는 제 몫을 하지 못한다. 가슴에 그어진 검흔은 움직임조차도 거부하는 중상(重傷)이다.

약육강식(弱肉强食)의 세계에서 상처를 입었다는 것은 곧 죽음과 직결된다. 아무리 사나운 호랑이라고 해도 상처를 입었다면 운명이 다한 것과 진배없다.

현 상황에서 소고는 목숨이 다했다.

모진아와 유구는 자기 몫을 해야 하고, 그러기 위해서는 들것을 놓아야 한다.

소고를 살필 여력이 없다.

'언니, 잘 가.'

죽음을 생각하지 않을 수 없다.

현재 소고의 몸 상태로는 그 누구의 일격도 막아낼 수 없다. 무리를 해서 진기를 운용한다면 한두 번의 공격쯤이야 막아낼 것이고, 더욱 무리를 한다면 한두 명쯤은 격살할 수도 있겠지만 결국 죽음을 맞이하는 것은 피할 수 없다.

억지로 진기를 일으키지 않았더라면, 그래서 기혈이 뒤틀리는 일만 없었더라도 조금은 더 싸워볼 수 있었으련만.

소여은의 마음을 읽었는지 소고의 입가에 엷은 미소가 매달렸다.

소고는 말하고 있다.

'내 걱정은 하지 마. 살수가 될 때부터, 그러니까 혈암검귀의 혈뢰삼벽을 익힐 때부터 항시 죽을 준비를 하고 있었어. 오늘 죽으나 내일 죽으나 사무령이 되지 못하는 한 살수들의 종말은 정해져 있어. 한결같아. 모두 죽음이야. 모두들 죽었잖아? 살혼부도 살천문도, 혈리파도 잠용조도 모두 죽었어. 우리 모두 죽을 거야. 그러니 내 걱정은 하지 말

고 여한없이 싸워.'

체념이라고 해야 하나, 자조라고 해야 하나?

옅은 미소를 배어 문 소고의 얼굴에 편안함이 깃들었다. 번뇌와 고통이 어우러져 있어야 할 얼굴에.

스슥, 스스슥……!

바람도 없는데 풀숲이 일렁거렸다.

적은 기다리지 않았다. 하후가주와 양가주가 종리추를 가로막은 것이 신호라도 되는 양 무인들이 사방에서 속속 나타났다.

한 명, 두 명…….

짐작한 대로 근 이백여 명에 이르는 무인들이다.

모진아와 유구는 들것을 놓았다.

그들도 지금에 와서는 소고를 고집할 수 없다. 주변 상황은 전력을 다해 싸워야 한다고 말한다. 모습을 드러낸 무인들은 몸가짐만 보아도 평범한 고수들이 아님을 알 수 있다.

하기는 하후가 무인이라는 것, 양가의 무인이라는 그 자체만으로도 이들은 고수다. 하후가와 양가가 중원제일도, 중원제일창이라는 명성을 이어온 것은 결코 우연이 아니다.

종리추는 하후가주와 양가주에게 몸이 묶여 있다.

주변을 돌볼 상황이 아닌 것이다.

'힘든 싸움이 되겠어, 무림에 나온 이후 처음으로…….'

문득 소여은은 팔부령에서의 싸움이 생각났다.

절곡에서 화살세례를 받던 일, 주변을 빼곡하게 메우던 무림인들. 어느 한구석에도 빠져나갈 구멍은 보이지 않던 당시. 하지만 살아났다. 종리추의 도움 덕분이기는 했지만 살기는 살았다.

'힘들지만 살 수 있어. 원껏 싸워보는 거야. 그래도 안 되면 할 수 없고.'

소여은은 검을 들고 잠시 망설였다.

어떤 무공으로 싸워야 하나?

어산적 녹림마왕에게 전수받은 공동파의 절기를 사용해야 하나, 아니면 살문 살수들의 비기(秘技)라 할 수 있는 은신술을 펼쳐야 하나. 밤이 점점 깊어가고 있으니 은신술을 펼치는 것이 더 나을 법도 한데.

종리추를 쳐다봤다.

그는 기회가 있을 때마다 강조했다. 살수는 무공으로 싸우는 것이 아니라고. 하지만 지금 종리추는 자신이 한 말을 잊어버리기라도 한 듯 무공으로 겨루고 있다.

소여은은 모진아와 유구에게로 눈길을 돌렸다.

그들도 숨지 않는다. 당당하게 무인 대 무인으로 싸우겠다는 듯 편안한 모습들이다.

'모두 무공으로 싸울 생각이야.'

생각은 의외로 쉽게 결정지어졌다. 더불어서 어산적 생활을 할 때처럼 전신에 팽팽한 투지가 회오리쳤다.

'복마검법으로 싸우는 거야.'

◆第百十三章◆

강혈(强血)

　퍼억! 푸우우……!

　검날이 옆구리를 파고들었다. 갈비뼈를 으스러뜨리고 내장을 토막
냈다.

　손목에 전해지는 울림은 묵직했다.

　적에게는 죽음이 나에게는 삶이 선택되는 순간.

　"크윽!"

　뒤늦은 비명은 '이겼다' 는 쾌감을 전해주는 날갯짓이다.

　다른 때 같으면 죽는 자의 얼굴도 보았을 게다.

　적어도 어산적 생활을 할 때는 그랬다. 죽는 자의 얼굴을 노려보았
고, 고통에 겨워하는 모습을 보며 승리자의 쾌감을 누렸다.

　죽음, 아니면 삶.

　양단간에 선택할 수밖에 없는 처지라면 누구나 삶을 선택할 것이다.

그것이 설혹 수천 명을 죽여야만 한다고 해도 삶을 택하리라.

살신성인(殺身成仁)?

과연 그럴까? 불가의 승려들은, 도가의 도인들은 남을 죽이는 대신 자신이 죽을 수 있을까?

적은 죽었다. 검날이 몸통을 반이나 가르고 들어갔으니 죽지 않을 수 없다.

이런 자는 거들떠볼 필요도 없다. 절정의 무공을 익혔어도 이런 상태에서는 반격할 힘이 없다.

소여은은 검을 뽑아냈다.

푸아악……!

옆구리에서 진한 선혈이 뿜어져 나왔다.

검에 혈흔(血痕)이 묻어 나왔다. 진득하게 묻은 것이 아니라 물통 속에 담갔다가 꺼낸 것처럼 주르륵 흘러내렸다.

소여은은 손목을 꺾어 왼쪽에서 짓쳐오는 창날을 쳐냈다.

양가의 창법은 매섭기 이를 데 없다.

사용하는 병기는 창이되 때로는 단봉이 되기도 하고, 때로는 죽장이 되기도 하며, 또 때로는 화살처럼 날아들기도 한다.

따앙!

나무로 만든 창대이건만 검에 맞부딪치는 소리는 쇠와 쇠가 얽히는 소리다.

창날이 등 뒤로 흘러갔다.

검에 튕겨져 나갔으니 되돌아오려면 약간의 시간적인 여유가 있다.

이것 역시 다른 때 같았으면 창대를 타고 바싹 다가들었으리라.

지금은 그럴 여유가 없다. 앞에서 몸을 양단할 듯 다가서는 강도(剛

刀)를 맞이해야 한다.

따아앙……!

검이 도를 받아넘기며 강한 울음을 토해냈다.

소여은은 검으로 밀어 올리는 기세를 빌어 상대의 가슴팍으로 바짝 다가서면 좌장(左掌)을 내쳤다.

야조일섬(夜鳥一閃)에 몸을 싣고 뻗어낸 복마장법(伏魔掌法).

퍼엉!

상대의 가슴에서 북소리가 울렸다.

공동파의 절학 중에는 이런 초식이 없다.

야조일섬이란 신법은 음풍조(陰風爪)라는 조법(爪法)을 펼치기 위해 마련된 신법이다. 눈 뜨고 있어도 코 베어간다는 속담처럼 자각하고 있어도 당할 수밖에 없는 음유한 무공이다.

음유하다는 말이 풍기는 인상처럼 야조일섬이나 음풍조나 기습의 의미가 깃들어 있다.

녹림마왕은 양강(陽剛)의 성격을 지닌 복마장법에 야조일섬을 접목시켰다. 기습의 의미 대신 막강한 파괴력으로 일거에 승부를 결정지으려는 의도에서다.

녹림마왕의 경우에는 자의든 타의든 녹림에 몸을 담았고, 공동파 무인들과 손속을 겨루는 입장이었으니 이판사판이라는 생각이 없지도 않았을 게다.

그에게는 무리수가 가미된 공격이라 해도 공동파 무인들이 예상하지 못한 기습 공격이 절실히 필요했으리라.

조용하게 움직이는 몸에 거세게 뻗어내는 장법은 아무래도 조화롭지 못하다.

위력은 강하나 무리수를 가미한 공격이다. 일격이 실패할 경우에는 앞가슴에서부터 복부, 등 뒤까지 무방비 상태로 환히 노출되는 생사(生死)의 무공이다.

소여은은 녹림마왕의 절기랄 수 없는 절기를 무의식 중에 펼쳤다.

사실 어산적에서는 이런 기습 공격이 큰 효과를 보았다.

어산적 해적들은 일격에 내포된 허점을 발견해 내지 못했고, 더러 무공을 익힌 자가 허점을 포착기도 했지만 반격을 가해올 만큼 고절한 무공을 지니지는 못했다.

어산적 생활을 하는 동안 무림인과 생사를 다툰 적도 많지만 위험에 처했을 때마다 녹림마왕의 비전비기는 목숨을 구해주는 구명줄 역할을 톡톡히 해냈다.

몸에 배어 어느 무공보다도 익숙한 공격이 오랜만에, 생사가 급박한 처지에서 쏟아져 나갔다. 녹림마왕이 절정고수에게는 절대 사용하지 말라던 당부를 까마득히 잊고. 아니, 잊었다기보다는 생각도 하지 않고 있었다는 편이 옳을 게다.

푸아악……!

도로 공격한 자이니 하후가 무인, 그는 입에서 피화살을 솟아내며 뒤로 넘어갔다.

소여은은 다음 상대를 찾기 위해, 혹은 이미 짓쳐오고 있을 병기를 감지해 내기 위해 느낌을 찾았다.

팽팽하게 곤두서 있는 전신 감각은 설혹 등 뒤에서 조용히 짓쳐오는 비수라도 감지해 낸다. 그만큼 수련했고 믿을 수 있다.

'헉!'

소여은은 모골이 송연해졌다.

무엇인가 어두운 그림자 같은 것이 등을 짓누르는 느낌이 들었다. 이런 경우는 오직 하나, 텅 빈 등을 노리고 달려드는 병기가 있을 때이다.

소여은은 힘껏 몸을 비틀었다.

지금은 경악성을 내지를 여유가 없다. 아니, 이런 상황에 익숙한 그녀의 몸과 감각이 경악성을 내지르는 대신에 신법을 전개하여 피하는 쪽으로 가닥을 잡았고, 움직였다. 그러나,

파아앗!

벌겋게 달군 인두가 어깻죽지를 짓이겼다.

"아악!"

소여은은 자신도 모르게 비명을 내질렀다.

이를 악물고 참으려 했지만 전신 뼈마디가 가닥가닥 끊어지는 듯한 고통은 난생처음 겪어보는 지독한 것이었다.

창날이 보였다.

뒤쪽에서 어깨를 꿰뚫고 앞으로 삐져 나온 창날에는 붉은 피와 허연 살점이 묻어 있다.

소여은이 순간에 불과하지만 아주 잠깐 사이에 눈여겨본 것은 창날의 움직임이다.

창날이 빙글빙글 돌고 있다.

창을 찔러 넣을 때 순간 회전력을 가미했다는 증거다.

창날이 빙글빙글 돌며 뼈마디를 부수고 살을 찢어놨으니 고통이 그렇게 컸을 수밖에.

양가의 창수(槍手)가 어떤 초식으로 창을 찔러 넣었는지는 모르지만 육신을 관통했으니 다음 수는 오직 하나, 창을 빼내는 것뿐이다.

전신랍창(轉身拉槍).

몸을 돌려 창을 당겨내야 한다.

소여은은 검을 들어 창대를 비스듬히 후려쳤다.

창대는 직각으로 갈라치면 절대 잘라지지 않는다. 비스듬히 결을 타고 잘라내야 한다.

써걱!

창날이 창대에서 분리되었다. 그 순간 예측했던 대로 창날이 쑥 빠져나갔다. 창날이 붙어 있었다면 또 한 번 살점을 후벼놓고 빠져나갔을 터이지만 창날 없는 창대는 수월하게 빠져나갔다.

소여은은 번개처럼 몸을 돌리며 검을 휘둘렀다.

아래에서 위로 올려치는 검, 몸을 돌리며 전신(轉身)의 회전력을 가미하는 검, 복마검법 중 휘호관일(揮毫貫一)이라는 초식이다.

싸아악!

창대는 중간 어림에서 잘려 나갔다.

상대는 소여은이 예측한 대로 반마보(半馬步) 상태로 한 손은 창파(槍把:창 자루)를 잡고, 다른 한 손은 중단(中段)을 잡은 채 창을 뽑아내고 있었다.

상대의 부릅뜬 눈이 바짝 다가왔다.

무척 놀랐을 게다.

일격을 정통으로 당하고도 반격할 수 있는 사람이 있으리라고는 생각하지 못했을 게다.

소여은의 휘호관일은 창의 중단 부분까지 싹둑 잘라 버렸다.

쉐에엑!

창대를 자르고 하늘로 올라간 검이 비룡유사(飛龍流砂)의 초식으로 바뀌며 급격하게 쏟아져 내렸다.

"헉!"

상대는 짧은 헛바람을 들이켰다.

그는 물러서려고 했다. 그러나 몸의 중심이 뒤로 빠진 상태에서 신법을 제대로 펼쳐 낼 리 없다. 격전 도중이었으면, 치열하게 공방을 펼치고 있는 상태라면 피할 수도 있었겠지만 지금은 이겼다는 승리감에 도취되어 마음이 풀어진 후다.

빠아악!

검날이 사정없이 머리를 두들겼다.

산뜻한 소리가 울리지 않고 둔탁한 소리가 난 것으로 보아 칼날이 정통으로 들어간 것 같지 않지만…… 상관없다. 상대를 죽일 정도의 힘은 깃들어 있다.

소여은은 무너지는 상대의 가슴팍으로 뛰어들었다.

상대를 마저 죽이기 위해서가 아니라 옆에서, 뒤에서 밀려오는 도기(刀氣)를 피하기 위해서다.

하후가 무인들과 양가 창수들은 서로 손발을 맞춘 것도 아닐 텐데 협공은 정확하게 아귀가 맞았다. 마치 협격술(挾擊術)이라도 연마한 것처럼.

'이러다간 당하고 말겠어!'

싸움에서 절대 금기시하는 조바심이 치밀었다.

벌써 몇 명이나 죽인 걸까?

죽이기는 죽였는데 몇 명이나 죽였는지 헤아리지도 못하겠다. 수를 헤아릴 수 없을 만큼 많이 죽여서가 아니라 합공해 오는 무인들의 신랄함에 정신을 돌릴 겨를이 없다.

적을 찾아 나설 필요도 없다. 다가서는 자를 물리치는 것만도 급급하다.

쒜엑! 쒜에엑……!

솜털까지 곤두서게 만드는 날카로운 도풍(刀風)이 스쳐 지나갔다.

일도(一刀)는 머리에 바짝 붙어서 머리카락을 잘라내며 지나갔고, 또 다른 일도는 옆구리에 섬뜩한 통증을 만들어내며 지나갔다.

쒜에엑……!

또다시 밀려오는 도기(刀氣).

소여은은 지나간 자들을 쫓을 겨를도 없이 새로이 다가서는 적을 맞이했다.

도기는 하늘에서 벼락처럼 떨어져 내린다.

'치잇!'

검을 들어 올렸다.

내려치는 도는 피하는 것이 상책이나 지금은 반보(半步)조차 옮길 겨를이 없다. 만약 피하려고 보법을 전개하거나 신법을 전개했다가는 일도양단(一刀兩斷)되기 십상이다.

어떤 자가 어떤 식으로 공격해 오는지조차 보지 못했지만, 보고 나서야 알 수 있다면 그는 상승 고수가 아니다. 병기를 들고 무림을 활보하려면 보지 않고도 공격을 막을 수 있는 지경 정도에는 이르러야 한다.

공격해 오는 자들…… 하후가 무인들, 양가 창수들… 그들은 모두 그런 지경까지 무공을 익혔다.

따앙!

검에서 험상궂은 소리가 터졌다.

도법을 전개한 자에게는 맑은 검음(劍音)으로 들렸을 게다. 세상에서 가장 듣기 좋은 소리로. 하지만 소여은에게는 세상에서 가장 듣기 싫은 소리로 들렸다. 검이 중간에서 반 토막으로 부러져 나갔는데 듣기 좋을 리 있는가.

쒜에엑!

충격의 여파로 잠시 멈칫하던 도기가 다시 내려쳐 왔다.

소여은은 반 걸음 옆으로 비켜섰다.

조금 전과는 상황이 다르다. 검이 부러졌지만 애검(愛劍)이 검신을 부러뜨리는 마지막 충성 덕분에 반 걸음 비켜설 여유를 얻었다.

예도(銳刀)가 오른팔에 긴 도흔(刀痕)을 그리며 흘렀다.

소여은의 상반신은 피로 물들었다.

적들이 흘린 피도 상당히 많이 묻었지만 자신이 쏟아낸 피도 만만치 않다.

'틀렸어. 지독히도 강한 놈들!'

소여은은 반 토막 남은 검을 던져 버리고 싶은 충동을 느꼈다. 그리고 창이든 도든 어느 병기에든 목숨을 맡겨 버리고 싶은, 그냥 이제 편히 쉬고 싶은. 그때,

"차아아앗……!"

마른하늘에서 내리치는 천둥인가, 아니면 구름 속에 노니는 용의 울음인가!

어디선가 들려오는 거센 고함 소리에 소여은은 정신이 번쩍 들었다.

자신도 모르게 고개가 돌려지고…… 봤다.

소고가 힘겹게 싸움을 벌이고 있다.

몸을 움직이지도 못할 중상이건만 마지막 안간힘을 쏟아내고 있다.

도수(刀手) 두 명만 해도 지금 상태로는 감당하기 힘들 터인데 창수(槍手) 두 명까지 가세해 있다.

소고의 전신도 자신 못지않게 붉은 선혈로 뒤덮여 있다.

그러나 소고는 포기하지 않는다. 마지막 일격으로 동귀어진(同歸於盡)이라도 하겠다는 심산이 역력하다. 살기가 너무 진해 공격하는 자들까지도 소고의 마음을 읽을 수 있다.

그것이 소고의 목숨을 아직까지 살려놓고 있다.

만만치 않은 적이라면 희생을 감수하고서라도 일격을 쳐냈을 텐데, 소고처럼 중상을 입어 수족을 마음대로 놀릴 수 없는 여인에게 동귀어진당하는 것은 개죽음이라고 생각하는 게다.

도수 두 명과 창수 두 명은 어린아이 놀리듯이 빙빙 돌며 소고의 전신을 난자하고 있다.

그렇게 시간이 흐르다 보면 소고는 제풀에 꺾여 쓰러질 게다.

누가 봐도 상황은 명확해 보인다.

'언니마저! 그래! 난 적각녀야! 어산적에 있을 때부터 늘 죽음을 옆에 두고 살았어! 난 적각녀야!'

소여은은 반 토막으로 부러진 검을 버렸다.

그녀를 둘러싸고 있던 적들이 무슨 뜻인지 몰라 잠시 머뭇거렸다.

소여은은 녹피혜(鹿皮鞋)도 벗었다.

생각해 보니 사치다. 맨발로 산야(山野)를 뛰어다니던 적각녀가 사슴 가죽 신발을 신고 있다니.

묵월광에 몸담은 이후 참 많이 나태해졌다.

맨발로 땅을 딛자 땅의 촉감이 기분 좋게 느껴졌다.

품속에 간직했던 은장도를 꺼내 들었다.

살혼부가 그녀에게 준 처음이자 마지막 선물. 극독이 묻어 있어 살갖을 스치기만 해도 죽는다는 독도(毒刀). 살혼부 살수들이 중원 절정 고수들에게 쫓길 것을, 십망을 생각하며 무공도 모르는 어린 계집아이에게 줄 만큼 믿음직한 암도(暗刀).

　'그래, 새로 시작하는 거야. 나는 적각녀!'

　갑자기 기억 깊숙이 묻어두었던 한 노인의 얼굴이 떠올랐다.

　온후한 인상에 세상에서 가장 자상한 할아버지 같았지만 옷을 벗기고 침상으로 끌어 넣고 전신을 더듬던…… 양물을 물어뜯었을 때 내지르던 비명…….

　"감히 날 건드렸단 말이지! 차앗!"

　소여은은 가장 가까이에 있던 창수에게 득달같이 달려들었다.

—살수는 무공으로 싸워서는 안 된다. 어떤 경우에든 살수의 비기로
싸워야 한다.

유구는 종리추의 말을 철저히 좇았다.

다른 살문 살수들에게는 종리추가 절대 명을 복종해야 하는 문주로
생각되겠지만 유구에게는 문주 이상이다.

종리추는 주공이다.

주공에게 도움이 된다면 명을 거역할 수도 있다.

어떤 의미에서는 더 철저히 복종하고, 어떤 의미에서는 가장 말을
듣지 않는 골칫거리다.

유구는 판단했다. 지금은 주공의 말을 좇아 살수비기로 싸울 때라
고. 상대가 급박하게 달려들지만 이럴수록 주공 말을 좇아야 한다고.

설혹 이름 모를 강변에서 죽는 한이 있어도 상대에게 살수들과 싸웠다는 느낌을 들게 만들어야 한다고.

다행히도 사방이 어둡다.

공격해 오는 자들같이 절정으로 무공을 익힌 자들에게는 문제가 되지 않을 어둠이겠지만, 어둠은 살수에게도 상당히 유용하다.

유구는 철수를 꺼내 양손에 끼웠다.

옛날 대외산 살문 시절, 살천문주의 전갈을 가져온 살수를 쫓아 살문까지 뛰어든 살수를 죽이고 얻은 전리품이다.

전리품이라고는 하지만 독거미를 편히 사용하기 위해서였지 병기로써 거둔 것은 아니다.

지금은 병기로 써야 할지도 모른다.

발로 땅도 차봤다.

척퇴비침(踢腿飛針) 역시 철수(鐵手)와 마찬가지로 써먹을 일이 없겠거니 생각했지만, 지금은 모든 것을 동원해야 한다.

발가락 끝과 뒤꿈치에 장착된 비침이 자신감을 북돋아주었다.

비침은 시전하는 유구조차 감지하지 못할 만큼 신속하게 튀어나왔다가 들어간다. 신발에 설치하기는 했지만 느낌도 감촉도 없다.

유구가 느낀 것은 기분이다.

준비를 마친 유구는 털썩 땅에 엎드렸다.

무너지듯 엎드린 그였지만 눈 깜짝할 사이에 자리를 이동하여 좋은 목을 골라 은신했다.

적이 봤을까? 봤을 게다. 상당한 무공을 익힌 고수들이니 보지 않았다고 생각하면 교만이다. 살수비기를 정통으로 사용하기 위해서는 시마공을 펼쳐야 하지만 그럴 필요가 없다. 어차피 위치가 발각된 바에는.

유구는 품속을 더듬어 목갑을 꺼내 들었다.

목갑에는 흑거미가 들어 있다.

생사가 급박한 절대절명의 순간에 늘 목숨을 구해주던 절대 수호신이다.

'하나… 둘……'

저벅, 저벅……!

'셋… 넷……!'

저벅, 저벅!

상대도 몸을 숨기지 않는다.

이런 지경에서는 몸을 숨길 필요가 없다. 아무리 은신술이 뛰어난 살수라 해도 은신술을 펼칠 공간이 넉넉지 않다. 지금과 같은 상황에서 싸우는 방법은 오직 하나, 무공 대 무공으로 겨루는 방법뿐이다.

그것은 유구도 알고 있고 상대도 안다.

'잘 가거라.'

유구는 흑거미를 풀어놓았다.

흑거미는 쏜살같이 치달려 어둠 속으로 스며들었다.

놈은 인정이 없다. 그토록 정성을 들였지만 아직도 사람의 손길을 거부한다. 유구조차도 기회만 생기면 물려고 덤벼드는 놈이다.

하지만 유구에게 흑거미는 단순한 미물이 아니다. 애완 동물이다. 강력한 살상력을 지녔지만 놈을 사용해 본 기억도 별로 없다. 사용할 필요가 없는 경우가 태반이라서.

몸의 일부분처럼 여겨왔던 놈. 놈은 비로소 자유를 찾았다.

칠흑 같은 어둠 속에서 광야로 풀려난 흑거미를 다시 찾을 방도는 없다.

대낮에도 풀자마자 잡아들여야 했던 놈인데, 어둠과 같은 색인 놈을 잡아들이기는 용이하지 않다.

　놈은 보금자리를 찾아 떠날 것이다.

　따뜻하고 습기가 차 눅눅한 곳으로.

　그전까지는…… 앞에 거치적거리는 것은 모두 깨물어 뜯을 것이다. 물리는 즉시 독성이 심장에 파고드는 강력한 독을 뿜어내고, 그것도 모자라 살점을 녹여 빨아먹으리라.

　"크윽!"

　벌써 비명 소리가 터져 나왔다.

　거리낌없이 유구를 향해 다가오던 도객 중 한 명이 주춤거리는가 싶더니 썩은 고목처럼 무너졌다.

　도객에게는 마지막 일격을 쥐어짜 낼 힘밖에 남아 있지 않으리라. 하지만 그것조차도 전개할 곳이 없으니 속절없이 죽는 수밖에 없다.

　"뭐야!"

　"왜 그래!"

　거침없이 다가서던 발걸음이 우뚝 멈춰졌다.

　'기회!'

　유구는 풀숲을 헤치며 나아갔다.

　자칫 자신이 흑거미의 제물이 될 수도 있는 위험한 행동이지만 어차피 목숨을 내놓아야 끝장이 나는 싸움이다.

　"이봐, 사제! 왜 그래!"

　"도, 독……."

　흑거미에게 물린 자가 마지막 일성(一聲)을 쥐어짜 냈다.

　"독?"

말을 걸던 도객의 얼굴에 곤혹스러움이 떠올랐다.

아무리 무공이 절륜해도 독이라면 역시 두려움의 대상이다.

"헉!"

도객 바로 곁에 있던 창수가 헛바람을 내지르며 허리를 굽혔다. 아니, 허리를 굽혔다고 생각되었는데 그 자세 그대로 무너졌다.

흑거미가 두 명이나 공격할 수 있었다니 천만다행이다.

사사삭……!

유구는 은신술을 전개하며 바짝 다가섰다.

몸을 숨기는 것까지는 보았겠지만 이렇게 바짝 다가서고 있으리라고는 생각하지 못할 게다. 이자들은 아직도 숨어서 일격을 노리고 있으리라고 생각하겠지.

"으음! 독거미군!"

창수가 독거미에 물려 쓰러질 때, 다른 창수는 쓰러지는 창수를 보지 않고 땅을 훑었다. 첫 번째 도객이 쓰러지는 순간부터, '독'이라는 말을 중얼거리는 순간부터 독에 대한 경계를 높였던 터이다.

쉬익!

시퍼런 창날이 야공(夜空)을 찔렀다.

그가 들어 올린 창에 흑거미가 따라 올라왔다. 등판이 꿰뚫린 채. 아직 숨이 끊어지지 않아 징그러운 다리를 연신 꿈틀거리면서.

"한낱 미물이!"

창수는 창을 빙글빙글 돌렸다.

그럴수록 흑거미의 등짝은 너덜너덜 해어져 형체를 알아볼 수 없게 되었다.

놀랍다. 아주 정교한 창술이다.

창에 물체를 매달아놓고, 물체는 고정시킨 채 창만 휘돌리는 수법은 예사로이 볼 수 없다.

창수가 흑거미를 작은 조각으로 갈라내고 있을 때 유구는 그들의 발 밑까지 접근했다.

사아악!

기습이 시작되었다. 용수철처럼 튕겨 일어나며 가장 가까이에 있던 자의 복부를 걷어찼다.

수법은 오독마군의 원음각(元陰脚).

각법 중에서 가장 파공음(破空音)이 적게 난다. 유구 정도라면 소리를 완전히 죽일 수 있다. 무공이 일정 경지에 이르면 기감(氣感)이 뛰어나게 되니 미풍(微風)이 불어온다는 느낌 정도는 갖겠지만.

퍼억!

맞은 자는 도객이다. 유구의 오른발은 도객의 복부에 틀어박혔고, 격중되는 순간 신발에서 비침이 불쑥 튀어나와 살을 찢고 들어갔다.

도객은 외마디 비명조차 지르지 못하고 나가떨어졌다.

슈우욱!

창수의 반응도 빨라서 도객이 변을 당하는 순간 창을 뻗어냈다.

유구는 손으로 땅을 짚고 빙그르르 몸을 돌리며 천둔각(天遁脚)을 펼쳤다.

천둔각이 절정에 이르면, 모래밭에서 천둔각을 펼치면 모래 폭풍이 일어난다.

빠각!

창수는 자세가 낮은 유구를 노리고 좌부보저평창(左仆步抵平槍:다리는 오른 무릎을 구부리고 왼다리를 앞으로 뻗치면서 지면과 가까이, 창은 낮은 위치에서 수평으로)을 펼쳤지만 유구의 천둔각은 창대를 분질러 버렸다.

유구는 천둔각 초식이 끝나는 순간 허공으로 솟구치며 난화각(亂花脚)을 전개했다.

파곽! 빠빠박……!

창수에게는 척퇴비침을 발출할 필요도 없었다.

천둔각에서 난화각으로 변화하는 초식의 연결은 무척 빨랐다.

한 손으로는 땅은 짚고 양발을 휘돌린 상태에서, 양손으로 땅을 튕기며 허공으로 솟구치며… 거꾸로 선 자세로 일식(一式)에 열두 번의 변화를 내포한 난화각을 펼쳤다.

각법으로만 세상의 모든 동작을 취할 수 있다는 구연진해라지만 상상을 불허하는 초식의 연결이다.

현란한 각법에 대응하지 못한 창수는 안면을 서너 차례 가격당했고 잘 익은 꽈리가 터지듯 피투성이가 되었다.

"크윽!"

뒤늦게 비명이 터져 나왔다.

창수는 자신이 비명을 터뜨리고 있는지조차 모르고 있으리라.

그는 얼굴뼈가 함몰되어 움푹 들어간 모습으로 휘청거렸다.

빠악!

난화각의 마지막 초식이 옆얼굴을 가격하자 머리가 획 돌아갔다.

＊　　　　＊　　　　＊

갑자기 대나무 숲이 생겨났다.

발 디딜 틈도 없을 만큼 빼곡히 들어선 대나무들은 한낱 나무가 아니라 살아서 움직이는 무인들이다.

모진아는 천천히 걸었다.

자신이 익힌 오독마군의 구연진해는 오독마군이 창안한 구연진해와는 사뭇 다르다.

절정에 이른 오독마군의 구연진해가 어떤 것인지는 알지 못하지만, 종리추의 심득을 가미한 구연진해는 모진아의 몸에서 새롭게 태어났다.

그것은 종리추가 익힌 구연진해와 또 다르다.

종리추는 많은 무공으로 넓게 펼쳐 나가지만, 자신은 한 우물을 파듯 오직 구연진해만을 탐구해 왔다.

구연진해를 최고봉으로 익힌 무인은 세 사람이다.

오독마군, 종리추, 모진아.

하지만 세 명의 구연진해는 모두 다르다.

수련하는 과정은 같았을지 모르지만, 초식도 같지만, 일각(一脚)에 깃들어 있는 힘과 흐름은 완전히 다르다.

모진아의 구연진해는 오독마군의 무결(武訣)을 지나쳐 자신만의 무공으로 들어선 지 오래이다.

오독마군이 살아 돌아와 정통의 구연진해를 펼쳐 보았으면 좋겠다. 서로 같으면서도 완전히 다른 무공을 견줘봤으면 좋겠다.

모진아는 유구가 살수비기로 무인들을 상대하는 이유를 안다.

'살수는 무공으로 싸우지 않는다. 어떤 경우든 살수비기로 싸워야 한다. 고지식한 놈…… 하기는 그런 고집이 지금의 네놈을 만들었지만. 지금의 경지를 넘어서려면 그 고지식함부터 버려야 할 게야.'

종리추는 다른 말도 했다.

"살수는 항시 힘을 비축시켜 놓아야 한다. 내력이 고갈되었다면 죽은 살수다. 심력(心力)이 바닥을 드러내도 죽은 몸이다. 살수에게는 죽이는 것 외에 한 가지 의무가 더 있다. 반드시 살아서 돌아와야 한다. 살아서 돌아올 만한 내력이나 심력은 남겨놓아야 한다. 청부 대상을 죽였으되, 몸을 움직일 수 없을 만큼 기진맥진해졌다면 실패한 청부다."

무인은 싸워서 승부가 결정지어지면 끝난다. 이긴 자, 진 자 모두 자신들의 갈 길을 간다.

살수는 이기는 것 외에도 한 가지가 더 있다.

살아서 돌아와야 한다는 것.

유구의 선택은 잘못되었다고 할 수 없다. 지금과 같은 상황에서 한 명이라도 더 죽이기 위해서는 살수비기를 써야 한다.

하지만 은신술이 어떤 것인가.

상대를 속이기 위해 숨어야 한다. 상대의 이목을 피하기 위해 심력을 소진해야 한다.

아마도 유구는 이 싸움이 끝날 무렵에는 죽었거나 기진맥진해 있으리라. 한두 명이면 모르겠거니와 이백여 명에 이르는 무인들이 병기를 곤두세우고 있는 마당에서는.

'가장 빨리, 가장 깨끗하게 끝내야 하는 싸움인 것을……'

죽느냐 사느냐 하는 문제는 무인들이나 생각할 호사스런 선택이다.

살수들의 입장에서는 최소한의 힘으로 최대한 빨리 싸움을 끝내야 한다. 이번 싸움이 끝이 아니라 시작에 불과하기 때문에. 이번 싸움이 끝난 후 곧바로 다른 무리가 나타날지도 모르기 때문에.

쒜에엑……!

일도(一刀)가 날아들었다. 동시에 좌우측에서 삼창(三槍)이 몸통을 노리고 찔러왔다. 어느새 등 뒤로 돌아간 도객은 섬전도법(閃電刀法)을 전개했다.

단 일 격에 목숨을 빼앗고자 하는 지독할 살공(殺功)이다.

이들의 공격은 반격을 당해도 멈추지 않으리라. 일 대 일의 싸움이라면 당연히 피해야 될 공격도 피하지 않을 것이다. 동귀어진(同歸於盡)이면 감지덕지고, 자신의 목숨이 끊어지더라도 적의 몸에 상처만 입힐 수 있으면 손을 멈추지 않겠다는 각오다.

쉬익!

모진아는 환영각(幻影脚)을 말 그대로 환영처럼 펼쳤다.

왼발을 축으로 빙그르르 한 바퀴 선회하며 짓쳐오는 창과 도를 차냈다. 도는 도신을, 창은 창대를. 한 치라도 벗어나든가 중심을 정확히 타격하지 않으면, 또는 공격해 오는 속도에 조금이라도 뒤처진다면 여지없이 핏줄기가 뻗칠 위험한 수비다.

파파파팟!

모진아의 철각(鐵脚)은 자로 잰 듯 정확하게 병기들을 퉁겨냈다.

모진아의 작고 볼품없는 몸뚱이가 다시 탄력있게 튀어 올랐다.

옛날, 녹요평에서 종리추와 겨루던 때를 생각하면 웃음이 실실 새어 나온다. 겨우 열다섯에 불과한 어린아이와 싸워서 패하다니. 방심했다고는 하지만 이토록 뛰어난 절기를 익히고 있는데도 가치를 모르고 있었다니.

그때 그 시절이 어린아이들의 소꿉장난처럼 여겨지는 모진아다.

삼절기인을 죽였을 때보다도 한층 농익은 무공이다.

그만큼 성장했고 강해졌다.

그가 화를 내기 시작했다.

"타아앗!"

병기를 쳐낸 환영각에 이어 또 한 번 환영각을 펼쳤지만 도객이나 창수들은 형체를 잡아내지 못했다. 같은 초식을 반복하여 펼칠 경우 눈에 익히게 되고, 눈에 익히면 허점이 발견되고, 반격을 받는 것이 당연한데.

도객이나 창수들은 반격할 생각조차 못한 채 주춤주춤 물러섰다.

모진아의 각법은 빨라도 너무 빨랐다.

쾌도를 추구하는 하후가, 장병(長兵)의 효용을 최대한 살려 중원제일 창의 명성을 가져간 양가.

하후가나 양가의 무인들은 자신이 느리다고 생각했다.

느리다고 생각해 본 적은 결단코 없었는데. 빠름에 대해서는 일가견을 지녔다고 생각했는데.

'아! 천객이나 상대할 자……'

모진아의 각법이 바뀌었다.

빠르고 현란한 각법에서 쇠몽둥이로 내려치는 것과 같은 묵중한 각법이다. 그리고 그 끝에 비교적 가까운 거리에 있던 도객 한 명이 걸려들었다.

빠악!

도객의 머리에서는 철봉(鐵棒)으로 맞았을 때나 터져 나올 법한 기음(奇音)이 새어 나왔다.

◆第百十四章◆

활목(活目)

　종리추와 하후가주, 양가주는 대치 상태를 유지했다.

　그들은 움직이지 않았다.

　바람이 불어도, 바람에 피비린내가 실려와도, 비명 소리가 끊임없이 흘러나와도 석상처럼 굳어져 움직이지 않았다.

　'움직이면 당한다.'

　하후가주와 양가주는 똑같은 생각을 했다.

　눈길을 돌릴 수도 없었다.

　들려오는 비명은 문도들의 것이 틀림없다. 연이어 끊임없이 들려오고 있으니 문도들이 계속 당하고 있는 게다.

　돌아가는 상황을 파악해야 하는데 정신이 미치지 않는다.

　살문주 종리추는 예상보다 훨씬 강하다.

　살문 살수들의 무공이 놀라운 것은 인지하고 있었지만 살문주의 기도가 이 정도일 줄은 짐작하지 못했다.

기껏해야 일개 살수들의 우두머리 아닌가.

살문 살수들의 무공을 생각해서 체면도 내팽개치고 연수를 했는데, 틈을 비집고 들어갈 수 없다. 틈이 보이지 않을 뿐더러 오히려 자신들의 틈을 막아내기에 급급하다.

'무리다. 천객 아니면 상대할 수 없어. 이자는 무극(無極)을 깨달았어. 크다……'

종리추가 들고 있는 것은 짧은 비수다.

손가락 하나 정도에 불과한 비수.

자루도 없어서 들고 있는지 들고 있지 않은지 판가름조차 용이하지 않은 극히 작은 비수.

하지만 양가주나 하후가주에게는 그토록 작은 비수가 거대한 철벽처럼 여겨졌다. 도저히 뚫고 들어갈 수 없는 철옹성(鐵甕城)처럼.

대치한 상태에서 허점을 발견할 수 없다면…… 이미 진 싸움이다.

허점을 발견하지 못했다는 말은 상대를 공격할 마음이 일어나지 않는다는 말과도 상통한다.

싸움을 피하고 싶은, 너무 강해 보여서 싸우면 질 것 같은 기분.

무공을 최상의 상태에서 펼치기 위해서는 무심(無心)이 필요한데, 마음속에 공포가 깃들었으니.

방법은 있다.

움직이는 것이다.

너무 강한 상대를 만나서 도저히 싸움이 될 것 같지 않은 기분이 들어도 그것은 단지 싸우기 직전의 느낌일 뿐이다.

몸을 움직이고 무공을 펼치기 시작하면 활로가 생긴다. 내가 움직이면 적도 움직이고, 서로가 움직이는 가운데 허점이 보이게 된다. 상대를 어떤 식으로 요리할지도 접전을 시작한 후에야 정확하게 알 수 있다.

하지만 하후가주와 양가주는 움직이지 못했다.

몸을 움찔거리기만 해도 종리추의 손에 들려 있는 비수가 날아들 것 같았다.

무극(無極).

무공을 익혔으되 잊어버렸다.

싸우되 싸우지 않는다. 바람이 불면 부는 대로 훨훨 날아가는 몸이니 상대의 공격을 염두에 두지 않는다. 누구보다도 빠르니 쾌(快), 중(重), 환(幻)이라는 의미가 사라진다.

천객과 같은 경지다.

이런 사람의 무공은 초식(招式)으로 봐서는 안 된다. 몸이 움직이는 대로, 감각에 따라 움직이는 무공이다.

얼마나 이런 경지에 오르려고 부심했던가.

쾌, 중, 환은 영원히 끝나지 않는 수레바퀴와 같다. 쾌를 얻으면 중이 모자란다. 중을 얻으면 환에서 모자람이 보인다. 셋을 모두 얻었다고 생각하면 다시 쾌가 부족해 보인다.

하나를 얻을수록 무공은 진일보하지만 그 끝은 어디인지. 쾌, 중, 환의 연결 고리에서 벗어나는 무공은 어떤 것이 있는지.

쒜에에엑!

하후가주 섬전신도 하후명은 일도에 전신진기를 모두 싣고 짓쳐 나갔다.

문도들의 비명 소리는 이제 그와 상관없는 공허한 울림일 뿐이다. 자식들이 피살당했고 인피가 벗겨졌지만 그 역시 남의 일처럼 무덤덤하게 느껴진다. 아니, 기억조차 나지 않는다.

살문 살수들은 죽일 놈이다. 이름없는 강변에 올 적만 해도 반드시 죽여야 한다는 강렬한 살념(殺念)에 몸이 팔팔 끓어올랐다. 무림의 명성, 배분을 무시하는 천객이나 비객들의 모습을 보면서도 태연할 수 있었던 것은 자신의 위신보다도 살문 살수들을 죽여야 한다는 욕구가 더 진하게 깔려 있었기에 가능했다.

일도에 한 올 진기도 남기지 않고 모두 실은 지금은 살념도 들지 않는다.

비객의 모습도 천객의 안하무인격인 태도도 생각나지 않는다.

양가주와 연수한 것이 잘한 일인지 잘못한 일인지 판단할 수가 없다. 좀 더 정확히 말한다면 옆에 양가주가 존재한다는 사실조차도 잊어버렸다.

보이는 것은 오직 종리추다.

이것도 잘못된 말이다. 종리추의 실제 모습은 흐릿해져 보이지 않는다. 그가 보는 것은 종리추라는 인간이 아니라 천 년 세월 동안 꿋꿋이 풍우(風雨)를 견디어온 거대한 고목이다.

그렇다. 그는 지금 고목을 베어내고 있는 게다.

무슨 초식으로 베어낼까?

푸훗! 미숙한 생각이다. 초식을 생각할 필요가 없다. 신도(神刀)는 바람결을 가르고 흐른다. 그것이면 족하다. 바람에 부딪치지 않고, 저항하지 않고, 뚫으려고도 하지 않고 유유히 흐르면 그만이다.

고목을 베어내는 것도 마찬가지다. 초식으로 베어내려던 생각을 버려야 한다. 단순한 나무가 아니던가. 필생 숙적(宿敵)이 아니라 나무일 뿐이다. 나무를 베어내는 데 무슨 초식이 필요한가. 나무의 결에 순응하여 가장 잘 잘리는 부위로, 가장 잘 잘리는 각도로, 그것을 뒷받침해 주는 속도와 힘을 가미하면 끝나는 것을.

쒜에에엑……!

섬전신도 하후명의 신도가 유유히 흘렀다.

엄청난 파괴력은 보이지 않았다.

깜짝 놀랄 만큼 빠르지도 않았다.

도법에 어떤 특성이 있냐고 물으면 즉각 대답이 튀어나오지 않을 평범한 도법이었다.

종리추는 맞받지 못했다.

쒜에엑……!

일도가 흘러갔다, 종리추의 옷자락을 잘라내며.

종리추는 뒤로 한 걸음 물러섰다. 비수를 휘둘러 보지도 못한 채 신도가 다가오자 훌쩍 뒤로 몸을 뺐다.

공격이 실패한 후에는 반드시 허점이 생긴다. 도나 검의 경우에는 병기를 든 쪽에 허점이 생겨 반격의 급소로 활용되곤 한다. 허점을 파고들 만큼 빠른 무공을 지녔으면 반격할 수 있는 것이고, 느리다면 물실호기(勿失好機)가 되고 말겠지만.

종리추는 파고들지 못했다.

파아앗!

섬전신도 하후명의 신법이 더욱 빨라졌다.

잉어가 물살을 역류하듯이 흘러가던 도를 뒤집어 치올렸다.

속도나 도에 깃든 힘은 감당할 성질의 것이 아니다. 거목이든 바위든 부딪치는 것은 모두 부숴 버릴 기세다.

섬전신도 하후명은 만족했다.

자신의 도법은 나무랄 데 없지만 정작 본인이 느끼기에는 한 점 무리가 없어 편안하다. 보통의 빠르기로, 보통의 진기를 실어 가볍게 쳐내는 느낌이다.

종리추가 날래게 물러섰다.

이번에는 두 걸음이나 물러섰다. 한 걸음을 물러설 경우 하후명의 도법에서 벗어나지 못한다고 판단했을 게다.

하후명의 눈빛이 반짝였다.

'잡았어! 후후후!'

투지가 끓어올랐다.

종리추를 죽일 수 있다는 자신감이 물밀듯이 밀려와 전신에 회오리쳤다.

파아앗……!

하후명은 종리추를 바짝 따라붙었다.

'마지막은 회선이도(回旋二刀)로…….'

회선이도는 하후명의 필생절학이라고도 할 수 있다.

무공이 비슷한 무인과 겨룬다고 가정했을 때, 상대가 한 번 공격하는 동안 자신은 두 번 공격할 수 있다. 상대가 어떤 공격을 해오든 한 번의 움직임으로 공격을 차단하고 다음 움직임으로는 절명시킨다.

섬전신도의 결정체라고 할 수 있다.

그렇기에 아무에게도 보이지 않았다. 사람이 지켜보는 가운데서는 목숨이 경각에 달려 있지 않는 한 펼치지 않았다.

폐에에엣!

섬전신도 하후명은 손에 힘을 꾹 주고 도법을 전개했다.

거리는 지척, 도를 피할 수 없는 거리다.

속도는 일행(一行)에 이도(二刀).

병기를 들어 막으려고 해도 막을 수 없다. 종리추처럼 단병을 든 자라면 일도에 손목을 자르고 이도에 몸통을 가른다. 뒤로 물러설 수도 없다. 물러설 마음으로 신형을 움직이려다가는 처음 일도에 손목이 아니라 몸통이 잘릴 수가 있다.

무인이라면… 무공을 익힌 자라면 무조건 병기를 들어 막으려고 하는 게 상리다.

피유웃!

일도가 악마의 혓바닥처럼 날름거렸다.

위에서 아래로 비스듬히 사선으로 내려치는 일도.

도를 등 뒤까지 뺐다가 그물을 던지듯 휘둘러 치는 공격이기에 파괴력은 강할 수밖에 없다.

일도가 흘렀다.

하후명은 도가 내려오는 탄력을 이용해 팽이처럼 뱅그르르 돌았다.

도가 상대의 몸을 비켜 다시 공격이 가능한 상단에 위치하기까지는 그야말로 촌각에 불과하다. 회선이도의 유일한 허점이라면 바로 그 순간을 노리는 것인데, 그것은 어떤 무인이라도 불가능하다. 눈 한번 깜짝하는 순간보다 더 빠른 찰나를 어떻게 잡아낼 것인가.

그러나…… 하후명은 섬뜩했다.

일도에 걸리는 것이 없다.

처음부터 회선이도를 작심하고 펼쳤으니 몸은 도를 따라 회전하기 시작했는데, 물러설 기미를 보였든, 병기를 들어 막으려 했든 도에 걸리는 것이 있어야 하는데 그게 없다.

쒜에에엑……!

회선이도의 두 번째 도가 터졌다. 그러나,

"헛!"

하후명은 회선이도를 마무리 짓지 못했다.

종리추의 상반신은 옆으로 기우뚱하게 뉘어지고 있다.

처음 일도를 좌궁보(左弓步)라는 말도 안 되게 간단한 보법으로 피해 낸 것이다.

그의 모습이 아직도 움직이고 있는 것은 하후명의 도법이 그만큼 빨랐다는 것을 의미한다. 종리추의 보법이 마무리되기도 전에 재차 일격이 가해지고 있으니.

회선이도는 적이나 자신이나 생각할 시간을 빼앗아 버린다.

어떻게 그럴 수 있을까.

그 짧은 순간에 어떻게 좌궁보를 전개할 수 있었을까.

페에에엣!

회선이도의 두 번째 도가 이미 피해 버린 빈 공간을 훑었다.

하후명은 정말 전개하기 싫었지만, 이미 쏟아져 버린 도법을 회수하기란 본인 자신도 불가능했다.

종리추의 상반신이 꿈틀거렸다.

넘어질 듯 앞으로 기우뚱했다.

"헉!"

하후명은 난생처음 무지막지한 고통을 받았다.

전에도 창에 찔리고 검에 베인 경험은 많다. 가장 지독하게 당한 것은 스무 살 안짝이었던 것 같은데…… 근 반년간이나 요양을 할 만큼 중상을 입은 적도 있다.

하지만 지금 고통과는 비교가 되지 않는다.

전신이 마비되는 느낌과 불개미 수천 마리가 한꺼번에 달라붙어 살점을 뜯어 먹는 느낌이 동시에 일어난다.

심장에 작은 쇳조각이 간신히 끝 뿌리만 남긴 채 틀어박혀 있는 것은 조금 시간이 흐른 후에나 보았다.

"쿨럭!"

기침이 쏟아졌다.

심장에서 역류하는 피가 다시 한 번 전신을 할퀴고 지나간다.

"잘하고 있었는데…… 잡았는데…… 정말 잡았는데……."

자신이 당했다는 것, 죽음이 임박했다는 사실은 중요하지 않다. 그보다는 이제 숨 몇 번 들이쉴 시간밖에 없는 그로서는 조금 전 일을 되새기는 것이 더욱 급급하다.

세상사를 잊었다. 도법도 잊고, 자신도 잊었다.

무념무아무상(無念無我無常).

기분이 상쾌했다. 비로소 자연과 하나가 되는 것 같았다.

그토록 추구하던 극쾌(極快), 대중(大重), 만환(萬幻)이 비로소 도에 실렸다.

하후명은 분명히 느꼈다.

종리추는 맞받지 못했다. 물러서기에 급급했다.

'그랬어…….'

하후명은 자신의 실수를 깨달았다.

그 순간만은 그가 싸우던 상대는 종리추가 아니라 거대한 고목이었다. 이기고 지는 승패에는 초연했다. 죽음이 무엇인지 생각하지 않았다. 그러니 상대를 반드시 죽여야 한다는 살심도 일어나지 않았다.

승기를 잡았다고 느낀 순간 무념은 깨졌다.

도법은 적당한 속도, 적당한 변화를 거부했다. 그리고 다시 옛날로 돌아가 극쾌, 대중, 만환을 가미했다.

나무의 결을 따라 자연스럽게 잘라내는 도법 대신 무지막지하게 빠름과 힘과 변화로 단번에 고목을 잘라내려 한 것이다.

무초(無招)에서는 이겼으나 유초(有招)로 돌아서는 순간 졌다.

'그래도 나는 행복한 놈…… 무인으로 태어나 무극을 경험했으니…….'

하후명은 입가에 미소를 배어 물었다. 죽음의 그림자가 어둡게 뒤덮였지만 전혀 두렵지 않았다.

'가주……'

양가주 양왕은 하후가주의 변모한 모습부터 죽는 순간까지 한 점도 놓치지 않고 지켜봤다.

자신이 끼어들 틈도 없는 짧은 순간에 벌어진 공방이다.

끼어들려고 작심하면 못할 것도 없었지만 하후가주의 상황을 직감했기에 끼어들지 않았다.

하후가주가 전개한 도법은 분명 예전에 그의 도법이 아니다.

진정 깜짝 놀랐고 감탄했다.

겉으로 내색하지는 않았지만 하후가의 도법보다 자신의 창법이 훨씬 강하다는 자부심을 가지고 있었던 게 사실이다.

그러나 하후가주의 지금 공격만은 어떻게 막아낼 수 없다.

하후가주에 비해 자신은 너무 느리다.

예전의 그라면 패도적일지언정 감당하지 못할 정도는 아니었는데.

심득(心得)이다.

하후가주는 절대절명의 싸움판에서 심득을 얻은 게다. 그래서 끼어들지 않았다. 한편으로는 저만한 도법이면 충분히 종리추를 죽일 수 있을 것이라는 안도감도 들었다.

그런데 죽었다. 눈 깜짝할 순간에.

사실 양가주는 하후가주의 마지막 도법을 보지 못했다.

종리추를 몰아붙일 때까지만 해도, 그의 위치에서는 두 사람의 모습이 일목요연하게 보였다. 그러나 마지막 회선이도를 전개할 즈음에는 하후가주의 등을 보는 위치로 바뀌었다. 그리고 그 순간 하후가주의 도법이 쾌속하게 바뀌었고, 죽었다.

마지막에 하후가주는 회선이도를 펼쳤다.

하후가주는 회선이도를 숨기지만 무림고수들 중 회선이도를 모르는 사람은 거의 없다. 양가주도 직접 눈으로 견식한 것은 이번이 처음이지만 말은 많이 들어왔다.

하후가주 섬전신도 하후명의 최후 초식.

그러나 어찌 된 일인지…… 하후가주의 최후 초식이라는 회선이도가 먼저의 공격보다 약해 보인다.

그 순간 하후가주는 심득을 잃고 자신의 무공을 펼친 것이다.

양가주는 촌각에 불과한 시간 동안 상황을 정확히 읽어냈다.

'이자는 내 상대가 아냐. 후후, 우물 안 개구리였군. 하늘 높은 줄 몰랐어.'

마음과 다르게 몸은 반대로 반응했다.

창을 잡은 손이 부들부들 떨렸다.

전신은 완벽한 긴장으로 팽팽하게 곤두섰다.

중원제일창이라는 이름을 걸고 종리추와 부딪치고 싶은 욕구가 꿈틀꿈틀 새어 나왔다.

그도 무인이다. 중원에서 가장 고절한 고수로 지칭받는 고수들 중 한 사람이다.

상대하기가 벅찬 상대를 만났으니 무공을 겨뤄보고 싶은 욕구가 무지막지하게 밀려든다. 세상에서 가장 어여쁜 절세미인을 만났을 때처럼 흥분이 치민다.

시선을 돌려 주위를 돌아보았다.

싸움의 선택권을 종리추에게 넘긴 것이다.

종리추가 틈을 노리고 공격해 오면 맞받아 나갈 것이고, 공격해 오지 않으면…….

이런 행동 때문에 목숨을 잃을지도 모른다. 종리추는 한눈파는 것을 용납하지 않는 절대 강자. 미세한 틈을 잡으면 승패로 결착시킬 수 있는 절대 무인.

전체적인 싸움은 결코 불리하다고 할 수 없다.

금방이라도 쓰러질 듯 위태로워 보이는 여인은 소고다. 삼절수사에게 치명상을 입었다고 했으니. 온몸에 상처를 입어 성한 곳이 없으면서도 성난 고양이처럼 날뛰는 여자는 소여은이리라.

살수비기로 숨어서 싸우던 자도 표면으로 떠올랐다. 하후가, 양가의 무인들이 종적을 잡아냈고 이제는 정통 무공으로 싸우는 길밖에 없다. 그는 주로 각법을 사용하고 있으니, 유구일 텐데…….

현재 유구는 유리한 것처럼 보인다. 거침없이 몰아붙이는 모습이 참 인상적이다. 하지만 끝났다. 하후가와 양가의 무인들이 공격 기회를 잡지 못하는 것처럼 보이지만, 아는 사람이 보면 틈을 노리고 있는 게 뚜렷이 잡힌다.

유구의 각법은 점점 제약을 받기 시작하고 있다. 도와 창의 합공을 효율적으로 막아내는 횟수가 점점 줄어들고 있다.

문제는 날랜 원숭이처럼 팔팔 나는 키 작은 무인이다.

각법이 한눈에 들어올 만큼 뛰어난 자이니…… 모진아라는 남만인일 게다.

저자는 확실히 문제다.

하후가와 양가의 무인들은 그를 잡아내지 못할 것 같다.

종리추는 공격해 오지 않았다.

양가주가 손속을 늦추자 죽음이 임박한 하후가주의 귓가에 입을 대고 무슨 말인가 속삭였다.

무슨 말을 하고 있을까?

하후가주의 얼굴색이 시커멓게 변색되었다. 마지막 숨을 헐떡이고 있기 때문만은 아니다. 무엇인가 종리추의 말을 듣고 충격을 받은 것이 틀림없다.

양가주의 생각을 대변이라도 하듯,

"하하하!"

하후가주는 앙천광소를 터뜨렸다.

하후가주의 눈빛이 반짝 빛났다.

실제로 눈빛이 반짝였는지는 모르지만 양가주가 보기에는 분명히 약간 생기가 돌았다.

'회광반조(廻光返照)……'

사람이 죽을 때에는 세상을 바로 볼 수 있는 맑은 정신이 마지막으로 한 번 깃든다고 한다. 혼탁한 세상에서 혼탁함에 묻혀 살던 지난 과거를 돌이켜 보고 반성하라는 의미에서.

하후가주의 활력을 돋운 것은 바로 그 회광반조다.

하후가주는 마지막 기력을 쥐어짜 내 쩌렁 고함을 질렀다.

"하후가 무인들은 돌아가라! 하후가로 돌아가 십 년 폐관하라! 돌아…… 무림에 간여하지 말고…… 절대…… 절대!"

하후가주의 고함은 생사의 결전으로 정신을 분산할 수 없는 무인들의 귀에도 똑똑히 들렸다. 그의 음성은 강변을 지나쳐 저 멀리 있는 들판까지 회오리치는 듯했다.

"가주!"

지척에 있던 하후가 무인 중 한 명이 달려와 하후가주의 몸뚱이를 부둥켜안았다.

아무리 싸움에 정신이 팔려 있다고는 하지만 그들도 하후가주가 싸우는 모습을 보았다. 심장에 비수가 틀어박히는 순간도.

하지만 나서지 못했다. 싸움이란 그런 것이다. 완전히 끝나기 전에는 자기 위치를 벗어나서는 안 된다. 상대하고 있는 자, 상대하려고 하는 자를 놓쳐서는 안 된다.

지금은 다른 상황이다.

하후가주의 입에서 도를 거두고 돌아가라는 말이 떨어졌다. 그 말을 쫓든 쫓지 않든 선택은 차후의 일이다. 가주의 입에서 명령이 떨어졌으니 싸움을 잠시 미루어도 괜찮다.

"절대…… 절…… 대…… 무림…… 에 간여…… 폐관……."

하후가주는 부르르 몸을 떨다 축 늘어졌다.

그것이 하후가주의 마지막 모습이다.

하후가주는 회광반조가 이는 동안 무슨 생각을 했을까?

주름진 눈가에서 굵은 눈물 한 방울이 또르륵 굴러 떨어졌다.

'이게 무슨 일……?'

양가주는 혼란스러워졌다.

치명상을 당한 하후가주는 상황을 정확히 분석할 능력을 잃었다. 싸움이 유리하게 전개되고 있는지, 아니면 몰살할 처지인지…….

그가 물러가라고 고함을 친 것은, 하후가로 돌아가 십 년 폐관하라는 유언은 아마도 종리추가 귓가에 속삭인 말 때문이리라.

그것이 무엇인가, 도대체 무슨 말을 했기에 살수라면 치를 떨던 하후가주가 문도를 물리는가. 종리추에게 죽임을 당하면서 문도를 물리는 이유가 무엇인가.

하후가주를 안고 있던 하후가 문도가 종리추를 뚫어지게 노려봤다.

그가 말했다.

"가주님이 당했으니 나 정도는 상대도 안 되겠지. 하지만 너도 언젠가는 반드시 당할 거다. 반드시 차디찬 땅 위에 몸뚱어리를 눕히게 될 거야."

그는 하후가주의 시신을 안아 들고 일어섰다.

양가주를 향해 고개만 끄덕여 인사한 그는 강도(剛刀)를 축 늘어뜨리고 있는 문도들을 향해 소리쳤다.

"시신들을 챙겨라! 우린 돌아간다!"

양가주와 종리추의 조용한 눈싸움은 근 반 시진 동안 지속되었다.

휘이이잉……!

바람 소리가 천둥 소리처럼 크게 들렸다.

어느 때 같으면 부는지 불지 않는지 신경도 쓰지 않을 바람 소리건만 일촉즉발(一觸卽發)의 긴장된 상태에서 부는 바람 소리는 신경을 바짝 곤두세우게 만들었다.

싸움을 하는 곳은 없다.

하후가 무인들이 물러가고도 한참이 지나도록 양가주는 싸우라는 명령을 내리지 않았다.

유구와 모진아가 소고와 소여은의 상세를 보살피고 있지만 그들을 향해 창을 뻗는 무인은 없었다.

그러기에는 상황이 너무 기묘했다.

계속 싸울 것인가, 아니면 가주의 명령을 기다려야 하나.

엉거주춤. 문도들이 이러지도 저러지도 못하고 있을 때 양가주가 드디어 말문을 열었다.

"졌다."

"……."

"내 생(生)에… 널 상대할 수 있는 창법을 얻게 될지 모르지만…… 그때 다시 보지. 살아 있다면. 가잣!"

양가주는 미련없이 등을 보였다.

야이간은 숙고를 거듭했다.

바깥 세상은 태풍(颱風)을 넘어 광풍(狂風)이 불고 있다.

겉보기에는 더할 나위 없이 평화롭지만 무림인치고 뱃속 편하게 지낼 사람은 아무도 없다. 장님이 아닌 이상, 귀머거리가 아닌 이상 사방에서 회오리치는 광풍을 느끼지 못할 사람은 없으리라.

'이거야 광대가 외줄을 타는 것보다 위태롭지 않은가. 한 걸음만 삐끗 잘못 디뎌도 천 길 낭떠러지로 떨어지고 마는 위험천만한 세상이 바로 지금이야.'

야이간은 손가락으로 탁자를 톡톡 두들겼다.

생각 하나에 운명이 좌우된다.

만화(萬花)가 깔린 꽃길을 걸을 수도 있고, 도산검림(刀山劍林)을 헤쳐 나가게 될지도 모른다.

대황촉(大黃燭) 촛불이 밑동에 달라붙어 위태롭게 간들거린다. 날이 밝는지 검디검었던 봉창에 하얀색이 피어난다.

탁자를 두들기던 손길이 꿈틀거렸다.

탐독하다시피 읽어서 내용을 모두 외워 버린 전서(傳書)들.

그런데도 또 손이 뻗치고 있다. 더 읽어봤자 새로운 내용은 아무것도 없는데.

'내가 흔들리고 있어. 이 천하의 야이간이. 무엇 때문에…… 그렇군! 그놈 때문이야.'

야이간은 한 사내를 떠올렸다.

'백천의! 그놈 때문이야. 후후! 이 천하의 야이간이 주눅 들 줄이야. 그래, 그놈에게 주눅이 들었어. 그 다음부터 이성을 잃고 있었어. 흔들리고 있었단 말야. 후후! 됐어. 지금이라도 알았으면.'

알고는 있었다. 놈을 처음 본 순간부터 지독한 원한을 가슴에 품은 놈이라는 것을.

야이간은 천객에 대한 생각을 뒤로 미뤘다.

백천의란 인간은 결국 자신에게 검을 들이댈 위인이지만, 지금은 협조를 해줄 때다. 그가 고민하는 이유는 바로 살문의 생명력이 끈질기다는 데 있다. 지금쯤 요절이 났어도 단단히 났어야 하는데.

'뭐가 잘못되고 있어, 뭐가…….'

야이간은 큰 힘을 얻었다.

천 노인이 쥐어준 정보력은 세상을 두 번 살아도 한 번 쥐어볼까 말까 한 큰 힘이다.

묵월광의 진정한 힘은 살수들의 실수 능력이 아니라 천 노인의 재력이요, 정보력이다.

소고처럼 자만심으로 똘똘 뭉친 여자는 천 노인의 힘을 간과했을지 모르지만, 야이간은 천 노인의 상권을 움켜쥐는 순간 하늘과 같은 거력이 품 안에 안겨드는 것을 느꼈다.

그 힘이 말해 주고 있다, 세상이 소용돌이 속에 파묻혔다고.

'확실하게 알아보고 발을 내디뎌야 해.'

지난밤을 꼬박 밝혔지만 조금도 피곤하지 않았다.

전신에 팽팽히 스며드는 긴장감은 피로를 느낄 시간마저도 빼앗아 가 버렸다.

야이간은 날이 밝아 아침이 되자 몸을 일으켰다.

정말 오랜만이다, 취국 곁에서 잠을 자지 않은 것이.

백상(百商).

백(百)이라는 숫자는 단순히 하나부터 백까지 세는 숫자적인 관념만 있는 것은 아니다. 백이라는 숫자에는 '완벽'이라는 의미가 포함되어 있다.

넘치지도 모자라지도 않는 완벽한 숫자다.

천 노인의 백상은 중원에서 취급하는 모든 품목을 망라한 거상들의 집합체라고 해도 과언이 아니다.

그들은 중원을 떠돌며 막대한 이윤을 남긴다.

황금 알을 낳는 황금 닭처럼 멍청하게 두 손 놓고 있어도 이윤이 저절로 남겨진다. 시간이 지나면 지날수록 눈덩이처럼 불어나 평생 쓰지도 못할 만큼 많은 은자를 벌어들인다.

그들은 이윤만 남기는 게 아니다.

중원에서 거래되는 모든 품목을 망라하고 있다는 것은 그만큼 만나는 사람이 다양하는 뜻이다.

말 그대로 백상은 중원에서 벌어지는 일을 손바닥 들여다보듯이 알게 된다.

그들 개개인이 알고 있는 정보라는 것은 지엽적인 것에 불과하지만 모두가 모여 커다란 그릇에 담겼을 때, 백상이 거둬들인 정보는 중원에서 가장 양질의 정보로 둔갑한다.

개방의 정보력이 강한 것은 문도가 많아서이다.

단순히 사람 수가 많기 때문이다. 정보를 수집하고, 분석, 활용하는 능력은 후일에 생긴 것이고, 초창기에는 단순하게 많은 인원이 취합한 방대한 정보만을 활용했다.

암중으로 은근히 개방과 견주고 있는 하오문의 정보력도 사람 수에서 나온다.

그런 면에서 보면 상인들의 정보 역시 무시하지 못한다.

대놓고 무림에 나서지 않아서 그렇지 상인들이 거둬들인 정보를 무림에 활용하기로 마음만 먹으면 당장 막강한 세력으로 탈바꿈할 수 있다.

"살문이 살행을 하고 있는 것만은 확실하오이다."

"그렇지, 확실하지. 많은 인원도 아냐. 두 명 내지 세 명이 고작이야. 그 정도밖에 되지 않는데… 묘한 것은 귀신도 모르게 움직인다는 거지. 종적을 잡아낼 수 없어. 신출귀몰해."

"살문이 살행을 하고 있어도 죽이는 명분이 뚜렷하니……."

"그게 문제야. 그토록 처참한 죽음은 내 생전에 처음 보는 듯한데…… 허! 그런데도 민심은 살문 살수들 편이란 말야. 그 죽은 작자들, 숨기고 숨겼지만 세상 사람들을 모두 속일 수는 없었지. 모두들 인면수심(人面獸心)이란 걸 알고 있었어. 두려워서 말을 꺼내지 못했을 뿐이지."

대청에 모인 거상들이 중구난방(衆口難防)으로 떠들었다.

야이간은 그들의 말을 듣고 있지 않았다. 그는 자신의 생각 속으로 침잠해 들어갔다.

'살문…… 살문이 아니면 이토록 대담하게 사람을 죽일 수 없어. 살수들이라고는 씨가 마른 판에.'

중원 곳곳에서 살겁이 일어나고 있다.

워낙 넓은 중원이다 보니 하루에도 몇천 명씩 병으로, 노환으로 죽어가고 있지만 백상이 거둬들인 죽음들은 너무 끔찍해서 어느 죽음들과는 확연하게 다르다.

죽은 자들의 죄상을 널리 알린다는 면에서도 일반적인 죽음과는 너무 다르다.

살문이 살행을 하고 있다는 것은 너무도 명확한 사실이다. 중언부언(重言復言) 떠들 필요도 없다. 백상이 거둬들인 정보를 읽지 않았어도, 중원에 떠도는 풍문만 듣고도 알 수 있다.

그런데도 야이간이 백상을 소집한 것은 차후 향로(向路)를 모색하기 위해서다.

뚱뚱한 사람, 마른 사람, 얼굴이 험상궂은 사람, 샌님처럼 연약해 보이는 사람…….

이들은 자신을 천야(天爺)라고 부른다.

천 노인을 불렀을 때처럼 자신에게도 그렇게 부르며 충성한다.

하지만…… 이들의 충성에는 문제가 있다. 언제든지 등을 돌릴 수 있는 충성이다. 천 노인과 이들 사이에, 아니면 소고와 이들 사이에 어떤 밀약이 있었는지 모르지만, 좌우지간 이들이 겉으로 드러내는 충성을 곧이곧대로 믿을 만큼 미련한 야이간은 아니다.

백상은 야이간을 믿지 않는다.

그 사실을 야이간은 알고 있다.

야이간이 백상들의 마음을 읽고 있는 것처럼, 백상도 야이간이 자신들을 믿지 않는다는 사실을 알고 있다.

서로가 불신하면서도 얼굴을 맞대고 있다, 그렇지 않은 듯 태연자약하게.

야이간은 집념이 강한 반면 체념도 빠른 편이다.

먹을 만한 떡이면 주워 먹지만, 조금이라도 상했다 싶으면 서슴없이 던져 버린다. 그것이 설혹 세상에서 단 하나뿐인 진귀한 떡이라 해도 미련없이 버린다.

소고가 차지한 천 노인의 상권.

그것만 가지면 천하를 요리할 수 있을 것 같았고, 또 실제로 그럴 힘이 잠재해 있지만 불행히도 자신의 몫은 아닌 것 같다.

야이간은 귀찮은 듯 귀를 후비며 입을 열었다.

"거두절미. 그런 말들은 숱하게 들었으니 그만 하지. 지겨워."

백상이 일제히 입을 다물었다.

이럴 때 보면 영락없이 충직한 수하들이다. 묵월광이라든가, 소고라든가, 천 노인, 살혼부 등등… 무림과는 전혀 인연없는 사람들처럼 태연자약하다.

'가증스러운 놈들.'

이들… 백상이 원하는 것은 자신들의 상권(商權)이 안전하게 지켜지는 것이다.

이들은 자신과 같은 사람을 기다렸다.

백상은 살혼부 자금으로 출발했다. 무림과 인연을 끊을 수 없는 상권인 게다.

그런데 상황이 최악으로 치달렸다. 살혼부가 십망을 받고, 십 년이나 지나 출발한 묵월광도 흐지부지 무림공적이 되어 사라졌다. 천 노인이 살혼부와 깊은 연관을 맺고 있다는 것은 알 만한 사람은 모두 알고 있으니 움치고 뛸 수도 없는 형편이 되어버렸다.

무림인이 손만 뻗으면 쓰러져 버릴 풍전등화(風前燈火)의 위기 앞에 놓인 것이다.

천 노인, 그 여우 같은 늙은이는 자신이 덥석 먹이를 물어오자 얼씨구나 하고 놓았을 게다.

문제는 그렇게 해서 천 노인과 백상이 얻는 것이 무엇인가 하는 점이다.

천 노인이 발을 뺐지만 그런 행동으로는 천 노인 한 사람의 목숨밖에 구명할 수 없다. 자신이 무림인이 아니라면 몰라도…… 백상은 여전히 무림인의 칼끝에 놓여 있게 된다.

야이간은 머리를 휘둘렀다.

지금은 그런 문제로 골머리를 썩일 때가 아니다.

활로를 찾아야 한다. 백상을 버리기로 작심했으니 이들의 힘을 최대한 활용해서.

야이간은 자신을 뚫어지게 바라보고 있는 백 쌍의 눈길을 돌아보며 말했다.

"살문의 행적부터 말해 봐."

백 쌍의 눈길이 긴장했다.

"살문은 천음 백석강에서 일차 접전을 벌였소이다. 상대는 하후가와 양가의 문도 이백 명. 살문은 종리추, 소고, 소여은, 모진아, 유구."

야이간은 귀찮은 듯 귀를 후볐다.

이 작자들은 꼭 알고 있는 이야기도 다시 되짚어 말하는 버릇들이 있다.

그가 알고 싶은 것은 접전의 결과이다. 아마도 소여은, 모진아, 유구 정도는 죽었을 게다. 종리추는 워낙 약삭빠른 놈이니 몸을 빼냈을 게고.

놈이 어디로 몸을 뺐느냐 하는 것이 궁금하다.

"결과는 천외천의 완패요."

"와, 완패?"

야이간은 믿을 수 없었다.

세상에…… 어떻게 그런 일이……. 잘못 듣지 않았나?

"하후가주가 죽고 하후가 문도 열일곱 명이 죽었다는 소식입니다. 양가 문도도 열두 명이나 죽었으니 상당한 타격을 받았고요."

"……."

야이간은 말하는 자의 입을 쳐다보았다. 계속 말해 보라고.

"결과부터 말씀드리면 하후가와 양가 무인들은 살문 살수들을 내버려 두고 시신을 수습해 철수했습니다."

"뭐, 뭣이!"

야이간의 마음이 심히 격동했다.

어떻게 그런 일이 가능할 수 있을까? 문도가 죽었는데, 가주가 직접 문도를 끌고 나가 이 할에 가까운 사람이 죽었는데 죽인 사람을 내버려 두고 철수하다니. 기문(奇聞)이다. 난생처음 들어보는, 세상에서 가장 어수룩한 기문이다.

그는 놀란 가슴을 진정시켰다. 백상 같은 여우들을 상대하려면 속마음을 겉으로 드러내서는 안 된다. 하지만 백상 중 이런 소식을 처음 접하는 사람들은 놀람을 감추지 않았다.

"그게 정말이오? 말씀대로라면 하후가와 양가에는 백오십 명이 넘게 남았는데, 가주까지 죽은 마당에 얌전히 물러섰단 말이오?"

백상 중 한 명이 물었다. 야이간이 묻고 싶은 물음이다.

"하후가주가 죽음 직전에 물러서라는 명을 내렸다더군. 그래서 하후가 문도가 먼저 물러섰고, 한참 후에 양가주가 물러섰다는 소식일세."

이해되지 않는다. 야이간이 알고 있는 하후가주는 살문을 철천지원수로 알고 있다. 하후가의 뿌리가 없어진다 해도 살문을 그대로 내버려 둘 사람이 아니다. 그런 사람이 철수 명령을 내렸다?

하후가 문도는? 하후가주가 명을 내렸다고 해서 가주를 죽인 놈이 눈앞에 서 있는데 물러서?

하후가는 그렇다 치자. 양가는 또 어떻게 된 것인가? 그런 상황에서 물러선다는 것은 앞으로 무림에 발을 들여놓지 않겠다는 말과도 같은데…… 천하제일창이라는 양가의 명성에 먹칠을 하는 것과 진배없는데 그런 오욕을 감수했단 말인가? 왜?

'왜? 왜 물러섰나?'

"왜 그랬답니까? 무림을 잘 알지는 못하지만 모른다고도 할 수 없는데…… 우둔한 식견으로는 도저히 납득되지 않는구려."

역시 야이간이 묻고 싶은 물음을 먼저 묻는 우둔한 자가 있다. 이런 자들이 있기에 내심을 숨길 수 있다.

"그거야 모르지. 당시 싸움에 가담했던 하후가나 양가 무인들이 모두 입을 굳게 다물고 있으니까."

"……."

조용한 침묵이 흘렀다.

이거야말로 진정 풀기 힘든 난제다.

'분명히 종리추 그놈이 무슨 수작을 부린 거야. 그렇지 않고서야…… 다른 놈들? 다른 놈들은?'

"다른 쪽은 어떻게 됐나?"

"다른 쪽도 결과부터 말씀드리겠습니다. 모두 사라졌습니다. 연기처럼 싹."

"……."

예상했던 답변이다.

역시 종리추 그놈이 무슨 수작을 부리고 있다. 백상의 정보망으로도 파악할 수 없는 지극히 은밀한 수작을.

"개방과 하오문 쪽 움직임은?"

"여전히 마찬가지입니다."

야이간은 취국이 생각났다.

찰싹 달라붙는 살결, 정신없이 욕정을 끌어내는 그녀의 냄새.

골치 아픈 일이 너무 많다.

천 노인과 백상이 진정 무엇을 원하는가 하는 문제도 자신 혼자만의 힘으로 풀어야 하는 난제다. 종리추가 무슨 수작을 부리고 있는지도 혼자 생각해 내야 한다.

무엇보다 가장 큰 문제는 모든 정보가 절름발이라는 것이다.

하오문의 정보망도 제대로 가동되지 않는다. 중간에서 농간을 부리는 자들이 있는 게 틀림없다. 가장 밑바닥에서 거둬들인 정보가 하오문주의 손까지 닿지 않는 것이다.

개방도 마찬가지다. 개방도들이 거둬들인 정보는 무려 절반이나 중간에서 사라져 버린다.

개방은 오히려 쉽게 생각할 수 있다.

후개…… 그자가 농간을 부리고 있을 게다.

후개는 개방의 차기 방주다. '후개'로 내정된 순간부터 방주가 부재시 개방을 이끌 권한을 위임받는다.

후개는 방주로 취임하지 않았다. 그런 연유로 현재 개방은 흑봉광개가 임시로 이끌고 있다.

보지 않아도 불 보듯 뻔하다.

후개, 흑봉광개 둘 다 문도를 완전히 장악하지 못했고, 양쪽으로 갈려 내분을 겪고 있는 게다.

대체로 어느 문파나 내분이 없는 경우는 없다. 장문인이 서거한다는 특수한 경우에는 상당한 피바람이 몰아치기도 한다. 장문인이라는 직위는 목숨을 걸어볼 만한 가치가 있으니까.

힘 겨루기를 하고 있는 후개와 흑봉광개.

둘 중 어느 쪽이 이겨도 개방은 상당한 타격을 받으리라.

모든 정보가 불완전하다.

천객이 하오문과 개방을 휘두를 수 있는데, 자신에게까지 정보를 요구하는 것도 같은 맥락에서 이해할 수 있다.

천객은 자신보다는 조금 낫다. 불완전한 정보일망정 하오문, 개방, 백상에서 거둬들인 정보를 종합해 보면 구체적인 정보를 얻을 수 있다. 하지만 자신은…….

'어디 끝까지 숨겨봐라.'

자신에게 정보를 주고 있는 이들, 백상은 더 더욱 믿을 수 없다.

천 노인이 물러섰다고 하지만 암중으로 조종하고 있을지도 모른다. 십중팔구 그럴 게다. 허수아비로 자신을 세워놓고. 살문 살수들이 연기처럼 사라져 버렸다는 말이 바로 그 증거이지 뭔가.

"종리추는 지금 어디에 있나?"

"연운(筵篔)으로 이동 중입니다."

"연운이라면 절곡(絶谷)인데?"

"맞습니다."

살문 살수들에 대한 정보는 주지 않으면서 종리추의 행방만은 소상히 전해주는 놈들.

'이목을 종리추에게 맞추고 있어. 후후후! 종리추를 믿고 싶겠지. 그러나 기적은 한 번이면 족해.'

야이간은 웃음이 새어 나오려는 것을 간신히 억눌렀다.

야이간은 전서를 띄웠다.

지금쯤 하오문, 개방도 전서를 띄우고 있으리라. 불완전한 정보일망정……. 아니다. 불완전한 정보가 아니다. 종리추가 연운으로 향하고 있다는 정보는 모두 일치할 게다.

종리추는 천외천의 이목을 자신에게 집중시키고 있다.

놈은 무섭도록 치밀하다.

그게 야이간을 두렵게 만든다.

하오문과 개방의 이목이 아무리 넓게 퍼져 있다 해도 지금까지의 종리추라면 얼마든지 숨을 수 있다. 그놈은 인피면구를 제작할 줄 안다. 세상에서 가장 완벽한 은신술이다.

그런데도 그의 행적이 알려지고 있다는 것은 두 가지밖에 생각나지 않게 만든다. 하나는 일부러 행적을 흘리고 다니는 것, 또 하나는 하오문과 개방, 그리고 백상에 그의 입김이 스며 있는 것.

'하오문과 개방까지 손을 쓴 것이 틀림없어. 그렇지 않고서야 하오문과 개방이 입이라도 맞춘 듯이 종리추의 향방에 촉각을 곤두세울 리 없지.'

야이간은 지켜볼 심산이다.

이번 싸움이 어떻게 결말이 나느냐에 따라 거취를 결정해야 한다. 싸움이 결말나기까지는 기다려야 되고, 결말이 나는 즉시 행동으로 움직여야 한다.

'그때는 빠를수록 좋겠지. 결말이 어떠냐에 따라 다람쥐처럼 움직이는 거야.'

야이간의 발길은 취국에게 향했다.

취국은 세상에서 가장 강한 미약(迷藥)이다. 술보다도……. 세상을 잊게 만드는 데는.

◆第百十五章◆

산뇨(算了)

'오(五), 사(四).'

육방(陸龐)은 마음속으로 되뇌었다.

따르륵……! 탁!

옆 탁자에서 부지런히 주사위 통을 흔들던 자가 탁자 위에 통을 엎었다.

그가 주사위 통을 들어 올리자 소뼈를 깎아 만든 주사위 두 개가 모습을 드러냈다.

숫자는 육방이 마음속으로 되뇐 오와 사다.

"하하! 또 이겼군. 이거 오늘은 재수가 좋은데?"

사내는 연신 낄낄거리며 판돈을 끌어왔다.

육방은 고개를 돌렸다.

한참 주사위 놀음에 열을 올리고 있는 염충(苒沖)은 뛰어난 사기꾼이다. 그는 사기를 치지 않기 때문에 뛰어나다. 그와 이야기만 나눠도 동전 몇 푼쯤은 뜯기게 될 게다. 하물며 이렇게 탁자를 마주하고 앉아 주사위 놀음을 한다면 틀림없이 있는 돈 없는 돈 모두 뜯기게 된다.

사람들은 그가 무슨 수작을 부리지나 않는가 하고 눈알을 번뜩인다. 돈을 잃어도 단 한 번만 수작 부리는 것을 잡아내면 다리몽둥이를 부러뜨릴 수 있으니까.

그런다고 딸 돈을 못 딸 염충이 아니다.

그는 어쭙잖은 수작은 부리지 않는다. 주사위라면 눈 감고도 마음먹은 대로 굴려낼 수 있는 달인이다.

육방은 그 정도까지는 되지 못하지만 무엇이 나올지는 짐작할 수 있다. 주사위에는 옥으로 만든 것, 나무로 만든 것, 지금처럼 뼈로 만든 것 등 종류가 헤아릴 수 없이 많지만 어느 재질로 만든 주사위든 소리만 들으면 짐작해 낼 수 있다.

사람들은 알아야 한다, 노름에는 결코 신이 존재하지 않는다는 사실을. 지금은 염충이 사람을 잘 만나 날고 뛰지만, 그보다 한 수 높은 노름꾼이 나타나면 세상에서 가장 쉬운 먹잇감이 될 게다.

"사(四)!"

돈을 잃은 사내가 무덤덤한 음성으로 말했다.

그가 잃은 돈은 적지 않지만 이미 돈에 대한 감각이 죽어버렸다. 다른 사람 앞에 쌓인 돈도, 자신이 가진 돈도 모두 나뭇조각과 다름없는 한낱 물체에 지나지 않는다. 적어도 이 순간만큼은 돈이 아니다. 노름판은 원래 이렇다.

따륵! 따르륵……!

이번에는 염충이 먼저 주사위 통을 흔들었다.

주사위에서 최고 숫자는 육(六). 주사위가 둘이니 도합 십이(十二)가 최고 숫자다. 그중 돈 잃은 사내가 사(四)를 빼자고 했으니 팔(八)이 최고 숫자가 된다.

이번 주사위 놀음의 규칙은 최고의 숫자를 팔로 한다.

사(四)에 사(四)가 나오면 팔(八), 최고 숫자다. 육에 이가 나와도 되고 오에 삼이 나와도 최고 숫자를 가진다.

최고 숫자를 넘으면 탈락한다. 오에 사, 도합 구는 탈락이다. 그럴 바에는 차라리 일에 일이 나와 이를 가지는 편이 낫다.

'육(六), 일(一).'

육방은 속으로 웃었다.

상대에게도 기회는 균등하게 있으니 팔이 나오지 말란 보장이 없지만 실제로 나올 가능성은 극히 희박하다. 그래서 종종 이렇게 조금 양보하는 경우가 있다. 실력을 숨기기 위해서.

'응?'

육방은 고개를 갸웃거렸다.

딸그락, 딸그락…….

염충이 주사위 통을 내려놓지 않고 계속해서 흔들어대고 있다.

당연히 숫자는 계속 변한다.

'사에 삼, 칠. 육에 육, 십이? 삼에 이, 오…….'

딸그락, 딸그락…….

'육에 일, 칠. 사에 삼, 칠. 육에 육, 십이. 삼에 이, 오…… 칠칠십이오!'

따르륵, 따르륵……!

염충은 계속 주사위 통을 흔들어대고 있다.

육방은 염충을 돌아보지 않았다.

'칠칠이십오. 칠칠십오이오…….'

그는 부지런히 눈알을 굴렸다. 가급적 태연하려고 애를 썼지만 긴장으로 심장이 터져 버릴 듯 부풀어 올랐다.

'침착… 침착해야 돼. 절대 침착.'

육방은 전낭을 꺼내 돈을 헤아렸다.

그가 가진 돈은 백 냥 정도.

노름판에 끼어들기에는 어중간한 돈이다. 큰 판에 끼어들기에는 너무 적고 적은 판에 끼어들기에는 많다.

"제길! 오늘은 토끼장이 없네."

육방은 혼잣말처럼 중얼거렸다.

토끼장이란 노름꾼들의 은어로, 닭장보다는 고급스러운 판을 가리킨다. 염충이 끼어든 판처럼 주사위 한 번에 오십 냥 이상이 오가는 큰 판은 '구름판'이라고 한다. 보통 사람들은 결코 잡을 수 없는 구름, 하늘에 떠 있는 구름 위에서 노니는 사람들이란 뜻에서.

따르륵…… 탁!

드디어 염충이 주사위 통을 내려놨다.

그가 내려놓은 숫자는 일에 이, 삼이다. 가장 적은 숫자 중 하나다. 그렇다고 포기할 필요는 없다. 육에 삼부터 육까지, 상대가 팔 이상을 펼쳐 놓을 가능성은 많으니까.

따르륵, 따르륵…….

맞은편 사내가 주사위 통을 받아 들어 흔들어댔다.

육방은 염충이 내려놓은 주사위에 잠깐 눈길을 멈췄다가 도박장 내를 훑었다. 그가 원하는 판은 방금 전에 혼잣말로 중얼거렸듯이 토끼장이다.

'삼…… 삼…….'

염충은 '삼'을 토해냈다. 칠칠십이오 다음에 재뱉은 삼은 '빨리'라는 재촉이다. 하지만 그럴 수 없다. 이럴 때일수록 천천히 해야 한다.

"병아리라도 몇 마리 잡아먹지 그래? 놀면 뭐 해? 그러나저러나 낮이 선데…… 어디서 왔어?"

이름도 없이 단지 천수(千手)라고만 불리는 자가 말했다.

도곤(賭棍)은 절대 도곤끼리 맞붙지 않는다.

그럴 경우가 없는 것은 아니지만 그럴 때는 돈을 대주는 물주(物主)가 따로 있다. 자신의 돈으로 노름판에 끼어들 때는 가급적 도곤이 있는 곳은 사양한다.

육방과 천수는 처음 만났다.

천수가 말을 걸어온 것이 첫 대면이며 이전에 말을 건네거나 뒷조사를 한 적은 없다. 하지만 첫눈에 서로 상대가 뛰어난 도곤임을 알아보았다.

하오문이 운영하는 도방(賭房)에 들락거릴 수 있는 도곤은 하오문 문도뿐이다. 하오문 문도가 아니면서 손놀림을 잘못했다가는 손목이 잘린다.

육방은 천수의 물음에 대답하지 않았다.

도방에 들어설 적에 하오문의 밀마를 전해주었으니 그것으로 싸움이 일어날 소지는 방지했다. 그것보다는 천수에게 신경 쓸 계제가 되지 못한다.

'너무 급해, 너무…….'

사방을 두리번거린다거나 문 쪽을 힐끔거리는 어수룩한 행동은 하지 않았다. 혼자 깊게 생각하는 티도 내지 않았다. 그의 눈은 연신 노름판을 쫓았다.

따르륵…… 탁!

염충 맞은편에 앉아 있던 사내가 주사위 통을 내려놓았다.

정말 오늘 염충은 억세게도 운이 좋은 날이다. 도합 삼을 까놓고도 백 냥이나 되는 거금을 움켜잡을 수 있으니. 상대방이 내놓은 주사위는 오와 사, 도합 구다. 숫자를 하나만 적게 말해 '삼'을 불렀더라면 최고 숫자를 건졌을 텐데.

"이런! 먹었다 싶었는데…… 역시 안 되겠군. 도곤을 상대로 놀음을 하는 놈이 미친놈이지. 역시 노름만은 안 돼."

상대가 마각을 드러내기 시작했다.

사태가 정말 급박해졌다.

육방은 그럴수록 움직이지 못했다. 움직이면 안 된다고 계속 경종을 울리고 있다, 마음속 깊은 곳에서.

천수라는 자는 육방과 반대로 행동했다.

워낙 눈치가 빠른 도곤인지라 한바탕 난리가 일어날 것을 직감해 냈다. 그는 슬그머니 일어나 밖으로 나갔다.

육방은 보았다, 천수를 뒤쫓아 사내 두 명이 따라나서는 것을.

'천수…… 이름은 들었다만… 안됐군. 솜씨가 뛰어나다고 들었는데.'

염충 맞은편에 앉은 사내가 말했다.

"그래도 잃은 게 있으니 한 판은 더해야지? 어떤가? 이번에는 모든 걸 다 거는 게."

"모든 거라고 했소?"

"그렇지, 모든 것. 목숨까지 모든 것."

"헤헤! 약 오르는 것은 이해하지만…… 싫어. 내가 목숨까지 걸고 할 이유가 있나."

"따고 그러면 안 되지. 내가 지면 동전 한 냥을 주지. 네가 지면 목숨을 내놔야 해."

말도 안 되는 내기다. 제정신을 가진 사람이라면 이런 제안을 할 리가 없다. 이곳이 어디인가? 하오문이 운영하는 도방이다. 이런 곳에서 허튼소리를 했다가는 치도곤당하기 십상이다. 몸 성히 도방을 나간다면 장을 지진다고 큰소리를 쳐도 좋다.

염충은 얼어붙은 듯 꼼짝하지 못했다. 육방도, 도방에 있는 도곤들 모두 움직이지 못했다. 이곳저곳에서 일어서는 사내들을 보는 순간 말뚝이 된 듯 다리가 떨어지지 않았다.

맞은편 사내가 실웃음을 지으며 말했다.

"던져 봐, 염충."

사내는 염충을 알고 있다. 염충은 노름판에 끼어들고 나서야 수상한 기미를 알아챘을 테고, 상대의 숨결조차도 놓치지 않는 도곤의 습성상 자세히 관찰했을 테니까. 그래서 칠칠십이오라는 밀마를 던져 왔는데.

"여, 염충이라니요?"

"뭐라고 불러도 좋아. 염충이 싫으면 오기(五蚑)라고 불러줘?"

틀렸다. 이래서는 살 기회가 없다.

떠나올 적에 문주가 한 말이 귓전에 맴돈다.

"오래 걸리지 않아. 너희들이 죽는 데 말이다. 아마도 올해를 넘기지 못할 것 같은데. 그래도 괜찮다면 백석강으로 가라."

문주는 기간을 너무 오래 잡았다.

올해를 넘기는 것은 고사하고 한 달도 넘기기 어려울 것 같다.

'천외천 비객…… 기회가 없어, 도주할 기회가.'

칠칠십이오, 빨리 도주하라. 가능한 빨리. 염충이 보내온 밀마는 재가 되어 사라졌다.

"빨리 굴려봐. 아! 수를 말하지 않았군. 좋아. 이번에는 일(一)로 하지."

염충이 떨리는 손으로 주사위 통을 집어 들었다.

선택의 여지가 없다. 이자들은 모든 걸 샅샅이 알고 왔다. 그나마 한 가닥 반항이라도 하려면 주사위 통을 들어야 한다.

딸그락, 딸그락……!

주사위 통이 위아래로 흔들릴 때마다 조금은 탁한 주사위 소리가 울려나 도방을 뒤흔들었다.

주사위 소리밖에 들리지 않았다. 도방에는 무려 백여 명에 이르는 사람들이 모여 있지만 기침 소리조차 흘리지 못했다. 일어선 사내들이 내뿜는 살기는 한낱 도곤들이 상대할 수 없는 염라대왕의 살음(殺音)과도 같았다.

딸그락, 딸그락, 딸각, 딸각……!

염충이 빠르게, 주사위 통이 부서지지 않을까 염려스러울 만큼 빠르고 거칠게 흔들어댔다. 그러던 한순간,

쉬익!

염충은 주사위 통을 뒤엎었다. 탁자가 아니라 맞은편 사내를 향해, 평생 가장 빠른 손놀림이었다고 자부할 만큼 빠른 속도로.

타악!

맞은편 사내는 유유히 막아냈다.

검을 뽑은 것도 아니고 검집째 살짝 들어 올려 염충이 전개한 암습을 가볍게 흘려 버렸다.

쉬이익!

염충은 기다리지 않고 신형을 띄워 올렸다. 무공은 상대가 되지 않지만 신법만은 부지런히 연마했으니.

그러나 역시 생각했던 대로 도주도 용이하지 않다.

움직이는 것도 보지 못했는데 어느새 사내 한 명이 염충의 앞길을 가로막았다. 그리고 한 가닥 섬광이 흘렀다.

"큭!"

염충은 짧은 단말마를 내지르며 꼬꾸라졌다.

다리는 아직도 달려가고 있는데, 상반신은 몸에서 완전히 잘려 나가 뒤로 넘어지는 끔찍한 광경이었다.

"오기가 나선 것을 보니 문주의 명인가?"

육방은 잘게 웃었다.

염충의 정체가 밝혀지는 순간부터 죽음을 생각했다. 염충의 죽음뿐만이 아니라 오기 전부의 죽음을.

예상은 맞았다. 이들은 오기를 손바닥 들여다보듯 알고 있다. 사전에 충분한 정보를 입수했다는 결론인데.

자신들이 문주의 곁을 떠난 것은 극비 사항이다.

모지들조차도 자신들이 떠난 사실은 모른다.

'어느 놈이…… 문주 곁에 흑목(黑目)이 있어. 반심(叛心)을 지닌 자

가 문주 곁에.'

그 점은 염려하지 않는다. 도방에는 많은 눈이 있다. 그들은 자신이 죽은 사실을 문주에게 전할 터이고, 문주도 자신의 생각과 똑같은 생각을 할 게다.

자신들을 천외천에 팔아먹은 자는 응분의 대가를 치르리라.

이들이 도방에 있는 모든 사람을 죽여도 결과는 같다.

문주는 오기 중 두 명이 현재 시간에, 바로 이 도방에 있다는 사실을 알고 있으니까. 도방 전체가 우연히 몰살된 것이라고 생각하지는 않을 테니까.

요행은 없다. 자신들 두 명이 당한다면 다른 세 명도 당했다고 봐야 한다. 당하고 있을지도, 앞으로 당할지도.

이제 하오문과 살문과의 연계는 끊어진다.

죽음을 생각하던 육방은 불현듯 스치는 생각이 있었다.

문주가 과연 반도(叛徒)를 생각하지 못했을까? 아니다, 생각했다. 하오문에는 언제 어느 때고 반드시 반도는 존재했다. 문주의 직위를 노리는 자.

그가 누군지는 모르지만 역대 문주는 항시 반도를 경계해 왔다. 존재한다는 가정 하에.

'색출이야! 이거야말로 일석이조(一石二鳥). 반도는 천외천과 손을 잡았다. 우릴 미끼로 반도를 끌어낸 거야. 후후후!'

육방은 마음이 편해졌다.

미끼는 반드시 오기였어야 한다. 오기만이 하오문을 드러내지 않고 살문에 소식을 전해줄 수 있다. 오기는 하오문에서도 잘 드러나지 않는 존재였으니까. 호법이라고는 하지만 무공으로 문주를 보필한다는 개념보다는 문주의 지시를 말끔하게 처리할 수 있는 능력을 지닌 사람들이니까.

종리추와 문주가 나눈 밀담 내용은 바로 이것이다.

하오문에서 천외천과 연계된 반도를 제거하는 것.

그것은 앞으로 하오문과 살문이 좀 더 적극적으로 연계하는 결과를 가져올 것이다.

육방은 말을 던진 사내에게 몸을 날렸다.

쒜에엑……!

허리춤에 숨겨두었던 비수가 뽑혔고, 사내의 안면을 찍어갔다.

사내가 웃는 듯했다. 살짝 몸을 비트는 것도 보였다. 옆으로 살짝 비수를 틀어야 하는데…… 그게 되지 않는다. 사내가 워낙 빠르게 움직여서.

퍼억!

사내가 내지른 발길에 옆구리를 걷어채었다.

갈비뼈가 부러진 듯 극심한 통증이 치밀었다. 하지만 육방은 옆구리의 고통을 오래 느끼지 못했다. 일격이 실패했고, 사내가 검이 아니라 발로 공격했다는 것을 깨닫는 순간 손에 들린 비수를 자신의 심장에 틀어박아 버렸다.

'제길! 하오문에는 왜 무공이…… 문주님의 한성천류비결만 배웠어도……'

육방은 촌각도 못 되어 숨이 끊어졌다.

백석강의 일전이 가져온 파장은 컸다.

"천하제일도와 천하제일창이 연수를 하고도 졌대. 그게 사람들이야? 아휴! 그런 자들이 살수들이니……."

"그러게 말야. 이제 편히 발 뻗고 자기는 틀렸어. 자네, 나한테 원한 있으면 미리 말해 주게. 괜히 청부하지 말고."

"내가 그럴 리 있나. 자네야말로 나한테 원한 같은 거 있으면 말해 주게. 말로 해서 풀지 못할 일이 어디 있나."

중원 남북을 휘돈 소문은 다시 돌아와 사람들 마음속에 깊이 틀어박혔다.

한낱 살수 무리에 불과했던 살문은 팔부령 싸움에 이어 백석강 싸움으로 완전한 거봉(巨峰)이 되었다.

무림인들 역시 살문을 우습게 보는 버릇을 버렸다.

팔부령 싸움에서 소림오선사가 당한 것만 해도 충격을 받을 만했거니와 하후가와 양가가 연수를 하고도 물러섰다는 사실은 좀처럼 믿기 힘든 경이(驚異)다.

무림인들 중 하후가, 양가와 원한을 맺고 싶은 문파는 없으리라.

그만큼 그들의 무공은 뛰어났다. 걸출한 인재도 많이 배출되어 세(勢)가 약해질 무렵이면 반드시라고 해도 좋을 만큼 뛰어난 무인이 탄생했다.

명가에서 명인이 나오는 법이다.

한데 살문은 그들을 물리쳤고, 그들이 차지하고 있던 지위까지 단숨에 차고 올라섰다.

백석강 싸움에 대한 무림인들의 반응은 극명하게 대별되었다.

"고양이 목에 방울 달기 아닌가. 마음은 있어도 하후가와 양가까지 당한 마당에…… 이럴 때는 정말 구파일방에서 나서야지."

일부 무림인은 먼 산 쳐다보듯 구파일방만 쳐다봤다.

또 다른 부류는 병기를 움켜잡았다.

"살수 놈들이 감히 하후가와 양가를! 내 무공은 미치지 못하지만 이대로 있을 수는 없지."

그들은 천외천에 대한 소문을 들었다.

하기는 현 무림에서 천외천은 정도무림인의 구심점(求心點)이 되었으니.

하지만 의기(義氣)에 넘쳐 병기를 집어 든 무인들도 곧 제자리로 돌아오고 말았다.

문을 박차고 나가는 것까지는 좋았지만 갈 곳이 없었다.

천외천에 대한 소문, 천객과 비객에 대한 소문은 들었지만 그들이 어디 있는지 모른다.

천외천이 터전을 마련한 모자도는 천외천 무인들을 제외하고는 아는 사람이 없다. 일반 무림인들은 천외천에 몸을 담고 싶어도 어디 있는지 알 수가 없어서 뜻을 같이하지 못하는 경우도 있다.

정보를 소상히 파악하고 있는 개방이나 하오문 등은 천외천의 근거지가 모자도라는 것을 짐작하고 있지만 나름대로의 사정 때문에, 혹은 천외천 무인들을 적으로 만들고 싶지 않아서 굳게 입을 다물고 있다.

무림은 술렁이고 있었으나 움직이는 무인은 드문, 무림에서는 좀처럼 보기 드문 기현상이 일어난 이유이기도 하다.

백석강에서 일전을 벌인 종리추는 일로 북진(北進)했다.

"어디로 가는 거야?"

소고가 힘없이 물었다.

상처에 채 피가 마르기도 전에 다시 혈전을 벌인 탓인지 어지간해서는 눈도 깜짝하지 않을 소고이건만 음성에 힘이 실리지 못했다.

"……."

종리추는 대답없이 갈 길을 재촉했다.

종리추가 대답을 하지 않자 소고는 모진아에게 눈길을 돌렸다.

"대래봉으로 돌아가는 거예요?"

"……."

모진아도 대답하지 않았다. 단지 종리추와 다른 점이라면 쓸쓸한 미소를 배어 물었다는 것.

소고는 대답 듣기를 포기했다.

이들은 마치 허공에 귀라도 있는 듯 극히 말을 아낀다. 진로(進路)나

계획 같은 것은 일절 입에 담지 않는다. 그만큼 긴장하고 있다는 것일까.

종리추가 나아가는 방향을 보면 대래봉으로 돌아가는 것 같다.

소고가 내려온 길과는 다른 길이지만, 북진을 하고 있으니 틀림없이 팔부령으로 가는 것일 게다. 또 팔부령으로 돌아가지 않고는 견딜 수 없다. 그곳에는 삼현옹이 구축한 기관이라도 있지만, 중원에서는 허허 들판에 몸뚱이 하나 서 있는 격이다. 하후가와 양가의 무인들은 어떻게 막아냈지만, 천객과 비객이 나선다면 죽을 수밖에 없다.

소고가 본 천객의 무공은 천하제일이랄 수 있다.

아직도 가슴이 두근거린다.

삼절수사 정군유… 정군유… 그가 전개한 무공…….

종리추와 천객이 부딪친다면 누가 이길까? 정군유와 싸웠을 때는 종리추가 이겼다. 하지만 싸움이란 시(時)와 장소에 따라서 승패가 달라질 수도 있는 법, 다른 시간 다른 장소였다면 정군유가 이길 수도 있었다.

당시 정군유는 종리추를 가볍게 보았다.

틀림없이 그랬을 게다. 그는 너무 쉽게 당했다. 눈 깜짝할 순간에 가슴을 저며 버린 무공을 지닌 자였는데. 혈암검귀의 혈뢰삼벽을 파훼한 자였는데.

앞서 가던 종리추가 유구에게 눈짓을 했다.

눈짓을 받은 유구는 지금까지와 마찬가지로 어디론가 몸을 날렸다.

'내게 오겠지?'

소고는 얼굴이 화끈 달아올랐다.

이렇게 유구가 어디론가 신형을 날릴 때면 일행에게는 휴식 시간이 찾아온다.

그 시간에 종리추는 상처를 보살펴 주었다.

고마운 일이다. 하지만 상처가 가슴 부위에 나 있어 매번 옷섶을 풀어헤쳐야 한다는 것이 얼굴을 달아오르게 만든다.

'나만 치료하나? 여은이도 치료해 주는데……'

하지만 소고와 소여은은 상처 부위가 다르다. 소여은은 옷섶을 헤칠 필요가 없지만 자신은……

아니나 다를까, 종리추가 다가와 옷섶을 헤쳤다.

소고는 고개를 돌려 먼 산을 바라봤다.

종리추의 얼굴을 본 적도 있지만 보지 않은 것만 못했다. 그는 목석(木石)인지 여인의 살결을 보고도 눈빛 한 올 흔들리지 않았다. 정말 나무나 돌이 된 듯 무감각한 눈동자로 상처를 치료해 줄 뿐.

속살에 바람이 스친다 싶었는데, 곧 지독한 통증이 밀려왔다.

종리추는 도대체 무슨 금창약(金瘡藥)을 사용하는 것일까.

대체로 금창약을 바르면 아픔이 가시며 시원한 느낌이 드는데, 종리추가 손을 대면 더욱 아프기만 하니.

소고는 비음이 새어 나오려는 것을 이를 악물고 참았다.

이마에 송골송골 땀방울이 맺혔다.

상처를 감싸주지는 못할망정 송곳으로 후벼 파는 듯한 통증이 밀려든다.

"하후가주와 양가주가 왔으니 곧 천객과 비객이 들이닥칠 거야. 몸을 숨기면서 움직이는 게 어때?"

"……"

"꿀 먹은 벙어리군. 그럼 하나만 말해 줘. 도대체 하후가주에게 뭐라고 말한 거야? 뭐라고 했기에 문도를 물린 거야?"

"……."

종리추는 이것이 대답이라는 듯 옷섶을 다시 여며주고 돌아섰다.

소고는 피식 웃었다.

여인의 가슴을 환히 보고도 담담함을 유지할 수 있는 사내는 몇 되지 않는다.

종리추는 마음이 죽었거나 의지로 감정을 다스릴 수 있는 고승의 반열에 오른 자다. 그런 자는 본인이 스스로 말하고 싶을 때만 말을 꺼낸다.

소고는 소여은에게 다가가는 종리추의 뒷모습이 거대한 산으로 보였다.

일 다경 정도의 시간이 흐른 뒤 유구가 돌아왔다.

전에는 돌아오자마자 종리추의 귓전에 무슨 말인가를 속삭였고, 일행은 행보를 계속했다. 아마도 살문 외장의 정보를 가져오는 듯하다.

이번에는 다른 때와 달랐다. 유구는 빈손으로 오지 않았다. 그의 어깨에는 목이 잘린 시신 한 구가 얹혀 있었다.

여인의 시신.

얼핏 보기에도 상당한 고수가 손을 쓴 듯, 목 벤 부위가 무척 매끄럽다. 적어도 무공이 달인의 경지에 들어선 고수의 솜씨다.

왜, 그만한 고수가 시골 아낙에 불과한 여인에게 살수를 전개했을까? 이 여인이 외장 문도라면……. 외장 문도는 거의 대부분이 살문을 모른다. 그들은 누구에게 정보를 제공하는지도 모르면서 정보를 제공하니까.

목숨을 빼앗을 일이 아닌 것을.

"음……!"

여유를 잃지 않던 종리추도 신음을 흘렸다.

"한 달은 버틸 줄 알았는데……."

종리추는 살아 있는 사람을 대하듯 딱딱하게 굳은 여인의 손을 어루만져 주었다.

모진아가 말을 건넸다.

"이렇게 되면 한군데는 끝난 셈이군요."

"……."

종리추는 대답 대신 날카로운 눈초리로 모진아를 쏘아봤다.

"아! 실수."

모진아는 황급히 말문을 닫았다.

살문에 몸을 의탁했으니 이제 살문 살수인데…… 왜 같은 문도에게도 말을 하지 못하는가. 무슨 일을 벌이고 있는 것인가, 종리추는.

소고는 팔부령을 떠날 때부터 살행을 하던 순간까지, 종리추를 만난 후부터 지금까지의 과정을 머리 속에 되새겨 보았지만 종리추의 의도를 짐작해 내지 못했다.

살행을 하고 천객과 만난다.

여기까지는 분명히 종리추도 예상했다. 소고 자신도 추측할 수 있다. 하후가주와 양가주를 만난 것도 이상하지 않다. 자신이 천객을 만났는데 종리추인들 만나지 못할까.

그 다음이 난해하다.

팔부령으로 돌아가는 길이라면 은밀히 행동해야 한다. 이렇게 대낮에 대놓고 질주할 형편이 아니다. 그런데 종리추는 마치 죽일 테면 죽여보라는 듯 당당하게 활보하고 있다.

이래서는 조만간 천객과 부딪친다.

그건 그렇고, 죽은 이 여인은 누구인지 여인의 정체만 알아도 조금 궁금증이 풀린 텐데.

한참 동안 죽은 여인을 위해 묵념(默念)을 하던 종리추가 고개를 들었다. 그리고 말했다.

"준비들해."

종리추는 떠날 생각이 없는 듯 한쪽에 덩그러니 놓인 바위에 엉덩이를 걸치고 앉았다.

그가 바라보는 것은 먼 하늘이다. 그것도 잠시, 곧 눈을 감고 운기조식(運氣調息)에 들어갔다.

종리추는 그가 앉아 있는 바위와 닮아갔다.

"뭘 준비하라는 거예요?"

이번에는 소여은이 물었다. 묻는 사람은 역시 모진아다. 모진아밖에 대답해 줄 사람이 없으니까.

"비객이 올 게야. 준비해야지."

모진아는 남의 일인 듯 대수롭지 않게 대답했다.

지세(地勢)는 싸우기에 별로 좋지 않다.

다른 때 같으면 더할 나위 없이 좋다. 넓게 펼쳐진 완만한 구릉에 인적도 드문 곳이니 마음 놓고 싸울 수 있다. 하지만 다수에게 협공을 받는다고 생각하면 최악의 조건이다.

조금만 더 가면 연운이다. 연운은 험난한 절곡이 뱀처럼 구불구불 이어져 있어 구곡양장(九曲羊腸)의 대표적인 곳이다. 다수의 협공을 받아내는 데는 적지(適地)라고 할 수 있다.

종리추는 왜 조금 더 나아가 연운으로 들어서지 않는 것일까.

"휴우!"

소고는 탄식을 터뜨리며 푸른 하늘을 올려다봤다.

하후가와 양가의 무인들에게 합공을 받을 때 느낀 일이지만, 아무리 뛰어난 무공을 지녔어도 상처 입은 호랑이가 되면 승냥이에게 뜯어 먹히는 먹잇감에 불과하다.

천객이든 비객이든 다른 때 같으면 거들떠보지도 않았을 무인일지라도…… 상대할 기력이 없다.

소고가 이토록 철저한 무기력 상태에 빠져 본 적은 처음이다.

팔부령에서 무림인들의 협공을 받았을 적에도 '불가항력'을 절감하기는 했지만, 지금과 그때는 또 다르다. 그때는 싸우겠다는 투지라도 있었지, 지금은 그것조차도 남아 있지 않다. 싸우고 싶어도 싸울 수 있는 몸이 아니다.

소여은도 같은 생각인 듯 멍하니 초원 저편을 바라보고 있다.

그녀는 아귀(餓鬼)같이 싸웠다. 자신을 잊은 무아의 상태에서 하후가 무인인지, 양가 무인인지 구분조차 못하고 무조건 죽였다. 그 결과가 바로 지금과 같은 상태다. 적이 공격해 온다는 소리를 들어도 손가락 하나 움직일 수 없는 처지.

'이거… 였군. 살수는 무공으로 싸워서는 안 된다더니. 그랬어. 오독마군, 혈암검귀, 혈영신마… 모두들 절정무공을 지녔지만 죽음의 굴레를 벗어나지 못한 이유가 이거였어. 정당한 승부라면 몰라도 싸움에서는 살아남고 봐야 하는 거야.'

'살수는 무공으로 싸우지 마라'는 소리는 살문 살수들에게는 천명

과도 같았다.

솔직히 납득이 되지 않았다. 무공으로 싸워서 이길 수 있는 자를, 삼 척동자에게 물어봐도 승부가 뻔한 상대를 무엇 때문에 심력을 소진해 가며 죽여야 한단 말인가.

죽이는 순간이 아니라 살아남는 순간을 위해서다.

살문에는 이와 같은 금언(禁言)이 많다.

'십 할의 승산이 있어도 퇴로(退路)가 보이지 않으면 포기하라', '청 부를 완벽하게 처리할 능력을 구비했다고 해서 특급살수가 되는 건 아 니다. 일급살수에 불과하다. 사랑하는 사람들을 적으로부터 보호할 수 있는 경지에 이르러야 특급살수라고 할 수 있다' 등등.

모든 금언이 활로(活路)에 초점을 맞추고 있다.

이것이 종리추의 살행이다.

종리추는 살려고 한다, 한 번도 죽음을 생각해 보지 않은 사람처럼.

그렇다면 지금도……?

무슨 일이 벌어지고 있는지 알지 못하지만, 분명한 것 하나는 살려 고 한다는 것이다.

쉬이익……!

가는 바람이 머릿결을 쓰다듬고 지나갔다. 스쳐 가는 바람이 비릿한 내음을 풍기고 있다.

'비가 올 모양이군.'

소고는 검을 뽑아 들었다.

가는 바람은 비릿한 비 냄새 외에 또 싣고 온 것이 있다. 사람만이 풍기는 노릿한 냄새. 그것은 냄새라고 할 수가 없다. 느낌으로 맡을 때만 맡아지는 냄새니까.

비객인지, 천객인지, 누구든지 간에 다가오는 사람들이 있다. 넓게 펼쳐진 초원에 모습을 드러내지 않고 숨어서 다가오는 자들, 호의를 지닌 자들은 아니다. 이것 역시 분명하다.

검을 뽑아 들기는 들었는데 무엇을 어떻게 해야 하나.

혈뢰삼벽을 펼치기 위해서는 진기를 동공(瞳孔)에 모아야 한다. 혈뢰삼벽을 본 사람들은 요사한 사공(邪功)쯤으로 생각하고 있지만 혈뢰삼벽이야말로 정통 도가 무공이다.

상대의 심혼(心魂)을 읽고, 의도(意圖)를 읽는 것이 왜 사공이란 말인가. 심혼을 제압하는 무공은 모두 사공이란 말인가.

도가 무공을 이해하지 못하는 자들의 우매한 판단이다.

다른 사람들은 이해할 수 있다. 도가 무공에 대해서 소상히 알지 못하니 그럴 수도 있다. 하지만 정통 도가 무공을 수련했다는 사람들이 그렇게 보는 것은 정녕 이해할 수 없다.

지금까지는 그랬다. 자신과 검을 맞댄 도인들이 그랬고, 소천나찰이 그토록 장담하던 야이간도 그런 정도밖에 받아들이지 못했다.

혈뢰삼벽은 쇠붙이로 만든 검을 갈고닦는 무공이 아니라 마음속에 숨어 있는 심검(心劍)을 수련하는 무공이다. 그 정도가 지나쳐서 인간의 심성을 검에 담아야 완성되는 검이다.

혈암검귀는 혈뢰삼벽을 완성하지 못했다. 완성했다면 혈뢰삼벽이야말로 천하제일검이다.

자신 역시 완성하지 못했다.

살혼부 살수들, 특히 할아버지이자 아버지이자 사부였던 청면살수는 혈뢰삼벽이 완성된 것으로 알고 있지만 겨우 혈암검귀의 검보(劍譜)

에 적힌 것을 완성한 것에 지나지 않는다.

소고는 그 끝을 찾아갈 의무가 있다.

무림인으로 검을 들고 사는 한 혈뢰삼벽과 떨어질 수 없는 운명이고, 무공을 상승시키기 위해서는 알지 못하는 미지의 세계를 탐구해 나가야 한다.

모두 부질없는 생각이다.

심검이든 철검이든 진기를 모아서 펼쳐야 제 위력이 나오는데, 진기 자체를 모을 수 없으니. 진기를 모을 수는 있지만, 혈맥이 파손되는 것을 감수해야 하니.

한 번의 승부다.

그 후에는 살아 있어도 영원한 불구가 된다. 운이 좋으면 팔이나 다리 하나 정도를 쓰지 못할 게고, 운이 나쁘면 즉사할 수도 있다. 보통은 반신이 마비되는 정도다.

혈맥도 혈맥 나름. 뇌혈관이 터지기 때문이다.

혈뢰삼벽을 펼치는 순간 진기는 일시간 뇌로 몰려든다. 그래야 심안(心眼)이 열리고 상대의 심혼을 읽을 수 있다.

뇌혈관을 극도로 활용하는 혈뢰삼벽.

'푸훗! 단 한 번만 펼칠 수 있는 무공이 되었군.'

소고는 초원을 둘러보았다, 적이 다가올 법한 곳을.

◆第百十六章◆

합전(合戰)

천애유룡은 십이삼 년 전의 치욕을 잊지 않았다.

결코 잊을 수 없다. 밤에 잠을 청하려고 눈을 감으면 그날의 치욕이 떠올라 얼굴이 붉어지곤 한다.

승승장구(乘勝長驅).

천애유룡이란 별호 앞에 붙어 다니던 말이다. 너무 들어서 본인 자신도 당연하게 받아들일 때가 있었다.

지금 만약 누가 천애유룡 앞에 승승장구라는 말을 붙인다면 이제는 모욕이 된다.

남양 분타주가 되어 일개 살수 하나 잡지 못했다니.

십망이 선포되어 개방 전 문도가 촉각을 곤두세웠고, 그 최전선에 자신이 있었는데.

적지인살…… 때려죽여도 시원치 않을 놈이다.

어쩌면 자신보다도 당시 십망을 주도했던 흑봉광괴가 더 치욕스러워할지도 모른다.

십망은 당하는 쪽에서도 고통스럽겠지만 쫓는 쪽에서도 고통이다.

잘해야 본전이다. 십망이라는 큰 사건을 해결했다는 영광은 보통 사람들에게는 큰 것이겠지만 무인에게는 하찮은 잡일에 불과하다. 그것보다는 절정마두 누구를 죽였다는 말이 더 좋다.

실패하면 천하죄인이 된다. 문파가 전력을 기울여 도와주었는데도 마두 한 명 잡지 못한 무능력자가 된다.

당시만 해도 팔팔 날고 길 때다.

후개가 될 수 있다는 자신감이 넘쳐흘렀고, 지금 후개가 된 선은잠룡(跣隱潛龍)을 경쟁 상대로 두었다.

남양 분타주라는 지위도, 후개가 될 수 있다는 자신감도 그날 이후 물거품처럼 꺼져 버렸다. 정말 그렇다. 꼭 물거품이다. 세상사가 허무하다는 말은 많이 들었지만 그토록 허무하게 무너져 내릴 줄은 꿈에도 몰랐다.

개방이 자랑스러워하던 천애유룡이란 별호는 '십망 실패자'라는 낙인이 찍혀 돌아다녔다.

십망을 천애유룡이 주관하지도 않았는데 흑봉광괴, 그리고 호법들이 있는데도.

'실수 놈들! 뿌리를 뽑아버려야 돼.'

마음은 급했지만 서둘지 않았다.

전에는 서둘다가 망쳤다. 포위망에 완전히 걸려들었는데 서둘다가 판단 착오를 했다.

사사사삭……!

몸을 은밀히 숨기는 데는 이골이 났다.

기껏해야 잔재주 나부랭이에 지나지 않는다. 이런 걸 비기로 여기는 살수 놈들이 불쌍하다.

그의 눈에 종리추의 모습이 비쳤다.

놈은 자신들이 다가오는 것을 알고 있을 텐데 태연자약하다. 반쯤 누워 있는 두 여인을 가운데 두고 삼각 축을 이루고 있는 모진아와 유구도 태연하다.

'후후! 언제까지 태연할지 두고 보겠어.'

천애유룡은 살기가 일어나려는 것을 꾹 눌러 참았다.

이럴 때는 살기조차 흘려서는 안 된다. 완벽한 기습을 하기 위해서는.

'응?'

천애유룡은 불길한 예감에 앞으로 나가지 못했다.

종리추와는 십여 장 간격을 두고 있다.

십여 장만 더 나아가면 공격을 할 수 있는데, 불길한 예감은 좀처럼 사라지지 않는다.

그는 예감을 믿었다. 예감이란 주변의 기운이 본신의 기운과 부딪치며 흘려내는 경고다. 무엇인가 색다른 것이 있으니 본신의 기운이 꿈틀거리는 게다.

그를 따르는 비객들은 서둘지 않았다.

비망사 살수들을 죽이며 터득한 은신술을 펼쳐 지루함을 진득하게 참아냈다.

그들은 자신이 움직이기를 기다리고 있다.

'움직이면 안 돼. 무엇인가 있어.'

천애유룡은 기다렸다.

이곳에는 자신 말고도 3개 조가 더 있다.

그들은 하나같이 직접 검을 맞대고 겨뤄보기 전에는 승부를 점칠 수 없는 초강고수들이다. 오죽하랴, 그래도 한때는 각 문파에서 제일 뛰어나다는 기재들이었는데.

그들 중 성정이 성급한 자가 먼저 움직일 게다.

그는 틀림없이 죽는다. 종리추는 공격해 오기를 기다리고 있다. 무방비 상태로 노출된 것이 아니라 준비를 끝내놓고 기다리는 상태다.

처음 공격한 사람은 십중팔구 죽는다.

그래도 공격하는 자는 나온다. 모두들 자신의 무공에는 절대적인 믿음을 가지고 있으니까. 사실 천객을 본 다음에야 세상이 넓은 것을 알았지, 전에야 자신이 제일인 줄 알았던 사람들이잖은가.

처음 공격하는 자가 어떤 암습을 받아 죽는지 지켜보고 난 후에 공격해도 늦지 않다.

언제 공격하느냐가 문제가 아니라 종리추의 목숨을 누가 거두냐가 관건이다.

천애유룡은 종리추의 목숨을 직접 거두고 싶다. 자신의 검으로 단칼에 잘라내고 싶다. 기다렸다가…… 천천히 공격해도 그 기회는 자신의 것으로 만들 자신이 있다.

풀숲에 납작 엎드려 있는 그의 볼 위로 작은 개미가 살금살금 기어갔다.

공격은 좀처럼 시작될 조짐을 보이지 않는다.

천애유룡은 다른 조에서 먼저 공격을 시작해 주길 바랐지만 그들도 움직일 기미가 없다. 자신을 따르는 비객들도 공격을 시작하자는 신호를 보내오지 않았다.

한두 사람이 느끼는 것이 아니다.

비객들 모두 초원에 넓게 펼쳐진 불길한 예감을 느끼고 있다.

야산이라고는 하지만 큰 나무 한 그루 없는 환히 드러난 초원과 다름없는 곳.

전에 비망사에게 은신술을 배우던 지형이 이와 비슷했다.

이런 지형에서는 살수들이 어떻게 은신하는지 소상히 알고 있는데…… 움직일 수 없다.

눈에 보이는 것은 없지만 분명히 위험이 내포되어 있다.

종리추가 움직였다.

그는 일어나 불을 피웠다. 아마도 음식을 끓여 먹을 요량인 듯싶은데, 정말 그렇다면 대단한 배포다. 적이 지근 거리에 있다는 것을 알면서도 태연하게 음식을 끓여 먹기까지 하다니.

종리추는 불 위에 그릇을 올려놓았다.

'정말 음식을 해 먹을 작정인가? 놀리고 있군. 공격할 테면 해보라고. 네 이놈!'

신형을 일으켜 한달음에 달려나가도 충분한 거리인데, 비객 4개 조라면 무공으로 겨뤄도 충분히 승산이 있는데.

그래도 경고망동은 삼가야 한다.

하후가, 양가 무인들이 괜히 당한 게 아니다.

종리추는 천외천과 동등한 입장이 되었다. 천외천이 하오문, 개방의 정보를 당당하게 끌어 쓰고 있다면, 종리추는 암중으로 지원을 받고 있다.

그가 이해할 수 없는 것은 후개의 행동이다.

나이도 젊고 사마외도를 철저히 배격하는 개방 방주가 될 사람이 왜 살문 편에 섰는지.

개방을 떠나 비객이 되었지만 천애유룡의 가슴속에는 개방을 아끼는 심정이 살아 있다.

그는 느끼고 있다. 흑봉광괴와 후개가 어느 순간에 이르러서는 일장 격돌을 일으킬 것이고 후개는 죽게 될 것이라고.

개방 역사상 단 한 번도 없었던 내분이지만 그만한 가치가 있다.

이제 개방은 철저하게 탈바꿈해야 한다. 후개처럼 살수들 편에 서는 우매한 자는 나타나지 못하도록.

종리추가 김이 모락모락 나는 그릇을 들고 소고에게 다가섰다.

음식을 만들어 먹는 것이 아니라 약재를 끓인 듯하다. 실제로 향긋한 약 냄새가 콧속을 간질였다.

"음……!"

소고가 신음을 토해냈다.

이를 악다문 신음이지만, 소리는 십여 장 밖에 숨어 있는 천애유룡의 귓전에 생생하게 들렸다.

'무방비 상태다. 치려면 지금 쳐야 되는데…….'

불길한 예감은 아낙의 죽음에서부터 시작되었다.

잡초가 무성한 밭에서 땀을 뻘뻘 흘리며 밭일에 몰두하던 여인은 조쾌(爪快)라는 별호로 불렸다. 하오문 오기 중 한 명으로 하오문주의 호법이기도 했다.

비객은 하오문 오기를 몰살시켰지만 아무 정보도 얻어내지 못했다. 이곳에서 무슨 수작을 부리는지 알아내야 하는데; 하다못해 하오문주가 연루되어 있는지조차 알아내지 못했다.

조쾌의 목을 베는 순간 지금과 같은 불길한 느낌이 들었다.

사람을 죽이는 데 기분이 좋을 리는 없지만, 그렇게 찜찜한 느낌이 들어보기도 처음이다.

그것이 지금까지 이어지고 있다.

어느덧 두 시진이라는 시간이 흘렀다.

그동안 종리추는 할 짓을 다 했다. 처음에는 약재를 끓였지만, 나중에는 정말 음식까지 만들어 먹었다.

탕초어(糖醋魚) 냄새가 식욕을 돋운다.

종리추는 만반의 준비를 한 것이 틀림없다.

길을 떠나는 사람은 건포(乾脯)면 족하다. 탕초어 같은 음식은 육신이 편한 곳에서만 만들어 먹을 수 있는 요리다. 준비할 것도 많다. 생선도 그렇고, 기름도 그렇고.

먼 길을 가는 사람이 기름까지 지니고 다닌다는 것은 생각할 수 없다. 그렇다면 답은 하나다. 미리 준비되어 있었던 것.

천애유룡은 드디어 결심을 굳혔다.

이대로 가만히 기회만 엿보고 있다가는 며칠 밤을 뜬 눈으로 보내게 될지 모른다. 그렇게 해서 기회가 생긴다면 몰라도 행낭을 수습해 떠나는 모습을 닭 쫓던 개 지붕 쳐다보는 격으로 지켜보게 될지도.

결단이 필요하다.

'모두들 잘해줄 거야.'

천애유룡은 터벅머리를 하고 있는 자에게 슬금슬금 기어갔다.

아미파 승려였지만 비객에 들어오면서부터 승적(僧籍)을 버리고, 문파를 버리고 일개 야인(野人)이 된 자. 그때부터 기르기 시작한 머리가 꽤나 자랐다.

비객들은 그를 육이(六二)라고 부른다.

제육조(第六組) 두 번째 위치에 있다는 뜻이다.

비객들에게 이름은 필요없다. 무림에서 활동할 당시의 무명이나 불호, 도호도 필요없다. 그들에게는 자신의 위치를 나타내 주는 별호만 있으면 된다.

육이, 그는 육일(六一)이 죽으면 뒤를 이어 육조를 이끌 사람이다.

육이는 천애유룡이 다가오는 모습만으로도 그의 생각을 읽었다.

육이가 고개를 좌우로 흔들었다.

'좋지 않아.'

천애유룡은 눈을 부릅떴다.

'지금이 아니면 기회가 사라질지도. 누군가는 불을 당겨야 해.'

육이가 다시 고개를 흔들었다.

'기다리는 자가 이기는 싸움이야.'

천애유룡은 고집을 꺾지 않고 손을 들어 종리추를 가리켰다.

'모두들 기다려. 그럼 이길 거야. 기다리는 게 이기는 싸움이라… 그렇지, 그런 싸움이지. 그럼 적이 먼저 움직이도록 해야지. 내가 저놈이 먼저 움직이도록 유도해 주지.'

육이는 천애유룡을 노려보았다.

천애유룡도 눈빛을 피하지 않았다.

'뜻이 정 그렇다면…… 조심해.'

육이가 드디어 고개를 위아래로 흔들었다.

천애유룡은 비망사 살수들에게 배운 그대로 배를 납작 땅에 붙이고

슬금슬금 기어갔다.

풀이며, 나무며, 물체들이 옷에 닿으며 토해내는 소리를 최대한으로 억눌렀다.

'소리가 날 것 같으면 움직이지 않는 편이 낫다.'

비망신사는 그런 점을 누누이 역설했다.

비객들은 철저히 배웠다. 살수들의 은신술부터 기습 방법까지 모두다. 시험도 했다, 비망사를 상대로. 그리고 지금까지 본신 무공에 살수비기가 합쳐진 결과는 비객을 한층 더 강하게 만들어주었다는 게 확인됐다.

천애유룡은 오감(五感)을 최대한으로 열었다.

자신이 소리를 흘리지 않는 것은 당연하고 적이 흘리는 소리도 놓치지 않아야 한다.

'오 장…… 이제 거의 다 왔어.'

언제나 그렇지만 이만한 거리를 남겨두게 되면 갈등이 일어난다. 당장 몸을 튕겨 올려 일봉(一棒)으로 적의 머리를 가격하고 싶다. 그래도 충분할 것 같다.

하나 비망사 살수들은 절대 그렇지 않았다.

그들은 확신이 선 경우에도 쉽게 몸을 움직이지 않았다. 최대한 가까이, 중도에 발각되면 발각되는 시점에서, 그렇지 않을 경우에는 적의 발 밑에까지 이르러 기습을 가했다.

가까이 갈수록 승률은 높아진다.

발 밑에 이르러 공격을 가한다면 삼류무인이 초일류고수도 무너뜨릴 수 있다. 물론 초일류고수 정도 되면 공격 범위 안에 적이 들어서는 것을 용납하지 않겠지만.

종리추는 어느 정도일까?

공격 범위를 어느 정도로 설정했을까. 이목(耳目)은 어느 정도나 영민할까.

천애유룡은 조급함을 눌러 참았다.

사삭! 사사사삭……!

몸을 움직일 때마다 옅은 소리가 났다.

소리를 완전히 죽인다는 것은 신이라도 불가능하다. 물체와 물체가 부딪치는 순간 소리를 탄생한다. 요는 그 소리를 어느 정도 자연 속에 묻어버릴 수 있느냐에 살수의 능력이 판가름된다.

바람이 불어 풀밭을 스칠 때, 새들이 날아오를 때, 목표로 한 적이 소리를 흘려낼 때…….

'삼 장. 이제는 발각돼도 일격을……'

병기를 만져 본다든가 하는 서툰 행동은 하지 않았다. 그런 사소한 행동이 은신을 깨는 주요 원인이다.

병기는 공격하는 순간에 뽑아야 한다.

'이 장만 더 가서… 이 장이 안 되면 일 장만이라도 더 가서.'

종리추가 다시 소고에게 시선을 옮겼다. 순간,

사사사사삭……!

천애유룡은 단숨에 일 장이란 거리를 좁혔다.

종리추와의 거리는 이제 이 장. 종리추가 고개를 돌리는 짧은 순간에 가격까지 성공할 수 있는 거리다.

종리추를 뚫어지게 응시했지만 그는 별다른 이상을 눈치 채지 못한 것 같다. 소고의 상처를 치료해 주고, 소여은의 상처를 보고 있는 모습이 태연하기만 하다.

하후가주를 죽인 놈이니 무시할 수 없는 강자인 것만은 틀림없는데… 비영파파의 월영반을 손쉽게 막아낸 놈이니 강하다는 것은 두말할 필요가 없는데… 그런 자가 이렇게 가까이 접근하도록 기미를 알아차리지 못하고 있다니.

'무엇인가 있어. 어쩌면 알면서도 공격해 오기를 기다리고 있는지도. 어쨌든 넌 죽어.'

지금쯤 비객들은 부지런히 움직이고 있을 게다.

오 장 범위 내로 들어섰을 수도 있고, 자신의 바로 뒤까지 따라왔을 수도 있다. 자신이 움직이는 순간 비객 모두 일제히 움직이기 시작했다는 것은 불문가지다.

비객들에게 필요한 것은 마음을 저려 울리는 불길한 예감의 근원이 무엇이냐는 것.

그것만 알게 되면 공격은 기정사실이다.

'일 장만 더? 아냐, 그러다가 발각되면 기선 제압이…… 아냐, 지금 여기서 공격했다가는 자칫 일을 그르칠 수도. 그래, 일 장만 더 나가서.'

천애유룡은 일 장을 더 나아가기로 작심하고 종리추를 살폈다.

모진아와 유구도 살펴야 할 대상이다.

소여은이 뭐라고 중얼거리는 것 같다. 종리추가 곧 고개를 가로젓는다. 순간, 천애유룡은 일 장이라는 간격을 좁히기 위해 움직이려고 했다.

원래 마음을 먹으면 몸은 따라 움직인다.

이번에는 달랐다. 마음은 움직이고자 했는데 몸은 따라 움직이지 않는다.

마음이 갈라졌다.

움직이고자 하는 마음과 움직여서는 안 된다는 마음.

틈을 발견하고 움직여도 된다는 생각까지 들었으면서 움직여서는 안 된다는 마음은 왜 고개를 쳐든 것일까?

불길한 예감 때문이다.

무엇인가 묵직한 사기(邪氣)가 뒤통수를 후려치고 있다.

손가락 하나라도 꼼지락거렸다가는 당장 목숨을 잃을 것 같다.

'이게 도대체……'

불길한 예감의 근원에 접근했는데, 무엇인지 아직도 알지 못하겠다. 종리추가 지척에 있고 움직임을 소상이 꿰뚫고 있으니 종리추는 아니다. 무엇인가 다른 게 있다.

천애유룡은 일 다경(一茶頃)이란 시간을 무의미하게 보냈다.

종리추는 소여은의 상처를 보살핀 후 유구에게 다가가 뭐라고 말을 주고받는다.

'좋아. 무엇인지 알아보지. 어차피 버리기로 한 목숨.'

천애유룡은 드디어 공격을 생각했다.

아직 거리는 그가 만족할 만큼 좁히지 못했지만 애초에 비하면 많이 좁혔다.

생각이 일자 몸도 따라 일어났다.

쒸이이익……!

번쩍 뛰어오른 신형이 솔개처럼 날아갔다. 한 손에는 병기인 봉이 들려 있다. 그때,

사아아악!

뱀이 기어가는 듯 나지막한 소리와 함께 불길한 예감이 현실로 다가 왔다.

"헛!"

천애유룡은 경악했다.

눈길은 종리추에게서 떨어져 발 밑에서 쏘아 올라오는 방절편(方節鞭)으로 모아졌다.

설옥으로 만들어서 아름다운 윤기가 자르르 흐른다. 여인이 욕심을 낼 만한 병기.

귀영방편(鬼影方鞭)이란 자가 이런 병기를 사용했다.

그는 원인 모를 죽임을 당했지만 병기는 발견되지 않았다. 얼마 후 살문에 설옥으로 만든 방절편을 사용하는 자가 나타났다.

'혈살편복!'

이자가 왜 여기 있는가. 혈살편복이 언제 종리추와 합류했는가. 이자가 있다는 것을 왜 알지 못했을까. 비광사의 살수비기는 모두 동원했는데. 움직일 때는 쥐도 새도 모르게, 천하의 소리는 모두 들으면서.

온갖 생각이 주마등처럼 스쳐 갔지만 당장 해야 할 행동은 혈살편복의 공격에서 벗어나는 일이다.

휘익!

몸을 뒤집으려고 했다. 방절편의 공격에서 벗어나는 길은 몸을 뒤집어 옆으로 빠져나가는 길뿐이다. 하지만 그전에 그의 몸은 방향을 잡았다. 종리추를 향해 내리꽂히는 신법으로.

철컥!

방절편이 몸을 말았다.

'당했어!'

촌각에 불과한 시간이다. 방절편이 공격해 온다는 기미를 알아차리고 몸을 뒤집어 피하는 순간까지는 눈 한 번 깜빡이는 것보다도 짧은 시간이었다.

혈살편복의 기습은 천애유룡의 상상을 넘어섰다.

파아앗!

혈무(血霧)가 피어올랐다.

천애유룡은 극심한 통증을 느꼈지만 통증보다 더 큰 경악에 소리조차 지르지 못했다.

'완벽한 살공! 이거야말로 특급살수!'

자신의 이목까지 속인 은신술, 완벽한 기회에 손쓸 틈도 주지 않는 공격.

살수들은 흔히 말한다, 살수비기를 절정으로 익히면 초절정고수도 죽일 수 있다고. 그런 미친 소리가 어디 있냐고 코웃음 쳤지만 이제는 믿어야 할 것 같다.

혈살편복 같은 자가 감히 자신에게 덤벼들 줄이야. 감히 자신의 몸을 할퀼 줄이야. 자신이 이런 자에게 죽을 줄이야······.

쿵!

천애유룡은 살 맞은 새처럼 떨어졌다.

초원은 아무런 일도 없었던 것처럼 조용했다.

천애유룡의 시신에서 흘러나오는 혈향(血香)만이 조금 전 무슨 일인가 있었다고 말해 준다. 그 밖에는 아무것도 변한 게 없다. 천애유룡을 죽인 아름다운 병기는 온데간데없이 사라졌다.

움직임도 보이지 않는다.

천애유룡을 따라 움직였던 비객들은 어디로 갔는지······.

천애유룡은 극히 짧은 순간에 당했다.

그에게는 온갖 생각이 스쳐 갔겠지만 다른 사람이 보기에는 말도 안 되는 짧은 순간에 목숨을 잃었다.

허공으로 솟구치자마자 피보라가 일었다.

전형적인 살수비기다. 다른 점이 있다면 지금까지 상대해 왔던 살수들과는 차원이 다른 고급 살수들이라는 점이다.

비망사 살수들에게 은신술을 배우면서 한편으로는 실소(失笑)를, 다른 한편으로는 감탄을 자아냈다.

무림에도 은신술이 존재한다.

은신술이라는 특이한 공부가 따로 있는 것은 아니다. 무림의 은신술이란 신법과 보법을 최대한 활용하여 기척을 죽이는 데 불과하다.

그렇기에 특별히 은신술만 수련하는 경우는 드물다.

살수들은 이 부분만 집중적으로 발전시켜 왔다.

분명히 정통은 아니지만 주목할 만한 부분인 것은 확실하다.

처음 무공이란 것을 접하면서 암습이나 기습에 사용하겠다고 생각하는 사람은 없다. 그런데 있었다. 살수들은 '무공'이라는 말을 듣는 순간부터 기습을 생각한다.

무인들과는 확실히 다른 부류다.

제오비주(第五秘主)는 쉽게 경동하지 않았다. 천애유룡이 죽었지만 비객들 중 섣불리 나서는 무인은 없다.

바로 이것이었다, 은신술을 펼쳐 접근하는 순간부터 어깨를 짓누르던 불안감의 실체가.

종리추에게 방자(房子)가 있다.

살문 살수인지 누구인지 알 길은 없지만 뛰어난 살수인 것만은 틀림없다.

제오비주는 잠시 다른 생각을 했다.

'사형은 어느 정도나 진전있는지……'

사형을 생각하자 사매도 떠올랐다.

여화는 눈에 넣어도 아프지 않을 빼어난 미녀다.

그런 여인을 사매로 두었다는 것이 못내 즐겁다. 그녀를 사랑하게 되었을 때는 단란한 가정을 꾸리며 오순도순 즐겁게 사는 꿈을 꾸곤 했다.

사매는 사랑스런 여인이지만…… 자신의 차지는 아닌 것 같다.

공동파에서 그녀를 사랑할 만한 자격을 지닌 사람은 몇 명 되지 않는다.

육천군, 육천군만이 그녀를 사랑할 자격이 있다.

그들 중 네 명이 살문과의 싸움에서 죽었고, 대사형 일군(一君)과 자신만이 남았다.

살문과의 싸움에서 패한 후, 폐관 수련을 명받았다.

능공십팔응으로 천하무림을 오시할 수 있다고 생각했건만…… 아직은 갈고닦을 것이 너무 많다.

그러나 답답하다. 사형들이 죽었는데 가만히 앉아 무공이나 수련하려니 울분이 솟구쳐 견딜 수 없었다.

장문인이 찾아와 비객을 제의했을 때 망설이지 않고 응한 것도 그 때문이다.

비객에는 하나같이 뛰어난 고수들만 운집했다.

그런데 이게 뭔가. 마치 장난감처럼 부서져 나가고 있지 않은가. 천애유룡이 단지 먼저 신형을 솟구쳤다는 이유만으로 죽을 정도이니 말해 무엇 하랴.

'사매… 대사형이 폐관 수련을 끝내면… 끝내면 천외천에서 빠져나가. 천외천은 안 돼. 천외천은 혈귀(血鬼)들이 모인 곳이야. 사매같이 어린 여자가 있을 곳이 못 돼.'

비영파파가 야속하기도 했다.

사매만은 끌어들이지 말았어야 한다. 무공도 위태롭기 짝이 없고, 무엇보다 무림과는 어울리지 않는, 그림이나 그리고 수나 놓으면 딱 적합한 여자를 무엇 때문에 천외천에 끌어들였단 말인가.

제오비주는 잠시 눈을 감았다가 떴다.

모두 산 자들의 몫이다. 걱정이나 근심, 고민, 행복…… 모두 산 사람들의 몫이다. 죽은 사람은 걱정할 필요가 없다. 오만 가지의 번뇌도 죽는 순간 끝난다.

제오비주, 공동파 육천군 중 육군이기도 했던 그는 죽음을 직감했다.

아름답게 펼쳐진 완만한 구릉이 무덤이다.

비망사 살수들이 아름다운 장소에서 뼈를 묻었던 것처럼 자신들은 이곳에서 뼈를 묻게 된다.

종리추를 완벽하게 제거해야만 끝나는 싸움인데, 종리추에게 검을 들이대기는커녕 숨어 있는 방자조차도 상대하기가 꺼려진다.

제오비주는 손을 들어 비객 두 명을 지목했다.

지목받은 비객들의 눈빛이 잠시 흔들렸다.

누구나 그럴 수밖에 없다. 늘 죽음을 생각하고 있는 사람들도 막상 죽음 앞에 직면하면 공포로 사지가 굳어진다. 그런 점은 무인이라고 해서 별반 다를 바 없다. 어쩌면 늘 죽음을 옆에 끼고 사는 사람들이라 더욱 생에 대한 갈망이 클지 모른다.

지목받은 무인 두 명은 천애유룡이 그랬던 것처럼 신속하게 움직여 앞으로 나아갔다.

다른 비주들도 제오비주와 같은 생각인지 한 명, 혹은 두 명의 무인들이 풀숲을 헤쳐 나갔다.

도합 다섯 명.

기습은 틀렸다. 천애유룡이 죽는 순간 모든 기습 계획은 깨졌다.

이제는 서로가 대치하고 있다는 것을 종리추도 안다.

얄미운 놈이다. 비객이 왔다는 것을 알면서도 태연하게 하늘만 올려다보고 있다. 그것도 반쯤 드러누운 편안한 모습으로. 병기를 꺼낼 생각조차 하지 않고.

남은 자들은 그들의 모습을 면밀히 관찰했다.

살기를 바라지만 적이 어디 있는지조차 모르니 기습에 대항할 수가 없다. 비망사의 살수비기를 배우며 뼈저리게 절감했다. 살수들이란 완벽한 기회가 포착되지 않으면 공격하지 않고, 공격이 시작되면 생존 가능성은 극히 희박하다는 것을.

하물며 비망사 살수들보다 훨씬 뛰어나 보이는 듯한데.

사사사사삭……!

각 조에서 차출된 다섯 무인은 나름대로 최대한 은신하며, 소리를 죽이며 이동했다. 종리추가 알고 있고, 숨어 있는 방자도 알고 있지만 최대한 몸을 숨기는 것은 기본이다.

그들은 곧 천애유룡이 죽은 지점까지 이르렀다.

기껏해야 칠팔 장 정도 움직인 거리에 불과하다.

신법을 펼쳤다면, 아니, 신법을 펼치지 않고 단순히 뛰기만 했어도 촌각 만에 다다를 수 있는 거다.

다섯 무인은 잠시 호흡을 골랐다.

그들은 준비하고 있다. 이심전심(以心傳心)이랄까? 모두 종리추를 노리고 있다. 죽을 바에는 종리추를 향해 일검이라도 내지르고 싶을 게다. 순간,

"안 돼!"

제오비주는 숨은 자리에서 벌떡 일어나며 고함쳤다.

종리추를 노릴 때가 아니다. 그들을 향해 다가서는 방자들의 병기부터 막아내야 한다. 종리추는 이차 싸움 대상이고, 일차는 자신들과 같은 모습으로 숨어 있는 방자들을 처리해야 하는데.

하지만 그의 고함 소리는 한 발 뒤늦었다.

쒜에엑! 쒜엑……!

다섯 무인은 일제히 신형을 솟구쳐 종리추에게 짓쳐갔다.

쒜엑! 파라라락……!

다섯 무인은 꼬리를 달았다. 어디선가 불쑥 솟구친 인영들이 허공에 솟구친 다섯 무인을 뒤따라 솟구쳤다. 거의 동시라고 해도 좋을 만큼 완벽한 움직임이다.

상대의 병기는 다양하다. 검도 있고 도도 있다. 천애유룡을 죽였던 방절편은 보이지 않는다.

파악! 뻐억! 싸아악……!

기묘한 소리… 듣기 싫은 소리……. 귀를 막고 싶은 심정.

하지만 그럴 수 없다. 다섯 무인을 급습한 무인들이 어디쯤에 떨어져 내리는가 살펴야 한다. 떨어진 후에는 어디로 이동하는지도.

다섯 무인을 손쉽게 처리한 다섯 그림자는 여느 살수들이 그렇듯 풀숲에 은신했다.

'뒤로 물러서고 있어!'

제오비주는 몸을 일으켜 서 있는 관계로 납작 엎드려 있는 비객들이 보지 못한 것을 보았다.

암습자들은 뒤로 물러서고 있다. 살수들이 사용하는 평범한 은신술을 사용하여 전장에서 빠져나가고 있다.

종리추에게서 이 장 거리까지 물러선 후 살며시 옆으로 산개했다.

제오비주는 거기까지 보았다. 산개한 적들은 흔적없이 사라져 버렸다. 눈으로도 볼 수 없고, 귀로도 들을 수 없다. 대충 짐작하기로는 이 장 거리 어디엔가 숨어 있다는 것뿐.

'한두 명이 아냐. 적어도 십여 명은 더 있어.'

비객은 종리추를 사지로 몰아넣었다. 하지만 정작 사지에 빠진 것은 비객들이다.

약육강식(弱肉強食)의 세계, 절대강자만이 존재하는 세계.

반쯤 비스듬히 누워 있던 종리추가 그에게 눈길을 주었다.

차디찬 눈길이다.

멀리 떨어져 있기에 눈빛까지는 읽을 수 없지만 느낌만으로도 소름이 오싹 돋는다.

스르릉……!

제오비주는 검을 뽑아 들었다.

제오비주라는 말, 비객들을 지휘해야 한다는 의무…… 모든 생각이 머리 속에서 사라졌다.

사형들이 이자의 손에 죽었다.

직접 죽임을 당한 것은 아니지만 이자가 이끌고 있는 살수들의 손에 죽었다. 그것은 단지 육천군 중 사천군의 죽음이 아니라 공동파 미래의 죽음이다.

저벅! 저벅……!

제오비주는 검을 축 늘어뜨리고 곧장 종리추를 향해 걸었다.

암습자가 있어도 상관없다. 관계치 않는다. 암습을 가해와 죽는다면 그것뿐인 인생인 게다. 한 가지 소망이 있다면 종리추란 자와 직접 검을 겨루고 싶다. 무공 대 무공으로. 하후가주를 죽인 무공과 능공십팔응을 깨우친 자신의 무공으로.

제오비주는 유구의 손이 까딱거리는 것까지 보았다.

사사사삭!

살수들이 움직이기 시작한다.

'역공! 저자가 지휘하고 있었어!'

까무잡잡한 살결의 남만인 유구.

그는 망부석처럼 서 있기만 했다. 하나 사실은 그가 지휘하고 있다. 비객들의 움직임을 샅샅이 훑어보았고 상황에 따라 살수들을 조율하고 있다.

단순한 암습이 아니라 계획적인 암습이 진행되고 있다.

"제오비객은 물러서라! 지금 즉시 여기서 빠져나갓!"

제오비주는 마지막으로 일갈을 내질렀다.

그것으로 제오비객들과의 인연은 끝났다. 제오비주가 되어 한 일은 별로 없지만, 무림영재들의 죽음을 간과하지 않은 것만으로도 제오비주의 역할은 충실히 한 셈이다.

다른 비객들은 그들 스스로 알아서 움직여야 한다. 모두 비주가 있으니.

살문 살수들의 움직임을 자세히 말해 주고 싶지만 그럴 만한 시간적 여유가 없을 것 같다.

자신은 호랑이들에게 둘러싸인 닭이나 마찬가지 신세다.

천애유룡이 그랬듯, 다섯 무인들이 맥없이 죽었듯 살문 살수들이 병기를 휘둘러 왔을 때 피할 수 있을까? 피하면… 초원에 몇 명이나 있을지 모르는 살문 살수들의 손아귀를 모두 헤쳐 나갈 수 있을까.

저벅! 저벅……!

제오비주는 마음이 급했다.

살문 살수들에게 급습을 받기 전에 종리추에게 다가가 일검을 내지르고 싶다.

저벅, 저벅! 쐐에엑……!

걷는 것만으로는 부족해서 기어이 신법을 펼쳤다.

공동파 제일의 절학이라고 할 수도 있는 능공십팔웅이다.

─구름 속에 노니는 용이여, 구름 밖으로 나오지 마라. 향기를 뿜어 내는 귀신이여, 사천을 벗어나지 마라. 부동(不動)은 석상이니, 부처님 이 기뻐하네. 세상에 가장 자유로운 것은 허공을 노니는 열여덟 마리 매라.

실상(實像)을 구분하기 힘든 빠른 변화, 쾌검을 흘려 버릴 수 있는 유연성.
정(靜)의 대표적인 신법이 소림의 금강부동신법이라면 동(動)의 절 정 신법은 단연 능공십팔웅이다.
살문 살수들은 제오비주를 막지 않았다.
그들은 제오비주가 염려했던 대로 비객들을 향해 움직였다.
제오비주가 종리추 면전에 이르렀을 때, 초원 한가운데서 첫 비명이 울려 나왔다.
"헉! 끄으윽……."
비명은 이어지고 있다.
비객들이 전멸하든, 살수들이 전멸하든 어느 한쪽이 완전히 몰살하 기 전에는 끝나지 않을 비명.
"종리추?"
"……."
종리추는 팔짱을 낀 채 쳐다보기만 했다.
모두 강 건너 불 구경을 하는 것 같다. 모진아란 자도, 유구란 자도, 소고와 소여은까지도 제오비주의 등장에는 관심이 없는 것 같다.

세상에서 가장 무서운 것이 무관심이라고 했던가?

과연 그런 것 같다. 자존심이 처참하게 짓이겨지고 있으니. 적에게 환영받을 리는 없지만, 이토록 무시당하다니.

제오비주는 검을 추슬렀다.

"기회를 줘서 고맙다."

"어차피 똑같아."

"……."

"상황을 빨리 분석하는군. 좋아. 덕분에 비객들 중 절반은 목숨을 건질 것 같은데?"

종리추의 말에 제오비주는 고개를 돌려 구릉을 바라봤다.

썰물처럼 빠지고 있는 비객들의 모습이 보인다. 하지만 그 수는 현격하게 줄어들어 올 때의 절반도 못 되는 것 같다.

완벽한 패배다. 검도 한 번 휘둘러 보지 못하고, 다가서지도 못한 채 패배를 당했다.

제오비주는 미간을 찌푸렸다.

믿어지지 않는 현실이다.

중원 곳곳에 산재한 살수들이 언제 집합했던가. 이렇게 모이려면 사람들 시선을 아랑곳하지 않고 최상의 신법을 펼쳐 달려왔어야 하는데…….

"음……!"

제오비주는 무엇인가 생각나 신음을 토해냈다.

모두들 잘못 알고 있다.

오기가 하오문과 살문을 연결하는 점이라는 것은 사실이다. 거기까지는 모두의 생각이 맞았다.

오기는 단순히 하오문의 정보를 전달하는 역할만 한 것이 아니다.

하오문의 연락망은 살문 살수들의 동정을 뒤쫓았고, 이렇게 필요한 때에 한곳에 모일 수 있도록 귀와 눈과 입 역할을 했다.

아마도 이들은 백석강 싸움이 일어나기 전부터 달려오고 있었을 게다. 백석강이 아닌 바로 이곳으로.

오기가 죽음으로써 하오문과 살문의 연계는 끝났다.

하지만 아직 끝나지 않은 곳이 있다.

후개와 종리추의 연계.

그것 역시 단순히 정보를 주고받는 선에서 끝나지는 않으리라.

종리추를 꺾기 위해서는 후개부터 제거해야 한다. 개방을 흑봉광괴의 손에 안전하게 놓은 다음 시작해야 한다. 살문을 고립시키고, 살문의 현 상황을 냉철히 판단한 다음 싸움을 시작해야 한다. 그렇지 않으면 지금과 같은 상황을 또 맞게 될 게다.

또 한 가지 치미는 의혹.

살문은 이렇게 강한 문파가 아니다. 종리추가 이끄는 살수들도 구류검수나 혈영신마와 같은 몇몇 무인을 제외하고는 이름도 들어보지 못했던 무지렁이들이다.

그들만으로 이렇게 강할 수는 없다.

비객 한 명이 죽으면 살문 살수도 한 명쯤은 죽어야 한다. 아무리 적게 잡아도 두 명에 한 명은 죽어야 한다.

눈에 보이는 광경은 그렇지 않다. 비객들만 몰살하고 있다.

'사, 살수비기!'

제오비주는 원인을 쉽게 찾아냈다.

"크으윽……!"

비객 한 명이 죽었다. 도끼로 정수리를 내리찍혀 죽었다.

그 비객은 뛰어난 무인이었으나 도끼가 내려올 때까지 상대의 움직임을 잡아내지 못했다.

모든 게 확연해졌다.

무공으로 싸우면 제오비주의 생각이 맞겠지만, 살수비기로 싸워서는 상대가 되지 않는다. 살문은 비망사가 지니지 못한 또 다른 비기가 있다.

'생각을 잘못했어. 비망사의 살수비기를 익힌 것이 오히려 독이 됐어. 이자들은 무공으로 제압해야 돼. 하하! 자신의 무공이 최고인 거야. 남의 손에 든 떡은 아무리 커 보여도 남의 떡인 것을.'

제오비주는 진기를 끌어올려 능공십팔응을 펼쳤다.

비객들이 당하는 모습을 보는 것도 지겹다. 종리추와 대화를 지속할 필요도 없다. 싸우다가 죽일 수 있으면 죽이는 것이고 죽이지 못하면 죽을 뿐이다.

그나마 다행이지 않은가, 이렇게 검을 들고 맞설 수 있으니.

'변변환심(變變幻心).'

능공십팔응의 구결이 머리 속을 휘저었다.

세상의 모든 변화는 마음속에서 일어난다. 마음이 변화하지 않으면 변화도 없다. 세상이 변했어도 마음이 변하지 않았다고 보면 변하지 않은 것이요, 변하지 않았어도 변했다고 보면 변한 것이다.

모든 변화는 마음에서부터 일어난다.

쒜에엑……!

검은 복마검법(伏魔劍法)을 택했다.

다른 검법도 많지만 공동파에 처음 입문했을 때 접했던 검법이 복마검법이다.

무인은 자신의 검을 믿어야 한다.

단순한 진리인데도 믿지 못했다. 자신뿐만 아니라 구십여 명에 이르는 후기지수들이 믿지 못했다. 그래서 비망사의 살수비기까지 습득한 것이 아닌가.

금강부동신법, 능공십팔응이 뛰어난 신법이지만 반드시 배울 필요는 없다. 자신이 익히고 있는 신법을 극성으로 익히면 그것이 최강의 신법이다. 무림에 전혀 알려지지 않은 삼류무공이라 해도.

신법과 마찬가지로 검도 같은 길을 간다.

복마검법, 음양검법…….

중원무인들이 수련하는 검법은 수를 헤아릴 수 없이 많다.

그중에 어느 검법이 가장 뛰어난가?

우문이다.

가장 뛰어난 검법은 없다. 누가 얼마만큼 검을 몸에 붙였느냐에 따라서 승패가 갈라진다.

제오비주는 복마검법을 가장 잘 안다. 너무 잘 알아 무시하기까지 한다. 복마검법보다 더 뛰어난 검법을 찾아 무고(武庫)에서 산 적도 있다.

이제야 알았다, 자신이 펼칠 수 있는 검법은 오직 복마검법뿐이라는 것을.

쒜에엑……!

두 발은 양극(兩極)을 번갈아 밟아 변화를 추구하며, 검은 독사의 헛바닥처럼 날름거리며 종리추의 목젖을 노리고 쏘아갔다.

종리추가 신형을 비틀었다. 어깨만 살짝 움직여 피해낸다.

제오비주의 검이 찌르는 검에서 베는 검으로 변했다. 능공십팔응의 난해한 신법이 가장 평범하면서도 가장 지고한 절학, 복마검법을 극성으로 끌어올려 주었다.

종리추의 신형이 뒤로 꺾였다.

오른쪽 무릎에 몸의 중심을 담고 상반신에서 힘을 뺐다. 이런 신법은 상반신을 되튕기는 데 유리하다.

파파팟!

제오비주는 종리추의 옆구리에 찰싹 달라붙었다. 베는 검은 허공에서 방향을 틀어 찍는 검으로 변모했다. 그때,

쉬익!

종리추의 신형이 뒤로 눕혀진 상태 그대로 빙글 돌았다.

제오비주를 피해 멀리 도망간 것이 아니라 제오비주의 몸 쪽으로 바짝 다가붙었다.

옆구리에 붙으려고 이 보(二步)를 옮긴 제오비주, 제오비주를 향해 신형을 돌린 종리추.

두 사람은 자신이 생각한 것보다 훨씬 빠르게 근접했다.

슈우욱……!

종리추의 손에서 은빛 광채가 번쩍였다.

'위험!'

상대의 손속이 더 빠르다.

제오비주는 변화를 예측하지 못했고 종리추는 예측했다. 다시 말하면 제오비주는 종리추의 신법 변화를 짐작하지 못했지만, 종리추는 능공십팔응의 변화를 계산했다.

제오비주는 신형을 물리려고 했다. 일단은 몸을 뒤로 빼야 한다. 상대의 공격 범위 내에서 물러서야 한다. 기선을 제압당한 상태에서 맞겨루는 것은 득보다 실이 많다.

푸욱!

종리추는 물러서는 것을 용납치 않았다.

그의 손에 들린 은빛 광채가 요혈 중의 요혈인 단전(丹田)에 깊숙이 틀어박혔다.

검의 반격을 피해낼 자신이 있을 때만 펼칠 수 있는 오만방자한 공격이다. 하지만 우습게도 제오비주는 그런 공격에 당했다.

파아앗!

제오비주는 마지막 진기를 모두 쏟아 부어 일검을 펼쳤다.

종리추와는 몸이 맞붙어 있다.

종리추는 아직도 오른 무릎에 신체의 중심을 싣고 있다. 상반신이 뒤로 눕혀져 있고 오른손은 단전에 닿아 있다.

제오비주의 왼손은 종리추의 멱살을 움켜잡았다. 오른손은 종리추의 배를 향해 그어갔다.

그러나 이번에도 행동을 잘못 판단했다.

그의 생각으로는 종리추가 움직이지 못할 것이라고 생각했는데, 움직였다.

상반신을 튕기듯 일으킨 종리추는 일어나는 기세를 빌려 단전에 닿아 있는 오른손에 힘을 가해 들어 올렸다. 그리고 내던졌다.

제오비주의 몸은 허공을 날아 일 장 밖으로 나가떨어졌다.

'빌어먹을……!'

제오비주는 난생처음 상소리를 했다.

어둠 저편으로 침잠하는 의식 속에 여화의 아름다운 자태가 가득 담겼다.

◆第百十七章◆
고투(苦鬪)

세 사내는 거침없이 걸어왔다.

그들은 비객들처럼 은신술을 펼쳐 몸을 숨기려는 노력도 하지 않았다. 서둘지도 않았고 긴장하지도 않았다.

후원을 산책하듯이 걸어올 뿐이다.

유구가 손가락을 움직였다.

그의 손에는 손바닥에 꼭 들어갈 만큼 작은 피리가 들려 있었는데, 손가락이 움직이자 작은 소리를 토해냈다.

바람 소리라고 착각하기 쉬울 만큼 아주 작은 소리다.

"주공."

모진아가 다가와 종리추 곁에 섰다.

"……."

"이것 아십니까? 꼬마였을 때 주공이 훨씬 더 귀여웠다는 것."

"하하!"

"쬐끔한 놈이 얼마나 사납게 날뛰던지."

"……."

"요즘은 문득 이런 생각이 듭니다, 중원에 괜히 왔다는."

"돌아가고 싶나?"

"그럴 수만 있다면……."

"가도 좋아."

"가야죠. 저놈도 데려가겠습니다."

모진아는 유구를 가리켰다.

"……."

종리추는 대답하지 않았다. 언제나 그렇듯 묵묵히 듣기만 했다.

"허허! 남만의 폭우가 그립군요. 비나 왔으면……."

"……."

"주공은 제게 새로운 세계를 보여줬지만… 사람을 행복하게 만드는
분은 아닌 것 같습니다."

"……."

"살수에게도 행복이 필요합니다. 행복이 없으면 하루도 견디기 힘든
게 세상사 아니겠습니까? 허허! 노망난 늙은이 주책이라고 생각하십시
오."

"아직 노망날 정도로 늙진 않았어."

종리추와 모진아의 눈길이 마주쳤다.

훈훈한 정이 스민 눈길이다. 미래에 대한 불안도, 죽음에 대한 공포
도 깃들지 않은 행복한 인간의 눈길이다.

"흠! 아실지 모르지만 구맥은……."

"모진아답지 않아. 여자를 가로채는 것은 누구나 할 수 있어. 문제
는 뒤야. 뒤를 돌봐줘야지."

"……."

이번에는 모진아가 대답하지 않았다. 구릉 아래쪽에 눈길을 주었던
모진아가 한참 만에 입을 열었다.

"허허, 오독마군을 괜히 만나 가지고…… 무공도 적당하게 익혀야
재미있지, 깊어지면 깊어질수록 회의가 치밉니다. 꼭 죽음을 향해 달
려가는 사람 같은 느낌이 들어서."

"……."

"갔다 오죠."

모진아는 구릉 아래쪽에서 걸어오는 세 사람을 향해 걸어갔다.

그는 자신의 뒷모습을 오래 보이지 않았다. 그 역시 다른 살수들처
럼 은신술을 펼쳐 풀숲으로 모습을 감춰 버렸다.

'정면 대결이야! 정면 대결을 하고 있어!'

소고는 살문 살수들을 다시 봤다.

정말 종리추의 행동은 신출귀몰하다.

살행을 명받았을 때는 단순히 살문의 명맥을 유지하기 위해서인 줄
알았다. 이유있는 살인을 함으로써 살수 문파의 나쁜 모습을 회석시켜
보려는 생각인 줄.

다른 생각이 들기도 했다. 종리추라면 무엇인가 복안을 깔아놨을 것
같은 막연한 생각만 했다.

천외천과 살문은 한 세상에서 공존할 수 없는 처지가 되었다. 서로
은원이 얽히고설켜 풀래야 풀 수 없는 매듭처럼 원한이 중첩되었다.

하후가, 양가 무인들이 급습해 온 것은 당연하다.

그들에게는 많은 눈과 귀가 있으니 어디로 간다 한들 쫓지 못할 이유가 없다.

비객이 출현한 것도 자초한 일이다.

벌건 대낮에 낯 내놓고 돌아다니는데 누가 공격하지 않으랴.

모든 게 계획된 일이다.

종리추의 머리 속에서 계산된 대로 움직이고 있다.

천천히 걸어오는 천객 세 명.

그들은 무적이다.

살문 살수들이 얼마나 버틸 수 있을지. 종리추가 천객 한 명을 죽였지만 세 명까지 상대할 수 있을지.

종리추는 피하지 않는다.

여기서 결판을 낼 심산이다.

하후가, 양가를 끌어들였다. 비객은 찾아온 것이 아니라 안배에 따라 굴러들었다. 천객도 마찬가지다. 그들은 제 발로 걸어왔지만 그들이 걸어온 길은 종리추가 정해주었다.

이들 외에도 많은 사람들이 나타날 게다.

어쩌면 천외천 무인들 모두가 나타날지도 모른다.

소고는 비로소 자신의 상처가 별게 아니라는 것을 깨달았다. 종리추의 무심한 눈빛이 무엇을 말하는지 알았다.

모두 죽음을 각오하고 있다.

이번 일전에 살문과 천외천의 생사가 갈려진다.

무모하다. 이렇게 무모한 계획은 없다. 살문 살수들만으로 천외천을 상대할 수는 없다.

모진아가 종리추에게 한 말도 죽음을 각오했기에 할 수 있는 말들이다.

혈영신마와 버금가는 무공을 지닌 모진아조차도 이번 일전에서는 생사를 장담하지 못한다. 누구에게도 지지 않을 것 같은 모진아이지만, 죽음에 가장 근접해 싸워야 하는 싸움이다.

'살문 살수들 모두가 모였어. 저 속에는 적사도 있을 거야. 모두… 모두 여기 모였어.'

소고는 일어나 앉았다.

살문 살수들이 싸우는 모습을 지켜보고 싶었다.

그녀도 한때는 사무령이 되고자 했다. 살수들의 신이 되어 누구도 범접하지 못하는 태산이 되고 싶었다.

살문 살수들은 한때 그녀의 수하였다.

자신이 직접 거느리지는 못했지만 종리추를 통해 숱한 일을 의뢰했던 살수들이다.

그들이 현 무림에서 가장 강하다는 초강고수들과 싸우는 모습을 봐야 한다.

상처가 욱신거렸지만 개의치 않았다.

그 정도의 아픔에 인상을 찡그리는 것은 죽음을 앞에 두고 싸우는 살수들에 대한 예의가 아니다.

"잘 싸워봐."

소고의 입에서 자신도 모르게 흘러나온 소리였다.

석양이 진다.

붉게 물든 노을이 산하를 비추고 있다.

노을은 그 자체만으로는 아름다움이 없다. 구름에 엉켜 있어야 노을 다운 맛이 난다. 실구름은 실구름대로, 뭉게구름은 뭉게구름대로. 하늘 가득히 펼쳐진 구름의 형태에 따라서 노을의 맛이 틀려진다.

쒜에엑!

옥빛 광채가 노을과 어울렸다.

붉은 빛무리 속에서 청아한 옥빛이 물결쳤다.

"혈살편복이란 놈이군."

상대는 당황하지 않았다.

천애유룡을 단숨에 죽인 기습 살공이지만 천객은 유유자적(悠悠自適)했다.

혈살편복은 완벽한 기회를 잡았다.

적이 지근 거리에 다가올 때까지 시마공을 펼쳐 호흡과 기운을 죽였다.

시마공을 풀고 폭혈공을 펼치는 시기는 거리에 따라 달라진다.

비수와 같은 짧은 병기는 몸에 부딪칠 정도 바짝 다가설 때까지 기다리는 것이 좋지만, 혈살편복의 방절편처럼 장병(長兵)을 지닌 경우에는 병기가 닿을 거리를 계산해 내는 게 중요하다.

혈살편복은 완벽한 거리를 계산했다.

적은 다가왔고, 일시에 폭혈공을 전개해 진기를 사지로 돌렸다.

공격도 성공적이다.

천애유룡은 이 일격에 목숨을 잃었다.

까앙!

쇠와 쇠가 부딪치는 소리가 터졌다.

'치잇!'

혈살편복은 일이 틀어졌다는 것을 직감했다.

살수의 기습에서는 병장기가 부딪치는 것을 용납하지 않는다. 병장기가 부딪치면 이차 공격을 해야 되고, 그때부터는 무공 대 무공의 싸움이 된다.

한마디로 병장기가 부딪치는 순간 살수의 생명은 끝난다. 그 후부터는 오직 무인이라는 존재만이 남을 뿐.

—기습에 실패하면 무조건 물러서라. 자신의 목숨이 세상에서 가장 귀하다고 생각하는 사람만이 특급살수다. 공격하기 전에 반드시 퇴로를 찾아두어라.

퇴로는 찾아두었다.

혈살편복은 일격이 실패하자 옆으로 미끄러지듯 이동했다. 그곳에는 작은 구덩이가 있어서 일시에 몸을 은신하기에는 더없이 적합한 곳이다.

상대를 쳐다볼 필요도 없다. 상대가 공격해 오는지 물러서는지 지켜볼 필요도 없다.

상대는 공격해 오고 있다.

방절편과 검이 맞부딪치는 순간 상대의 의도를 짐작해 냈다.

쉬이익……!

혈살편복은 자신이 펼칠 수 있는 최상의 신법을 펼쳐 물러섰다.

이럴 경우, 대부분은 성공한다. 움직일까 말까 생각한 후에 펼치는 신법이 아니다. 병장기가 부딪치는 순간 이미 몸을 물렸다. 적어도 상대보다 한 걸음 빠른 판단이다.

상대는 공격해 오겠지만 허공만 스치고……

"헉!"

혈살편복은 벼락이라도 맞은 듯 움찔했다.

허공을 스치고 지나갔어야 할 검이 등을 후려갈겼다.

무엇으로 표현할까? 등에서 시작된 전율이 전신을 마비시키고 있는 이 상황을.

"크윽!"

혈살편복은 짧은 단말마로 최적의 표현을 했다.

"이게 바로 칠성검문의 칠성검법이야. 무인들이 삼류무공이라고 경멸하는 검법이지."

등 뒤에서 칠성검문의 소문주인 진조고의 비웃음이 터져 나왔다.

진조고는 그 뒤로도 몇 마디 더 중얼거린 듯한데 혈살편복은 듣지 못했다. 그의 육신은 그가 애초 퇴로로 정했던 구덩이에 던져지듯 무너져 내렸다.

혈살편복의 죽음은 커다란 경종이다.

천객은 비객과 다르다.

비객에게는 시마공에 이은 폭혈공이 유효하게 작용했지만 천객의 반사적인 무공 앞에는 무용지물로 전락했다.

천객에게도 시마공, 폭혈공이 통할 것인가.

물음에 대한 답이 나왔다.

혈살편복이 죽음으로 가르쳐 준 값비싼 해답이다.

사실 혈살편복은 종리추의 명을 거역했다.

종리추는 천객의 무공을 거의 정확하게 짚어냈다. 살문 살수들이 받은 서신에는 '공격을 하되 하지 마라. 기습하는 모양만 보이고 즉시 물러서라' 는 말이 두 번이나 적혀 있었다.

혈살편복은 기습하는 모양만 보인 것이 아니라 정말 기습을 가했다. 필살에 자신이 있어서 그랬겠지만.

누구라도 그랬을 게다. 혈살편복이 가장 먼저 공격을 가해서 그랬지, 누구라도 먼저 공격을 취한 자는 모양만 보이는 것이 아니라 실제 공격했을 게다.

시마공에 이은 폭혈공은 필살의 자신감을 주었다.

어떠한 적도 기습을 감당해 내지 못했다.

팔부령을 떠나 실행을 하면서 숱하게 경험해 보았지만 변변하게 막아내는 자들이 없었다. 구파일방이 십망을 대신해 만든 최후의 보루, 비객들조차도 맥없이 나가떨어졌다.

그런 마당인데 어찌 공격하지 않겠는가.

병장기가 부딪치는 순간 혈살편복은 죽은 목숨이었다. 다른 무인들 같으면 한 수 빠른 판단이 목숨을 구해주었겠지만, 천객의 가공할 빠름에는 당해내지 못한다.

천객의 살공에서 벗어나려면 두어 수 빠른 판단이 필요하다. 무조건 물러서는 것만이 살길이라는 말과도 상통하는 말이지만.

─일살(一殺) 역사(逆死). 후퇴(後退).

종리추의 또 다른 명령이다.

누구든 한 명이라도 죽으면 무조건 물러서라는 강압적인 명령이다.

살문 살수들은 물러섰다.

혈살편복의 죽음에 피눈물이 흘렀지만 복수는 차후에도 얼마든지 할 수 있다. 또 혈살편복이 당했다면 자신들이 나서봤자 죽음밖에 돌아오는 것이 없다.

사사사삭……!

바람도 없는데 풀숲이 흔들렸다.

살문 살수들이 썰물처럼 빠져나가는 움직임이다.

그래도 천객은 서둘지 않았다. 천천히, 천천히 처음부터 걸어왔던 그 속도로 걸어왔다. 달라진 점이 있다면 진조고만이 피 묻은 검을 들고 있다는 것이다.

"혈살편복!"

유구가 놀라 소리쳤다.

멀리 떨어진 곳에서 벌어진 일이지만 혈살편복이 죽는 모습은 너무도 뚜렷하게 보였다.

"유구."

종리추가 조용하게 불렀다.

혈살편복의 죽음이 있었는데도 마음에 동요가 일어나지 않은 듯 고요한 음성이다.

"살고 싶나?"

"주공, 그게 무슨 말씀……."

"아까 모진아가 그러더군. 남만으로 데려가겠다고."

"……."

유구는 곤혹스런 표정을 지었다.

그에게는 낯선 물음이다. 그도 종리추와 모진아가 나누는 말을 들었지만 도대체 무슨 말인지 이해할 수 없었다. 특히 자신을 데려가겠다는 말은.

"남만으로 가려면 전제 조건이 있어. 살아야 한다는 것. 모진아는 살고 싶어했어. 너도 그런가?"

"주공, 주공의 명이라면 지옥 불 속이라도……."

"살고 싶다는 말이군. 살수는… 사는 데도 조건이 있어. 잘 도망 다녀야 돼. 도망가면 살고 머뭇거리면 죽어. 이 말을 꼭 명심해."

유구는 눈물이 왈칵 솟구쳤다.

종리추는 살문 살수들 모두에게 이 말을 하고 싶었을 게다.

상대할 수 없는 무인을 만나면 도망가라. 억지로 싸우지 말고 도망가라. 자신의 역량과 상대의 역량을 냉철히 판단해서 이길 수 있는 상대하고만 싸워라.

종리추는 담담하지 못하다.

혈살편복의 죽음이 그에게 충격을 안겨주었다.

죽지 않아도 될 사람이 죽었기에.

종리추가 천객들을 향해 걸어가기 시작했다.

유구는 황급히 눈시울을 소매로 쓱 눌러 닦고 종리추의 뒷모습을 배웅했다.

"당신들… 정말 주종 간이네."

소여은이 지나가는 듯 한마디 했다.

소고와 소여은의 눈동자도 종리추의 뒷모습을 쫓고 있었다.

살문 살수들이 물러간 구릉은 텅 비었다.

천객 세 명이 걸어가고 있는 길은 바람 한 점 없는 무풍지대(無風地帶)다.

그들을 막을 것은 없다.

세 사람은 종리추가 걸어오는 모습을 보았다.

"적이지만 대담한 놈이야. 나 같으면 줄행랑을 놓았을 텐데."

양가창법의 달인인 양청이 말했다.

하후가와 양가가 기습을 가했다가 하후가주는 죽고 양가주는 의문의 후퇴를 했다.

양청에게는 뼈아픈 사건이다.

자신의 아버지가 싸움에서 물러섰다는 것은 죽음을 맞이했다는 것보다도 충격이다. 충격을 넘어 치욕스러움에 몸이 떨린다.

무인들이 많이 살아남았다.

소고와 소여은은 죽음 직전이었고 유구는 공격에 휘말리려던 참이었다고 들었다. 모진아와 종리추가 버티고 있지만, 폭풍처럼 휘몰아친다면 죽일 가능성이 높았다.

그런 싸움에서 물러섰다.

아버지를 잘 안다고 생각했는데, 그 소문을 듣고 난 다음에는 전혀 모르는 낯선 타인처럼 여겨졌다.

아버지는 진정한 무인이다. 죽음을 두려워하지 않는 몇 안 되는 진정한 무인 중 한 분이다. 죽음이 확실하다고 해도 진정한 무공을 보기 위해서는 창을 치켜들 분이다.

백석강 싸움은 아버지에 대한 신뢰를 무너뜨렸다.

"이 싸움이 끝난 후 아버지에게 가르쳐 주겠어. 진정한 무인이 무엇인지!"

양청은 으스러져라 주먹을 말아 쥐며 외쳤다.

자신을 그렇게 만든, 아버지를 치욕으로 몰아넣은 종리추가 걸어오고 있다.

양청은 등에 둘러메고 있던 창을 풀었다.

"저놈은 내게 맡겨."

양청은 낚시꾼이 낚싯대를 걸치고 가듯 창을 어깨 위에 걸쳐 놓고 걸어갔다.

그의 안면에는 웃음이 가득했다.

기회가 없으면 어쩌나 걱정했는데 치욕을 안겨준 종리추를 이렇게 빨리 만날 줄이야.

"네놈이 종리추란 놈이군."

"……."

"난 양청이라고 해. 네놈에게 꽁지를 말고 도망간 양가주가 내 부친이지."

"양가주는 무인이야."

"호오! 그래?"

"그런데 넌 망나니에 불과해. 사람을 죽이는 망나니. 양가주가 자식 농사를 크게 잘못 지었군."

"하하하! 네놈이 평생을 같이 산 나보다 내 아비를 더 잘 안다 이거지?"

"사람을 아는 데는 오랜 시간이 필요하지 않아."

"죽는 것도 그렇지. 죽는 것도 오랜 시간이 필요하지 않아."

"양가주에게 미안하군."

"……?"

"널 죽이게 될 것 같으니까. 내 생각인데… 네가 죽었다는 소식을 들어도 양가주는 크게 슬퍼하지 않을 거야. 어쩌면 백석강을 떠날 때부터 네 죽음을 생각했는지도 모르지."

"하하! 좋아, 결정했어."

"……."

"십망이라는 게 있었지. 아주 좋은 거였어. 너 같은 작자는 사지가 잘리고 눈알이 파지는 고통을 맛봐야 돼. 십망. 널 십망에 처해주지. 좋지 않아? 기뻐할 줄 알았는데. 병신으로 살망정 죽지는 않잖아? 이봐, 인상 좀 펴."

양청의 말을 듣는 순간 종리추는 미간을 찌푸렸다.

청면살수를 보았다.

십망을 당해 사지가 절단되고 보지도 듣지도 못하고, 오직 입만 살아 있는 청면살수를.

살아 있는 육신이 아니다. 죽음보다 못한 삶이다. 처절한 갈망이 없었다면 혀를 물고 죽었어도 진작 죽었을 게다. 다른 것은 몰라도 대소변마저 남의 손을 빌려서 사는 삶이라면.

양청은 십망이 어떤 것인지 정말 알기는 아는 것일까?

십망을 집도한 사람들은 죄책감이 전혀 없는 것일까?

청면살수는 종리추를 살수계로 끌어들였다.

그의 말대로 종리추는 살문 살수들을 건사할 책임이 있다.

이들 손에, 천객들 손에 죽게 할 수는 없다. 그렇기 때문에 죽여야 한다.

종리추는 애검 적룡검을 뽑았다.

스르룽……!

적룡검이 붉은 노을과 어울려 붉은 울음을 토해내며 모습을 드러냈다. 노을이 더 붉은지 적룡검이 더 붉은지.

"좋은 검이군."

양청이 비웃듯 말했다.

"적룡검은 피를 묻히지 않아. 그래서 좋아. 핏방울이 방울져 떨어지지. 네 말대로 좋은 검이야."

양청이 피식 웃으며 다가왔다.

천객들에게는 일반적인 무리가 통용되지 않는다.

그들은 기수식을 사용하지 않는다. 초식이라는 개념조차도 없는 것 같다. 손에 든 병기가 무엇이든, 창이든 검이든… 나뭇가지라도 상관없는 것 같다.

창과 검의 대결에서는 일족일도(一足一刀)의 거리가 모호해진다.

검의 공격 범위 내로 들어가기 위해서는 창의 거리를 파고들어 가야 한다. 사실 창의 거리를 파고드는 순간부터 싸움이 시작되는 것을. 어디에서부터 일족일도의 거리를 계산할 것인가.

종리추는 기습적으로 신법을 펼쳐 창의 거리 안으로 파고들었다.

"하하!"

양청의 입에서 웃음이 새어 나왔다.

그의 창은 웃음보다도 빨랐다. 어느새 어깨에 걸치고 있던 창이 독아(毒牙)를 드러냈고, 종리추의 몸통을 노리고 찔러왔다.

양청은 창의 중단을 잡고 있다.

그것조차도 순식간이다. 종리추가 파고든 만큼 창의 거리를 죽인 것이다.

쐐에엑……!

종리추는 적룡검을 휘둘러 창대를 후려쳤다.

창대를 자르고자 하는 욕심은 없다. 창의 방향만 꺾어놓으면 다행이다.

양청의 창이 흔적없이 사라졌다.

분명히 공격해 오고 있었는데 연기처럼 사라져 버렸다.

쒸이익……!

양청의 창은 머리를 찍어왔다.

몸통을 찔러오던 창이 뒤로 빠지고 다시 머리를 찍어올 때까지 종리추는 적룡검을 한 번 휘두르는 것에 그쳤다. 그것도 창이 물러간 빈 공간을.

"하하! 너무 느려. 그렇게 느려서야 어디 날 죽일 수 있겠어? 쯧! 입심만큼이나 무공도 강했어야지."

종리추는 머리를 비켰다.

신법을 펼칠 시간적인 여유가 없다.

창날이 귓불을 찢으며 스쳐 갔다. 머리카락도 잘려져 나풀거렸다.

귀에서 흐르는 피가 뜨뜻하게 목을 적신다.

'바람… 바람의 노래를 들어야 하는데…… 들리지 않아.'

무엇 때문인지 늘 심신을 평안하게 해주던 바람의 노래가 들리지 않는다.

무풍(無風)이든 강풍(强風)이든 노래를 부르는데, 마음으로 들어야 들리는 노래인데 들리지 않는다.

중단전, 마음의 밭이 황폐해졌다.

바람의 노래는 그래서 들리지 않는다.

'그렇군. 모진아… 모진아 때문이야. 집중이 분산되었어. 모진아…
남만으로 가고 싶다고 했나? 그럼 살아. 살아서 돌아가. 절대 중원에
뼈를 묻으면 안 돼.'

주종 간이나 주종 간이 아니다.

모진아는 친혈육이나 다름없다.

역석이 죽었을 때도, 유회가 죽었을 때도 일가붙이가 죽은 것 같은
충격을 받았다.

무림에 뜻을 두었고 살수가 되었으니 죽음도 피할 수 없다고 생각하
지만…… 역시 고통스럽기는 마찬가지다.

모진아는 큰 싸움을 앞두고 있다.

본인 역시 불길한 예감이 들었고, 받아들인 종리추도 불길한 예감을
느끼고 있다.

그래서 싸움을 빨리 끝내려고 했던 것이 화근이다. 덕분에 평온해야
넓어지는 마음의 밭이 황폐해졌으니.

종리추는 삼단전에 진기를 휘돌렸다.

상단전이 열리며 세상이 일목요연하게 보였다. 중단전이 넓어지며
마음이 고요해졌다. 하단전이 충실해지며 기운이 넘쳐흘렀다.

파아앗……!

종리추는 양청의 가슴팍으로 뛰어들었다.

양청은 즐거운 표정이다. 그에게는 종리추가 생쥐처럼 보일 것이다.
물론 자신은 언제든지 생쥐를 잡아먹을 수 있는, 지금은 장난감처럼 가
지고 노는 고양이 입장일 테고.

종리추가 사용한 검법은 무형초자의 천풍신공이다. 무형필살(無形必
殺) 삼십육초천풍선법(三十六招天風扇法)이라는 긴 이름도 가지고 있다.

소고가 익힌 혈암검공 외에 사무령으로 키울 수 있다고 자신한 또 다른 무공이다.

적사가, 야이간이, 적각녀가 익혔을 수도 있는 무공. 순간의 판단으로 종리추가 익히게 된 무공.

적룡검이 양청의 몸에 닿기도 전에 강력한 암경(暗勁)이 쏘아졌다.

양청의 미간에 은은한 경악이 스쳤다.

그가 내지른 창은 아무런 상처도 입히지 못했다. 가까운 거리에서 놀라운 속도로 창을 내질렀지만 종리추는 일 보 옆으로 이동하는 간단한 신법만으로 피해냈다.

천객의 무공은 시간을 주지 않는다.

신법이나 보법을 펼칠 시간은 물론 몸을 비트는 것과 같은 간단한 동작조차도 용납하지 않는다.

양청에게는 종리추가 보법을 전개해 피해냈다는 게 놀랍기만 하다. 그것은 종리추 역시 천객과 같은 경지의 빠름을 지녔다는 것을 말해 주니까.

피웃!

적룡검의 암경이 양청의 귓불을 찢었다.

양청은 뒤로 한 걸음 물러섰다.

"노, 놀랍군! 네, 네놈이 구진법을……."

"언젠가 수하들이 물은 적이 있지. 천객을 상대할 수 있냐고."

"……."

"그때 대답해 줬어. 구진법 정도는 어렸을 적에 익혔다고. 네가 수련한 구진법과는 다르지만 그와 흡사한 방법으로 무공을 수련했으니 익혔다고 봐도 무방하겠지. 내게 구진법을 가르쳐 준 곳은 천폭이라는 폭포야."

삼단전(三丹田) 합일(合一).

종리추는 그 효과가 구진법과 상응한다고 보았다.

한성천류비결로 삼절수사 정군유를 죽이며 확인했다. 양청과 맞서면서 재삼 확인했다.

구진법과 자신의 무공은 수련하는 방법은 다르지만 궁극적으로 하나의 거봉(巨峰)을 향해 나아가고 있다.

"후후! 천폭이라는 폭포? 미친놈! 구진법이 어떤 것인지나 알아?"

양청은 말을 하는 가운데도 십창(十槍)을 쏘아냈다.

한성천류비결에 일수비백비가 있다. 양청의 십창은 일수비백비에 버금가는 무공이다. 천하제일창이라는 양가의 무인들이 한 번 창을 휘두르는 동안 양청은 십창을 휘둘러댄다.

창창창창……!

적룡검과 양청의 창이 맑은 울음을 토해내며 부딪쳤다.

십창을 전개할 때까지는 양청이 주도권을 쥐었다. 종리추는 막아내기만 했다.

그러나 양청이 십창을 거뒀을 때부터 상황은 바뀌었다.

종리추는 일검을 더 휘두를 내력이 남아 있다.

쉐엑……!

호흡을 다시 가다듬기 전에 내지른 일검, 무형초자의 무형필살이다. 검에 암경이 실렸다. 변화가 막측해 검끝이 흔들린다. 검이 부르르 떨고 있는 듯하다.

"엇!"

양청이 다급히 고함치며 신형을 틀었다.

종리추의 검이 조금 빨랐다. 양청이 조금만, 아주 조금만 더 빨리 움직였어도 피할 수 있었으련만, 찰나의 차이가 승패를 갈랐다.

"으음……!"

양청은 비틀비틀 뒤로 물러섰다.

우측 어깨에서부터 심장까지 비스듬히 그어진 검상은 필살(必殺)이라는 말을 떠올리게 만든다.

"이럴 수가… 이럴… 수가…… 나, 난… 한 호흡으로 펼칠 수 있는… 최고의……."

양청은 상처에서 흘러내리는 피를 보면서도 믿을 수 없다는 듯 고개를 설레설레 흔들었다.

그는 믿을 수 없을 게다.

천부에서 물고기와 더불어 무공을 수련했다.

호흡이라면 천객도 상대가 되지 않는다.

폐기로 비어 있는 목(木)과 금(金)을 채워 하단전을 충실히 했다. 덕분에 오독마군의 대연신공을 완성했다.

오독마군은 모두들 하나로 알고 있는 하단전을 다섯 개로 분류한 사람이다.

구연진해는 뛰어난 각법이지만 대연신공을 완성하는 주춧돌에 불과하다. 구연진해를 익힘으로써 대연신공을 활성화시키는 것이다.

종리추의 내력은 천객이 추측하는 것보다 훨씬 순양(純陽)하다.

양청은 한 가지 잊은 게 있다. 싸울 때는 상대가 자신보다 강하다고 생각해야 한다는 것.

◆第百十八章◆
비사(悲死)

혈영신마는 기회를 잡았다.

종리추가 믿고 이번 일을 맡겨준 것이 고마울 뿐이다.

그는 약속을 잊지 않았다.

최강의 무인과 싸우게 해준다는 것.

당금 무림에서 천객처럼 강한 자는 없다. 전에는 막연히 강하다는 생각만 했는데, 혈살편복이 당하는 모습을 보니 치가 떨리게 빠르다.

천객의 무공은 순간밖에 허락하지 않는다.

그토록 강한 무공이 어디 있던가.

혈영신공을 강하다. 무엇보다도 강하다. 거치적거리는 것이 있으면 모두 깨부수고 나갈 수 있는 무공이다. 그러나 빠르지는 않다. 파괴력이 강한 반면 빠름에서는 한 수 뒤진다.

종리추에게 그래서 졌다.

모진아와 싸울 때도 빠름에 뒤져 내내 고전했다.

천객은 모진아보다도 빠르다. 공격을 하는 순간 반격이 시작되고, 피를 부른다.

혈영신마는 종리추와 양청의 싸움을 지켜보았다.

좀 더 정확히 말하자면 아직 싸움에 가담하지 않은 다른 두 사람을 지켜보았다.

그들이 싸움에 끼어들지 않는다면 혈영신마에게 주어진 기회는 물거품이 되어 날아간다.

'몸이 근질거릴 거야. 싸우고 싶어서 안달이겠지. 어서 검을 쳐내. 어서!'

혈영신마는 마음속으로 빌고 또 빌었다.

그의 기도를 들어주었음인지 칠성검문 소문주 진조고의 검이 꿈틀거렸다. 양청과 종리추의 싸움이 예상외로 길어지고, 양청의 눈빛이 경악으로 물들 무렵이다.

천객은 감각적인 무공을 지닌 만큼 싸움을 보는 눈도 탁월하다.

양청과 종리추의 싸움 형세가 어떤지는 굳이 살펴보지 않아도 알 수 있다.

쉬이익……!

진조고가 신형을 날렸다.

양청에게 맡겨두어도 괜찮다 싶지만, 그래도 만에 하나 있을 불상사를 미연에 방지하기 위해서. 삼절수사 정군유가 종리추의 손에 죽었지 않은가.

혈영신마도 움직였다.

진조고의 발목이 눈앞을 스쳐 가는 순간 붉은 반점이 생긴 장심(掌

心)으로 발목을 움켜잡았다.

"엇!"

진조고가 놀랐는지 헛바람을 내질렀다.

천객에게도 시마공과 폭혈공은 통한다.

인체의 생기를 완전히 말살시킨 무공이니 통하지 않을 리 없다.

혈살편복이 당한 것은 그의 무공이 천객에게 뒤졌기 때문이다. 급습의 효력을 능가할 만한 무공을 지녔어야 한다.

잡은 발목을 확 끌어당긴 혈영신마는 벌떡 신형을 일으키며 일장을 쏘아냈다.

'퍼엉!'

혈영신마는 가죽 북 터지는 소리를 기대했다.

중심이 무너진 상대는 얻어맞을 수밖에 없다. 붉은 반점으로 물든 장심은 진조고의 살갗에 스며들어 심장을 파괴할 것이다. 심장이 맞지 않아도 좋다. 복부를 가격하면 내장이 으스러진다. 몸 어느 곳에 맞아도 치명적인 내상을 당해 즉사한다.

혈영신공은 아무리 생각해도 너무 파괴력이 강하다.

그런데…… 소리가 들리지 않는다.

혈영신마는 눈을 부릅떴다.

쒜에엑……!

가랑이를 쭉 벌린 진조고가 일장을 피해내고 일검을 뻗어왔다.

'위험!'

생각과 동시에 신형을 띄웠다.

인간이란 동물은 위험에 직면했을 때 한 가지 반응만 나타낸다. 위험에서 피하고자 하는 동물적인 본능.

무인은 무공 수련을 통해 평범한 상리를 뛰어넘는다.

혈영신마가 몸을 날린 곳은 검권(劍圈) 밖이 아니라 안이다.

푸욱!

진조고의 검은 사정없이 복부에 틀어박혔다. 그 순간 혈영신마의 일장이 진조고의 머리를 짓눌렀다.

퍼엉!

인간의 머리가 터지는데…… 가죽 북 터지는 소리가 난다.

혈영신마가 듣고 싶었던 소리다.

"후후후!"

혈영신마는 잘게 웃었다.

겨우 천객 한 명하고 동귀어진을 할 줄이야.

진조고가 내뻗은 검은 등을 뚫고 삐죽 나와 있다.

여기에도 상리(常理)를 끌어 붙인다면 진조고는 죽지 않았어야 한다. 검이 복부를 뚫고 들어가는 순간, 손목을 약간 비틀기만 했어도 혈영신마는 반격할 기회를 잃었다.

쇠로 만든 흉기가 복부를 뚫고 들어와 장기를 잘라내는 고통은 필설로 표현할 수 없을 만큼 지독하다. 일장에 진기를 모아 무의식 중에 펼쳤어도 정확히 가격한다는 것은 불가능하다.

진조고는 당황했다.

설마 혈영신마가 검권 안으로 뛰어들 줄은 예상하지 못한 듯하다.

진조고의 무공은 강했다. 하지만 무공만 강했지 진정한 무인은 되지 못한다. 진정한 무인이란 강한 무공을 익힌 것만이 아니라 오랜 수련을 통해 심신을 단련했을 때에만 탄생한다.

진조고는 강한 무공에 비해 수련이 턱없이 부족했다.

많은 사람을 죽일 수 있는 능력을 구비했지만, 그만큼 자신이 죽을 기회도 많아진 셈이다.

태산이 무너져도 당황하지 말라는 평범한 진리조차도 깨닫지 못한 무인을 어디다 쓰랴.

혈영신마는 풀썩 무릎을 꿇었다.

뒤늦게야 고통이 엄습했다.

전신을 갈기갈기 찢는 듯한 지독한 고통이다.

하지만…… 아직 쓰러질 때가 아니다. 양청과 종리추의 대결도 봐야 하고 이제 막 불붙기 시작한 모진아와 청운 진인의 싸움도 봐야 한다.

모진아는 두 번째 움직임을 포착했다.

첫 번째 움직임은 혈영신마의 몫이다. 모진아의 각법보다는 혈영신마의 장공(掌功)이 좀 더 효율적이라는 판단 때문이다.

종리추의 판단은 적중했다.

혈영신마는 진조고를 급습했고, 성공했지만 빠름에서 뒤졌다.

조금만 더 빨랐어도…… 자신 정도만 빨랐어도 동귀어진 대신 일방적인 격살도 가능했는데.

진조고가 기습을 받자 청운 진인도 움직였다.

그가 노리는 사람은 역시 종리추다.

종리추는 천외천 무인들에게 상당한 짐이 된 것 같다. 모두들 종리추만 노리고 있으니.

그런 생각은 살문 살수들도 하고 있다.

중원에 산재했던 살수 문파들이 일제히 도륙당했다.

살문도 종리추가 있었기에 살아남았지 그렇지 않았다면 팔부령 싸움에서 흔적도 없이 사라졌을 게다. 굳이 무인들이 손을 쓰지 않고, 그들이 동원한 살수들의 공격에 무너졌을지도. 대부분의 살수 문파들이 그랬듯이 말이다.

종리추 한 사람이 살문 전체를 감싸고 있다 해도 과언이 아니다. 천외천이 유독 종리추만 노리는 것도 납득할 수 있고.

모진아도 혈영신마와 마찬가지로 청운 진인 바로 곁까지 다가가 기다렸다.

그가 움직이기 시작하자 모진아는 누운 채로 신형을 빙글 돌리며 흑살각(黑殺脚)을 구사했다.

흑살각은 격중되는 순간 시커먼 멍이 든다고 해서 붙여진 이름이다. 살갗만 시커멓게 멍드는 것이 아니라 내장이 뒤틀리도록 강력한 충격을 준다.

모진아가 노리는 곳은 다리다.

좀 더 몸을 일으켜 복부를 가격하고 싶지만 천객의 빠름을 무시했다가는 혈살편복처럼 죽음을 맞는다.

다리라도 부러뜨리면 성공이다.

청운 진인은 움직일 수 없게 되고, 그런 상태라면 얼마든지 요리할 수 있다.

휙!

청운 진인은 간단히 다리를 들어 올려 급습을 피해냈다.

분명히 종리추를 향해 신형을 띄우는 중이었는데도 모진아의 급습을 피해냈으니.

모진아는 이런 경우까지 생각했다. 그래서 망설이지 않고 다른 다리로 원음각(元陰脚)을 펼쳤다.

원음각은 아무런 기교도 들어 있지 않다.

어린아이가 발을 들어 올리는 것처럼 무의미한 발길질에 불과하다. 그렇다고 간과했다가는 큰코를 다친다. 원음각은 타격 시점에서 전신 진기를 몰아치기에 흑살각에 격중된 것 같은 타격을 받는다.

청운 진인이 다시 다리를 들어 올리며 검을 뽑았다.

신속하게 뽑은 검이 아니다. 모진아를 보며 즐기듯 천천히 뽑아 들었다.

'제길! 틀렸군.'

모진아는 기습에 실패했다는 것을 인정했다.

혈영신마는 멋지게 성공했지만, 그보다 빠른 자신은 실패했다.

역시 거리를 요하는 각법보다는 느리기는 하지만 거리가 단축되는 장공이 기습에는 좋다. 특히 천객처럼 찰나의 시간에 생사를 판가름하는 무인을 기습할 때는.

모진아는 미련을 버리고 몸을 일으켰다.

"모습을 보니… 모진아라는 자군."

"중원인과는 조금 다르게 생겼지."

"살결이 너무 검어. 남만 햇볕이 제법 따가운 모양이지?"

"황무지에서 억척스런 잡초가 자라는 법이니까."

청운 진인은 빙긋 웃었다.

중원인은 참 묘하다. 암연족 같으면 절대 말을 걸지 않는다. 말을 걸 필요도 없다. 어차피 너 아니면 내가 죽는 마당에 말을 나눠서 뭐 하랴.

그런데 중원인은 꼭 싸우기 전에 말을 건네온다.

자신의 식견을 자랑하는 것인지, 상대를 놀리고 싶은 마음에서 그런 것인지.

"발음도 서툴고…… 못 올 데를 와서 날뛰었군."

한편으로는 다행스러웠다.

이자를 어떻게 상대할 것인가 생각하는 시간을 벌었다.

천객이 빠르다는 것은 알고 있었지만 이 정도로 빠를 줄이야. 빠름이라면 구연진해도 못지않은데 이건 상대할 엄두가 나지 않으니. 더군다나 청운 진인은 검을 들고 있고 자신은 육신뿐이다.

모진아는 혈영신마를 보았다.

순식간에 싸움을 끝내고 풀썩 주저앉은 혈영신마가 모진아를 보며 빙그레 웃어주었다.

고달픈 웃음이다. 고통이 스며 있는 웃음이다.

혈영신마는 등 뒤까지 튀어나온 장검을 뽑을 생각도 하지 않고 있다. 검을 뽑는 순간 죽음이 일찍 다가온다는 것을 잘 알기에. 검을 뽑지 않으면 고통이 심하다는 것을 알면서도.

그가 보고 싶은 것은 종리추가 이기는 것, 그리고 자신이 청운 진인을 이기는 것이리라.

'이 친구… 무공만 강한 게 아니었군. 진정한 무인이야. 허허! 하기는 십망까지 서슴없이 받아들였던 친구이니.'

혈영신마는 한 가지 소원이 있다.

혈영신공이 진정으로 강한 무공이라는 것을 무림에 알리는 것이다.

사마외도의 무공이라는 무림인들의 인식을 불식시키고 정종무공이라는 것을 깨닫게 해주는 것.

바랄 수 없는 소원이다.

십망을 받지 않았다면, 살수가 되지 않았다면 가능했을지도 모르지만 지금에 와서는 더 철저하게 굳어졌다. 사마외도의 무공으로.

'어쩐지 남만의 폭우가 그립더니…….'

모진아는 빙글빙글 웃는 청운 진인을 향해 신형을 쏘아냈다.

페에엑……!

그의 각법에서 강철 같은 소리가 터져 나왔다.

철편(鐵片)조차 끊어버린다는 단철각(斷鐵脚)이다.

단철각에 이어 수라각(修羅脚)을 펼쳤다. 사납기로는 아수라를 능가한다. 단철각마저 옆으로 흘러버리자 금강각(金剛脚)을 뻗어냈다. 금강역사가 내지른 각법이다.

각 각법마다 내력의 운용 방법이 다르다.

초식은 상관하지 않는다. 똑같은 초식을 펼쳐도 수라각이 될 수도 있고 금강각이 될 수도 있다. 원음각처럼 평범하게 내지른 발길질이나 금강각처럼 막대한 힘이 깃든 각법이나 초식은 같을 수 있다.

모진아는 초식을 버린 지 오래다.

싸움에서는 초식에 연연할 필요가 없다.

수많은 초식을 얼마나 자유자재로 섞어서 펼칠 수 있느냐에 따라서 싸움이 달라진다.

쒜에엑……!

청운 진인은 느릿하게 검을 전개했다.

모진아의 눈에는 분명히 느려 보였다. 하지만 순식간에 지척에 이른 검은 모진아가 자랑하던 철각(鐵脚)을 자르고 지나갔다.

"크으윽……!"

모진아는 털썩 주저앉았다.

오른쪽 다리가 허벅지부터 잘려 나갔다.

상대 역시 초식을 펼치지 않은 것 같다. 검으로 다리를 베는 단순한 동작에 불과했다. 속도도 별로 빠른 것 같지 않았는데……

"사람이 말할 때는 들어야지. 못 올 데를 와서 날뛴다고 했잖아. 쯧! 그렇게 사람 말귀를 못 알아들어서야. 하기는 그러니까 야만인이라는 소리를 듣지."

모진아는 청운 진인의 말을 귓전으로 흘리며 혈도를 지압해 출혈부터 막았다.

목숨에 미련이 남은 것은 아니다.

두 발로 상대했을 때도 상대가 되지 못했는데 한 발로는 더 더욱 상대할 수 없다.

"그만…… 죽이지."

모진아는 청운 진인을 쳐다보지도 않고 말했다.

"그래 주려고 했어."

청운 진인은 무방비 상태로 다가왔다.

착각이다. 절대 무방비 상태가 아니다. 천객은 이런 상태에서 모든 급습을 막아내고 반격했다. 그때 '엇!' 하는 소리가 귓전을 울렸다. 양청이 다급하게 내지른 경악 소리다.

아주 잠깐에 불과하지만 청운 진인의 고개가 돌려졌다.

'몸에 붙어 있어. 발을 들어 올리기만 하면 돼.'

모진아는 양팔로 땅을 짚었다. 그리고 남은 한 발로 힘차게 자오각(子午脚)을 떨쳐 냈다.

청운 진인은 쉽게 고개를 돌리지 못했다.

가슴에 일격을 받은 양청이 서서히 무너져 내렸다. 반면에 종리추는 아무런 상처도 입지 않았다.

천객을 상대로 완벽한 승리를 일구어냈다.

'응?'

청운 진인이 무엇인가 이상한 예감을 느끼고 반응을 시작했을 때,

퍼엉!

모진아의 자오각이 낭심을 걷어찼다.

청운 진인은 펄쩍 뛰어올랐다가 나뒹굴었다.

그는 낭심을 움켜잡고 일어나려고 발버둥 쳤다. 낭심이 터졌는지 붉은 핏물이 바지를 적셨다.

잠시 후 청운 진인은 축 늘어졌다.

"혈… 영… 신마!"

"주공."

혈영신마는 밝게 웃었다.

종리추는 손을 쓰지 못했다. 부지불식간에 내뻗은 검이지만 정확히 내장을 관통했고 등뼈마저 갈라 버렸다.

혈영신마가 아직까지 숨을 거두지 않고 의식을 지킨 것만으로도 기적이다.

"소원이……."

"말해."

"혈영신공은… 정종무공……."

혈영신마의 숨결이 점점 가늘어졌다.

"벼, 벽 총관에게 비급을…… 후인을 거둬… 반드시 정종무공으로…… 똑같은 우(愚)를 범하지 않게 잘 지도해……."

혈영신마의 소원이 무엇인지 알 것 같다.

종리추는 고개를 끄덕였다.

요원한 소원이다. 종리추의 앞날이 어떻게 될지는 아무도 모른다. 그리고 또 혈영신공이 비급만으로 배울 수 있는 무공이던가.

그래도 고개를 끄덕였다.

그럴 수밖에 없었다.

"가… 감사…… 그럼… 진조고가 기다…… 리고 있어서."

혈영신마는 마침내 숨을 떨궜다.

그는 자신이 보고 싶은 것을 다 보았다.

종리추가 이기는 것도, 모진아가 죽지 않은 것도.

"이, 이……."

모진아가 혈영신마의 시신을 부둥켜안고 울먹였다.

살문 내에서 모진아와 쌍벽을 이루던 고수였기에 모진아의 슬픔은 더욱 컸다.

"하하하하!"

정운이 광소(狂笑)를 터뜨렸다.

하후가, 양가의 참패에 이어 비객이 스물한 명이나 종리추에게 당했다니 믿을 수 있겠는가. 더군다나 정군유에 이어 청운 진인과 양청, 진조고까지 죽었다는 말은 정녕 믿을 수 없다.

그들이 당했다면 자신도 당한다.

구진법을 받은 후 천하무적이라 자부했는데 이런 일이 일어나다니, 정녕 믿을 수 없다.

종리추의 무공은 어떤 것이기에 천객을 죽일 수 있었을까.

천객이 어떤 식으로 당했는지 모르니 더욱 답답하다.

"후개를 죽여야겠어."

하양 진인이 말했다.

"그래야겠지."

정운도 같은 생각이다.

후개는 결정적인 실수를 했다. 계획대로라면 백천의도 싸움에 가세했어야 한다. 그러던 것이 흑봉광괴와 후개의 다툼 탓으로 모자도에 남아버렸다.

백천의만 갔어도 천객들이 죽는 불상사는 일어나지 않았을지도.

흑봉광괴는 후개를 죽일 수 없다.

후개를 죽일 경우 절반이 넘는 개방도가 개방을 떠나는 사태가 벌어진다.

후개는 방주에 취임하지만 않았지 실질적인 방주나 다름없다. 많은 수의 개방도가 그렇게 생각하고 있다.

흑봉광괴가 개방의 정보망을 완벽히 장악하지 못한 이유도 그 때문이다.

백천의가 모자도를 떠나려고 할 즈음 후개는 방주 취임 의사를 비쳐왔다.

있을 수 없는 일이다. 방주의 비전무공인 삼십육로 타구봉법을 전수받지 못했다. 후개가 가지고 있는 것은 전대 용두방주의 신물인 청녹색 타구봉뿐이다.

그렇다고 실질적으로 유실되었다고 보아야 할 타구봉법을 전수받지 못했다고 해서 언제까지나 방주를 공석으로 놔두는 것도 명분이 서지 않고.

후개는 정말 골칫거리다.

그래서 흑봉광괴는 후개를 소리없이 제거할 심산이다.

하지만 후개에게는 무불신개나 분운추월, 화두망 같은 장로들이 밀착 보호를 하고 있다.

　그들을 모두 잠재울 수 있는 자, 백천의뿐이다.

　그것도 방주로 취임하고 난 후에는 소용이 없어진다. 후개는 분명히 흑봉광괴를 제거할 것이고, 흑봉광괴에 동조한 천외천 개방도 역시 된 서리를 맞을 게다.

　후개 성향으로 보아서는 틀림없다고 단정해도 좋다.

　백천의는 모자도에 남았다.

　지금도 후개 주변을 살피며 그가 개방도로부터 떨어져 있을 때를 노리고 있을 게다.

　정운이 이를 드러내며 웃었다. 그리고 말했다.

　"살문이 살검을 휘둘렀으면 대가도 치러야지."

　"……?"

　"소림 돌중들이 얼마나 머리가 비었는지 깨닫게 해줄 때야."

　정운은 사숙뻘인 소림승들을 서슴없이 돌중이라고 불렀다.

　"다행이지 않아, 여기가 살문의 본거지라는 게?"

　하양 진인은 정운의 말뜻을 알아듣고 눈을 감았다. 그렇다고 반대하지도 않았다.

　정운과 하양 진인은 숱한 사람들에게 고배를 안긴, 비적마의가 우글거리는 산로(山路)로 접어들었다.

　스르릉!

　정운이 먼저 검을 뽑았다.

　"소림 돌중들이 살문을 보호하다니!"

　그가 검을 휘둘렀다.

웅웅거리며 날아다니던 비적마의가 반 토막으로 잘려 떨어졌다.

정운은 계속 검을 휘둘렀다.

비적마의가 있는 곳에는 소림승들이 경계를 서지 않는다. 그 누구도 뚫을 수 없다고 단정한 듯하다. 살문 살수들은 내 집 드나들듯 들락거리고 있는데.

쉬익! 쉬이익……!

정운이 검을 휘두를 때마다 비적마의는 추풍낙엽(秋風落葉)처럼 떨어졌다.

하양 진인은 묵묵히 뒤를 쫓았다.

우르르 날아오른 비적마의가 몸에 달라붙었지만 개의치 않았다. 구진법을 통과한 사람에게 비적마의의 독쯤은 문제될 것이 없었다.

구진법은 무공만 완성시켜 준 것이 아니다.

피 자체가 변했다. 독에 면역이 되도록.

"하양, 믿어지나? 이런 놈들 때문에 십망이 깨졌다는 게? 그때 여기 모였던 군웅이 얼마나 될까? 천 명? 이천 명? 그 많은 사람들이 이까짓 미물 때문에 발길을 돌렸어. 이런 미물 때문에!"

정운은 비적마의 숲을 완전히 벗어날 때까지 계속 검을 휘둘렀다.

정운과 하양 진인은 절벽을 옆에 끼고 천천히 걸었다.

그들은 함정도 기관도 두려워하지 않았다. 살문 살수들의 기습 같은 것은 안중에도 없었다. 그러니 침입이 발견된다는 따위는 애당초 고려 사항에 넣어두지도 않았다.

"비객이 단 한 놈도 죽이지 못하고 스물한 명이나 죽었어. 어떻게 생각해?"

"살문 살수들을 인정해야겠지."

"인정?"

"뛰어난 무공을 지녔어. 한두 명이라면 몰라도 스물한 명이나 죽일 수 있었다는 것은…… 인정하는 편이 속 편해."

"후후후! 잠시 후면 알게 되겠지."

정운과 하양 진인이 나눈 대화는 곧 현실로 다가왔다.

쉐에엑! 쉐엑……!

살문 살수들의 합공이 느닷없이 터져 나왔다.

급습은 완벽했다. 세 방향에서 물러설 틈을 주지 않고, 전후좌우, 상하 모든 방향을 차단한 도법이 흘러들었다. 하지만,

"제법인데!"

살문 살수들의 공격은 정운에게 위협을 주지 못했다.

쉐엑! 쉑!

정운은 비적마의에게 검을 휘두를 때처럼 편안하게 검을 내뻗었다.

첫 검은 눈이 큰 자의 이마를 반으로 갈랐다. 두 번째 검은 좌측에서 공격해 오는 자의 두 다리를 잘랐고, 세 번째 검은 몸마저 반으로 갈랐다. 위에서 아래로, 수직으로 내리그은 검이다.

네 번째 검은 마지막 공격자의 심장에 틀어박혔다.

정운은 검을 박은 채로 살문 살수를 밀어붙였다.

살문 살수는 두 손으로 검날을 움켜잡은 채 주르륵 물러섰다.

"사람을 죽이며 잘살았지?"

"끄으윽……!"

"죽일 때가 있으면 죽을 때도 있는 법이야. 너무 억울해하지 마."

"크윽!"

살문 살수는 입으로 피를 토해냈다.

피가 역류하고 있는 게다.

"네놈 무공을 보니 축혼팔도 같은데…… 몽고인?"

정운은 묻다 말고 흥미를 잃었다.

몽고인으로 짐작되는 자는 이미 절명해 버렸다.

"힘만 뺐군."

정운이 중얼거렸다.

"천객!"

벽리군은 안색이 창백해졌다.

소림승들이 있으니 당분간은 안전하리라 싶었는데 이렇듯 급습을 가해올 줄이야.

천객은 과연 강하다.

육도객 중 팔부령에 남아 있던 삼도객이 변변히 싸워보지도 못하고 죽었다.

비객을 충분히 상대하던 도객들이다. 그들 삼 인이 합공했는데도 숨 한 번 고르는 사이에 모두 당했다.

"언니."

벽리군은 어린의 손을 마주 잡았다.

"겁나는 거야? 걱정하지 마."

어린은 의외로 담담했다.

벽리군은 남만인들과 생활하며 한 가지 배운 것이 있다. 이들의 죽음에 대한 관념은 중원과 완전히 다르다. 죽음을 즐겁게 맞이하는 듯하다. 믿는 것이 있기에 가능하겠지만, 너무 절실해 미신에 불과하다고 치부할 수조차 없는.

"휴우! 그래요, 걱정하지 않아요. 참! 삼현옹께서 언니를 불렀는데 가급적 빨리 오라고 하더군요."

"언제?"

"조금 전에요."

"저놈들부터……."

"저놈들을 상대할 계획이 섰나 봐요. 언니가 가서 도와주세요."

"그래? 알았어."

어린은 쉽게 승낙했다.

현재 살문에서 믿을 수 있는 사람은 삼현옹뿐이다.

적지인살이 있고 배금향이 있지만 천객 상대로는 어림도 없다.

사내로는 적지인살 말고도 비부가 있다. 비부는 나름대로 힘도 쓰고 무공도 수련하고 있지만 검을 드는 즉시 죽음을 맞이할 게다.

역시 천객을 상대할 수 있는 것은 삼현옹의 기관이다.

"조심해. 저놈들 앞에 나서지 말고 꼭꼭 숨어 있어."

어린은 당부의 말을 거듭하고는 동혈 깊숙이 신형을 날렸다.

'숨어야죠. 꼭꼭. 휴우!'

벽리군은 긴 한숨을 내쉬었다.

꽈앙! 우르릉……!

거센 폭음과 함께 동혈 천장이 무너져 내렸다.

"이놈들, 발악을 하는군."

"삼현옹이 있으니까."

"제길! 입구가 완전히 막혔는데?"

하양 진인은 화섭자를 꺼내 불을 밝혔다.

"바람이 스미고 있군. 걱정할 것 없어. 이놈들은 같이 죽을 심산이 아냐. 우리만 죽이려고 하지. 삼현옹이 능력을 과신했군."

"삼현옹은 뛰어난 자이지만 과신이 지나쳐. 그래서 언제나 맹점이 생기지. 죽고자 하는 자는 살고, 살고자 하는 자는 죽는 법이거늘 삼현옹은 살고자 해. 동혈을 보건대 반드시 활로가 있으니까 안심하고 진입해도 좋을 거야."

정운과 하양 진인은 현운자의 말을 믿었다.

그들은 서둘지 않고 동혈 안으로 진입했다.

꽈앙! 꽈아아앙……!

연달아 폭음이 터졌다. 그리고 그럴 때마다 돌 무더기가 우수수 떨어져 내렸다.

정운과 하양 진인에게는 우습지도 않은 기관이다.

그들은 폭음이 들리는 순간 신형을 날렸고, 돌 무더기는 언제나 등 뒤만 강타했다.

그들이 동혈에 들어선 지 반 각 정도 지났을 무렵, 처음으로 사람을 만났다.

"반갑군."

상대는 의외로 담담하게 말을 건네왔다.

"반가워? 미친놈이군."

"날 고해에서 빼내 고한마(孤欄魑) 곁으로 보내줄 사람인데 당연히 반갑지."

정운은 말뜻을 이해하지 못했다. 하지만 하양 진인은 말뜻을 알아들었다.

"고한마…… 남만인이군. 내가 아는 게 정확하다면 고한마는 아마도 신녀일 텐데?"

"……?"

상대는 놀랍다는 듯 눈을 부릅떴다.

"역시 맞군. 남만에서도 고한마를 숭배하는 부족은 몇 되지 않지. 홍리족인가?"

"비, 비부."

비부는 자신의 이름을 밝혔다.

홍리족의 비부라는 뜻이다.

"하하! 그럼 죽는 게 그리 억울하지는 않겠군. 이보게, 정운. 죽여주게. 홍리족 사내들은 죽는 걸 기쁨으로 여기지."

"그래?"

"하하하!"

정운이 반문했고 하양 진인이 웃었다.

정운은 하양 진인의 웃음소리가 신호라도 되는 양 검을 날렸다.

파앗!

피보라가 튀며 비부의 머리가 굴러 떨어졌다.

"좁은 동혈이라서 그런지 피 냄새가 지독하군."

"그래?"

마주 대답하던 하양 진인은 곧 자신의 대답을 부정했다.

냄새 속에는 피 냄새 말고도 다른 냄새가 스며 있다. 그것은……?

"폭약!"

꽈아앙……!

하양 진인이 폭약 냄새를 맡았을 때는 이미 늦어서 폭약이 터진 후였다.

비부는 그냥 죽지 않았다. 자신의 몸에 폭약을 둘렀고, 등 뒤로 심지에 불을 붙여놓았다.

동혈을 무너뜨린 폭약과 비부의 몸에 감긴 폭약은 반응 속도에서 차이가 생긴다. 동혈은 무너지는 데 찰나의 시간적인 여유가 있지만, 비부의 몸은 바로 지척에 눕혀져 있어 피할 시간을 빼앗는다.

정운과 하양 진인은 피한다고 피했지만 약간의 화상을 감수할 수밖에 없었다.

"지… 독한 놈들!"

정운이 이를 갈았다.

비부를 끝으로 화약은 터지지 않았다.

동혈은 계속 이어졌고 사람은 보이지 않았다.

동혈 끝 부분까지 이르자 위로 올라가는 계단이 나타났다. 자연 동혈에 약간의 손질만 가한 어설픈 계단이다.

정운과 하양 진인은 계단을 밟아 올라갔다.

암습하기에는 더없이 적합한 지형이지만, 생각했던 암습은 없었다.

덜컹!

석판을 밀어 올리자 시원한 바람이 쏟아져 들어왔다.

"어! 여긴!"

정운은 믿기지 않는 듯 중얼거렸다.

그들이 나온 곳은 대래봉 정상이다.

그럼 동혈에는 몽고인 세 명과 남만인 한 명밖에 없었다는 말인가? 분명히 동혈을 이 잡듯 뒤지고 나온 후이니 다른 길은 없었고.

"이놈들! 모두 빠져나갔어. 역시 돌중들이야. 모두 빠져나갔는데 아직도 무공이 어쩌니저쩌니 타령들이나 하고!"

살문은 텅 비었다.

모두 빠져나가고 없다.

겨우 몇 명만이 남아서 살문이 건재한 것처럼 위장막을 쳤다.

"난 사숙을 만나보지."

정운이 한달음에 산을 내려가기 시작했다.

비부는 시신을 수습할 수도 없을 만큼 조각나 흩어졌다.

벽리군은 현기자를 두려워했다. 천객들이 현기자와 함께 왔다면 그들이 숨어 있는 곳까지 발각되고 말았을 게다.

그래서 어린만은 살리고자 삼현옹이 은신한 곳으로 보냈는데.

삼현옹이 있다는 것을 알면서도 현기자를 데려오지 않은 것은 천객의 큰 실수다. 그들은 살문 본거지를 초토화시킬 수 있는 좋은 기회를 놓쳤다.

너무 무공을 믿은 결과다.

"바보. 이렇게 죽으면 고한마 곁으로 못 가."

어린이 조각난 살점을 주워 모았다.

고한마 곁으로 가기 위해서는 사지가 있어야 한다. 잘리는 것은 좋지만 살점은 있어야 한다. 고한마는 잘린 사지를 엮어주리라. 먼저 잘려 땅에 묻은 것이 있으면 그것까지 파내서 붙여주리라.

하지만 비부처럼 전신을 폭사시키면 고한마 곁으로 가지 못한다.

"바보… 바보…… 그냥 죽지."

어린은 끊임없이 중얼거렸다.

◆第百十九章◆

동수(動手)

정운은 하양 진인이 마음에 들지 않았다.

무당파를 버리고 개방의 구진법을 받은 주제에 마치 도인이라도 된 듯이 행동하는 게 껄끄럽기까지 했다.

천객이면 천객으로 족해야 한다. 인의와 도의를 따지겠다면 애당초 천객에 들어오지 말았어야 한다. 눈앞에서 영재들이 죽어가는 것을 보면서도 끝까지 포기하지 않고 버텼던 자가 이제와 인의와 도의를 따진다면 어불성설이다.

정운은 산중턱에 이르자 잠시 숨을 돌렸다.

하양 진인은 다른 길을 통해 산 밑으로 내려갔다.

그와 떨어져 있는 것만으로도 이렇게 홀가분한데…….

하양 진인은 살문 살수들을 곧이곧대로 보지 않는다. 살문 살수라 해도 죽일 자는 죽이고 살릴 자는 살려야 한다는 주의다. 그러면서도 냉철할 때는 얼음이 돋는 듯하고.

속을 알 수 없는 자다.

잠시 숨을 고른 정운은 산정을 향해 걸음을 옮겼다.

삼현옹은 지극히 은밀하게 밀실을 만들어놓았지만, 현운자는 삼현옹의 기관 설치 방식을 낱낱이 일러주었다.

소림사룡이라는 말은 괜히 들은 것이 아니다. 수백, 어쩌면 수천에 이를지도 모를 속가제자들 중에서 사룡이 되기까지는 뛰어난 두뇌와 타고난 무재(武才)가 있기에 가능했던 것이다.

덜컹!

석판은 손쉽게 열렸다.

살문 살수들이 아직도 밀실에 숨어 있는지, 밖에 나와서 무너진 동혈을 수리하고 있는지 모르지만 그들은 먼저 석판부터 막아놓았어야 한다. 그랬다면 입구를 찾기 위해 며칠 동안은 끙끙거렸을 게다.

계단을 밟아 내려갔다.

살문 살수들을 의식해서 발자국 소리는 내지 않았다.

삼현옹의 기관진식을 배웠다고는 하지만 실전에서 부딪치면 상당한 난관을 겪어야 한다. 몇 명은 잡지 못하고 흘려버릴 수도 있다.

사서 고생을 할 필요는 없다.

혹시 밖에 나와 있다면 나와 있는 그대로 잡아들이면 된다.

정운은 코를 찡긋거렸다.

동혈을 떠날 때는 피 냄새, 폭약 냄새만 가득했는데 향긋한 향 내음이 풍기고 있다.

'이놈들! 사람을 너무 우습게 보았군.'

아직은 향을 피울 때가 아니다.

비부인가 뭔가 했던 그자, 또는 절벽 아래서 죽은 몽고인을 위해 피우는 향이겠지만 너무 성급하다.

이들은 향을 피우기 전에 천객이 완전히 물러갔는지부터 살폈어야한다. 설혹 완전히 물러갔다고 판단이 들어도 향을 피우는 것 같은 어수룩한 행동은 금물이다.

정운은 서둘지 않고 향 내음이 풍기는 곳으로 다가갔다.

하지만 그가 맡은 냄새는 향 내음이 아니었다.

정운은 향 내음의 진원지에 가까이 다가갔을 때에서야 향 내음이 아니라 여인의 분 내음이라는 것을 알았다.

미련한 것들이다.

싸움터에서 분을 바르고 있다니.

설마 비적마의가 영원히 보호해 줄 수 있다고 믿은 건 아닐 텐데.

앞에 펼쳐진 넓은 공지에는 많은 여인들이 서성이고 있다. 일부는 물을 뿌리고 있고 일부는 곳곳에 흩어진 살점을 주워 모으고 있다.

그중에는 사내도 보인다.

정운은 사내의 이름을 짐작해 냈다.

적지인살.

살혼부 살수들 중에 유일하게 살아남은 인물이다.

살혼부라는 이름 자체가 무림에서 사라져 버렸으니 그도 운명을 같이해야 한다. 생사를 같이하던 사람들이 모두 죽었는데 혼자만 살아있다면 미안하지 않은가.

정운은 여인들을 향해 천천히 걸었다.

"아!"

비부의 살점을 주워 모으던 화령 살수가 제일 먼저 정운을 발견하고 탄성을 토해냈다.

여인의 탄성을 들은 다른 여인들이 고개를 돌렸다.

정운은 여인들의 주목거리가 되었다.

여인들은 미련하기 짝이 없다.

낯선 자가 나타났으면 제일 먼저 횃불부터 꺼야 한다. 그러면 혹 살 길이 있을지도 모른다.

여인들은 하룻강아지 범 무서운 줄 모른다고 감히 검을 뽑아 들었다. 검을 잡은 모습을 보니 검을 사용할 줄은 아는가 본데, 한데 아직은 멀었다. 무공이 겨우 이 정도라면 구진법을 통과하기 전이라도 상대가 되지 않는다.

"검을 내려놔, 죽기 싫으면."

여인들은 내려놓지 않았다. 말도 건네오지 않았다. 표정을 보아하니 자신들이 누구를 상대하는지 아는 눈치다.

"죽음을 각오했군. 좋은 각오야."

정운은 상황을 즐겼다.

많은 여인을 상대로 싸워볼 기회는 많지 않다. 많은 여인을 일시에 죽일 기회는 더 더욱 없다. 소림사룡이라는 신분으로서는 꿈도 꾸지 못할 일이지만 천객의 신분이라면 얼마든지 가능하다. 그래서 천객이 좋지 않은가.

쉬이익!

제일 먼저 공격을 가해온 자는 예상했던 대로 적지인살이다.

적지인살의 무공은 가히 초일류고수급이다. 초식의 배합이나 전개하는 것만을 놓고 보면. 아쉽게도 초식을 받쳐 줄 내력이 부족하지만.

정운은 검이 가까이 다가올 때까지 뒷짐을 지고 기다렸다가 지척에 이르자 슬며시 일검을 뻗어냈다.

그에게는 평범한 검이다.

그러나 적지인살에게는 벼락같이 보였을 게다.

전신 근육이 최고조로 팽창한 가운데 펼치는 검이 어찌 그렇지 않으랴.

"컥!"

적지인살은 너무 쉽게 무너졌다.

그의 일생에 걸쳐 이처럼 허무하게 무너진 싸움도 없었을 게다.

정운의 검은 정확히 적지인살의 목젖을 꿰뚫었고, 적지인살은 눈만 깜빡이다가 숨을 거뒀다. 그때,

쉬익! 쉬이이익!

어둠 한구석에서, 횃불이 미처 밝히지 못한 어둠 속에서 섬광처럼 불꽃이 일어나며 비수가 날아왔다.

"하하! 하오문주의 한성천류비결! 배금향이라는 여자군. 좋아!"

정운은 가볍게 손목만 몇 번 꺾었다.

탕탕! 탕탕탕……!

배금향이 던진 비수는 싱겁게 떨어져 나뒹굴었다.

종리추에게 한성천류비결을 전수해 준 사람은 배금향이다. 하지만 그녀의 한성천류비결은 종리추의 그것과는 사뭇 다르다. 그녀는 종리 추만큼 수련하지 못했고, 겨우 흉내나 내는 수준에 불과하다. 처음부터 천객을 어찌해 본다는 생각으로 전개한 무공은 아닐 게다.

배금향은 물러서지 않았다. 상대가 되지 않을 게 자명한데도 장검을 뽑아 들고 달려들었다.

"알고 있어. 적지인살과 부부 간이라고. 황천 가는 길이 외로울 것 같으니 선심 쓰지."

정운은 장검을 아래에서 위로 치올렸다.

사각……!

장검 끝에 배금향의 전신이 걸렸다.

배금향의 봉목이 부릅떠졌다. 그녀의 눈은 이미 죽어 넘어진 적지인 살의 시신을 뒤쫓았다.

정운은 다음 상대를 골랐다.

'무공을 익힌 계집이…….'

그의 눈에 비친 여인들은 한심하기 짝이 없다. 모두들 약간씩 잔재주를 익힌 것 같은데 무림에 나가 활보할 수조차 없을 만큼 미약해 보인다.

'그렇군. 이 계집들… 살수 놈들과 배 맞은 계집들이군. 그것도 운명. 살수 놈들은 가슴이 찢어지는 고통을 맛봐야 해.'

정운은 여인들 모두를 죽이기로 결심을 굳혔다.

저벅! 저벅……!

그의 발걸음 소리에 섬뜩한 귀기가 묻어났다.

쒜에엑……!

겁에 질린 여인이 검을 휘둘러 왔다. 죽기 아니면 살기로 짓쳐오는 검인 것 같다.

"어리석은!"

정운은 곧바로 마주쳐 갔다.

마주칠 필요도 없다. 가까이 다가오기를 기다려 검을 내려치기만 하면 된다. 그러나 상황은 정운이 생각한 것과는 다른 방향으로 흘렀다.

"아!"

여인이 공격을 멈췄다.

여인은 정운의 얼굴을 뚫어지게 바라보며 눈물을 글썽이고 있다.

'응?'

정운도 여인을 바라봤다.

아는 여인인가? 사람을 잘못 본 것은……?

"저, 정운… 오라버니."

'오라버니?'

정운은 여인의 얼굴을 좀 더 자세히 뜯어봤다.

아무리 살펴봐도 낯선 얼굴이다. 귀여운 얼굴이지만 비슷한 얼굴조차도 기억에 없다.

"나를 아나?"

"저, 정운 오라버니, 소매… 향아(香兒)예요."

여인은 눈물을 주르륵 흘렸다. 가슴의 기복도 점점 높아져 내심 심히 격동하고 있는 듯했다.

"향아?"

정운은 여인의 얼굴에서 눈을 떼지 않았다. 이렇게까지 말해 오는 것을 보니 어디서 만난 것 같기도 하고.

"난 기억에 없는……."

정운은 말을 끝까지 잇지 못했다.

여인은 그가 말할 틈도 주지 않고 가슴팍으로 확 안겨왔다.

"흑흑흑……!"

여인은 서럽게 울었다.

어깨를 들먹이며 양손으로 옷을 꼭 부여잡고 섧디섧게 울었다.

"이, 이봐!"

"오라버니. 흑!"

여인은 울음을 그치지 않았다. 비 맞은 참새처럼 애처롭게 떨며 가슴을 파고들었다.

정운은 다른 여인들을 주시했다.

검을 들고 호시탐탐 기회를 노리고 있는 여인들.

아무리 천객이라 해도 무방비 상태에서는 당할 수 있다. 만취되어 제정신을 잃어버린다면 천하제일 무공을 익혔어도 소용없듯이.

"오라버니, 저 좀… 저 좀 여기서 구해주세요. 네?"

정운은 여인의 말을 잠시 되새겼다.

아무래도 이상하다. 이런 여인을 만난 기억이 없다. 향아라는 이름은 흔하디흔해서 촌 동네에서도 한두 명쯤은 같은 이름을 가진 여인들이 있다.

"이봐, 잠시……."

정운은 이번에도 말을 끝내지 못했다.

방긋 웃는 여인, 그러나 웃음의 종류가 다르다.

여인은 어느새 정운의 목에 세침(細針)을 박아 넣었다.

"후후후! 겨우 이런 것이었나?"

정운은 여인의 목줄기를 움켜잡았다.

"호호! 겨우 이런 것? 침에는 화홍사(火紅蛇)의 독이 묻어 있어. 네놈도 곧 한 줌의 핏물로 녹아내릴 거야."

"그러지. 그럼 조만간 지옥에서 만나겠군."

정운은 여인의 목줄기를 비틀었다. 그리고 말했다.

"구진법 중 이진법이 무엇인지 아나? 흑섬서(黑蟾蜍) 속에서 버티는 거야. 후후! 풍릉승운혜. 이진법을 벗어나게 만든 심결(心訣)이지. 상대를 잘못 택했어."

목이 비틀린 여인은 혀를 빼물고 축 늘어졌다.

화령 살수의 죽음은 정운에게서 흥미를 빼앗아갔다.

여인들을 죽이는 것은 결코 유쾌한 일이 아니다.

"반항하면 죽는다. 모두들 밖으로 나가."

천객에게는 있을 수 없는 포획(捕獲)이다.

어쩌면 종리추를 위협할 수도 있다는, 꽁꽁 숨었을 경우 제 발로 걸어나오게 할 수도 있지 않을까 하는 얄팍한 계산도 깔렸다.

살아남은 화령 살수들이 힘없이 검을 버렸다.

화홍사의 독으로도 어쩌지 못한 괴물을 이길 방도는 없었다.

정운은 문득 있어야 할 사람이 없는 것을 발견해 냈다.

"삼현옹은 어디 있나?"

화령 살수가 대답했다.

"문주님을 따라갔어요, 큰 싸움이 있다고 하시면서."

정운이 피바람을 일으킨 동혈은 적막에 잠겨 깨어나지 못했다.

개미들이 죽은 시신을 뜯어 먹기 위해 달려들었다. 개미뿐만이 아니라 온갖 곤충들이 시신 주변을 맴돌았다.

그렇게 하루 해가 뜨고 졌다.

그르르릉……!

암벽 한 귀퉁이가 굉음을 흘리며 밀려났다. 그리고 안에서 몇 사람이 걸어나왔다.

놀랍게도 그중에는 이미 죽어 있는 적지인살과 배금향도 포함되어 있다.

"불쌍한 것들……."

배금향은 죽은 여인을 안아 들었다.

"안 돼요. 그대로 놔둬야 해요. 여기 있는 모든 것들…… 하나도 손대면 안 돼요. 죽은 아이들의 뜻을 저버리지 마세요."

벽리군이 다급히 말했다.

종리추는 살문의 모든 것이다. 적지인살과 배금향은 종리추의 부모다. 그것이 화령 살수와 사령 살수가 그들을 위해 대신 죽음을 택한 이유였다.

"부디 살아주셔야 합니다. 주공께서 통한의 피눈물을 흘려서는 안 됩니다. 사무령이… 뜻이 사무령이셨으니 사무령이 되어주시기를 지하에서나마 바란다고……."

적지인살은 눈물을 머금고 그들의 얼굴에 인피면구를 씌웠다.

이럴 때를 대비한 것은 아니지만 종리추는 여러 장의 인피면구를 준비해 뒀다.

사람의 얼굴에서 가죽을 벗겨내지 않고도, 동물의 가죽으로 인피면구를 제작할 수 있는 기법을 연구해 낸 다음이다.

그는 벽리군의 얼굴도, 어린의 얼굴도 만들어주었다.

모두들 재미있어했다. 설마 오늘 같은 날, 이처럼 비극적인 상황에서 사용하게 될 줄은 꿈에도 생각하지 못하고.

적지인살로 분한 사령 살수는 정운의 눈을 속였다. 배금향으로 분한 화령 살수도 완벽한 연기를 해냈다.

정운의 이목을 완전히 따돌리기 위해 화령 살수가 목숨을 바쳐 정운의 목에 세침을 박았다.

지금까지는 완벽했다. 그러나 혹시 모른다, 정운이 또다시 동혈을 찾아들지.

배금향은 안아 들었던 화령 살수의 시신을 원래 있던 자리에 그대로 내려놓았다.

"이제부터 여길 빠져나가야 해요. 할아버지?"

벽리군에게 할아버지 소리를 들을 수 있는 사람은 한 사람뿐이다.

"흠! 잔혹한 놈들! 소위 정파 놈이란 것들이 이따위 짓거리나 하고. 살수 놈들도 마음에 들지 않지만 정파 놈들은……."

삼현옹은 혀를 끌끌 찼다.

"따라와. 계곡을 따라가는 길이 있어."

삼현옹은 빠져나온 밀실의 문을 닫고 다른 쪽 암벽을 손으로 문질렀다.

그르릉……!

암벽이 밀려나며 또 다른 입을 열었다.

다른 쪽 밀실과는 다른 시원한 바람도 불어왔다.

　종리추가 백석강에 이어 비객, 천객 무인들과 일장 격돌을 벌이기까지 노심초사한 사람들 중 한 명이 등천조다.

　백석강 싸움이 끝나고 하후가와 양가의 무인들이 이유도 없이 물러섰다는 소문이 나돌 때쯤 등천조는 종리추의 전서를 받았다.

　직투(直鬪), **암은**(暗隱).

　싸울 테니 몸을 숨기라는 말이다.

　등천조에게 전서를 가져온 사람은 놀랍게도 개방 장로인 분운추월이었다.

　"이, 이게 도대체… 승산이 없는 싸움인데……."

　등천조의 판단으로는 숨어야 할 때다. 싸울 때가 아니다.

"낸들 아나? 놈이 하는 일인데. 쯧! 세상을 잘못 타고 태어났어. 아니지, 적지인살 같은 놈을 만난 게 잘못이지. 적지인살만 만나지 않았어도 살수가 되지는 않았을 텐데."

"저… 상황이……."

"네놈도 알고 있잖아? 그대로야."

등천조는 할 말을 잃었다.

언제나 허를 찌르는 문주이지만 이번만은 너무 무모한 것 같다.

"뭐라고 써 있어? 숨으라고 써 있지 않아?"

"네? 네."

"모두들 위험해졌어. 나도 빨리 돌아가 봐야 해. 후개께서도 백척간두(百尺竿頭)에 몸을 매달았으니. 잘 숨어. 한동안 정보니 뭐니 하면서 설치지 말고."

"염려해 주셔서 감사합니다."

등천조는 진심 어린 포권지례를 취했다.

분운추월 같은 노고수는 등천조 같은 사람이 만날 수 있는 사람이 아니다. 이렇게 마주 앉아 대화를 나누는 것만도 황감하다.

"그런 인사는 나중에 살아서 해도 돼. 살아남으면 술이나 한잔하자. 안주는 내가 장만하지."

"개… 고기 말입니까?"

"왜? 싫어?"

"아뇨, 좋아하는 편입니다."

"그럼 됐어. 문주가 염려되겠지만…… 명심해 들어. 죽지 않고 살아 있는 것이 문주를 도와주는 길이야."

"네."

분운추월은 무표정한 눈길로 지그시 바라봤다.

그러나 등천조는 그 눈길 속에서 따뜻한 인정을 읽었다.

전에는 모두 이런 눈길이었다. 하오문 문도에 지나지 않았지만 어쩌다 정파 무인들을 만나면 이렇게 포근했다. 그들의 가슴은 진정 넓었고 안온했다.

분운추월이 돌아가고 난 후 등천조는 바쁘게 움직였다.

서둘러서 해결해야 할 일이 한두 개가 아니다. 다행스럽게도 언젠가 이런 일이 있을 것을 대비해 만반의 준비는 해두었다.

그는 먼저 십점(十點)에게 전서를 띄웠다.

종리추가 보내온 전서 내용과 한 치도 다르지 않은 내용이다. 다만 거기에 절대(絶大)라는 말을 추가했다.

십점은 등천조가 직접 관리하는 수족이다.

그들 한 명을 잃으면 무려 만 명에 해당하는 정보망을 잃는 것과 같다.

전서구가 힘차게 날갯짓하는 것을 지켜보았다.

푸른 하늘을 훨훨 날아 까마득히 멀어질 때까지.

다음에는 그동안 수집해 놓았던 정보들을 불사를 차례다.

살문에는 뛰어난 정보 수집가가 한 명 더 있다.

지금도 지도 제작을 위해 중원 곳곳을 누비고 있는 용금화.

용금화는 지도 제작을 위해서라지만 중원 곳곳을 누비고 있는 만큼 뛰어난 정보를 가지고 있다.

그는 또 등천조에게 한 가지 기법을 전수해 주었다.

수집한 정보는 반드시 분산시켜 놓을 것. 사본 한 부는 은밀한 곳에

은닉해 둘 것.

등천조는 용금화에게서 배운 기법을 고스란히 활용했다.

외장이 수집한 정보는 모두 네 군데에 걸쳐 분산되어 있다. 종합적으로 한곳에는 이미 지나가 버려 쓸모없어진 정보부터 최근의 정보까지 모두 모아져 있다.

그의 거처에 있는 정보들은 불살라 버려도 상관없다.

등천조는 미련없이 집을 불살랐다.

그는 야트막한 야산에 올라 집이 완전히 불타 잿더미가 되는 것을 지켜보았다.

화르륵……!

불은 살아 있다. 살아 있는 생명체다. 살아서 주변에 있는 모든 것을 먹어치운다.

'됐어. 이제 내 몸만 빼면…… 어디로 간다? 완전히 숨으라고 했으니 역시 큰 곳이 좋지. 이 기회에 미인이 많다는 항주(抗州)나 돌아봐야겠군.'

등천조는 몸을 일으켰다. 하지만,

'엇!'

불타는 집을 지켜본 사람은 그만이 아니다. 또 다른 노인이 그리 멀지 않은 곳에 쭈그리고 앉아 잿더미가 된 집을 쳐다보고 있다. 그걸 이제야 발견하다니.

등천조는 노인을 무시하고, 아니, 무시할 수 없지만 애써 무시하는 척하며 발길을 재촉했다. 그런데,

"등천조."

등천조는 소름이 오싹 끼쳤다.

노인은 목적이 있다. 무림인이 분명하고…….

'천외천이군. 하! 사는 게 문주님을 도와주는 길이라는 말을 방금 들었는데……. 분운추월 장로님, 우리 술 한잔은 못하게 될 것 같습니다. 문주님, 하하! 너무 걱정하지 마십시오. 이놈이 누굽니까? 이런 사태를 예측하지 못했으면 등천조가 아니죠.'

생각은 그렇게 했지만 걱정이 태산이다.

천외천이 자신을 찾아냈다면 십점 역시 찾아냈을 게다. 지금 이 시각, 그들도 자신과 마찬가지로 낯선 손님을 대접하고 있을지도.

"후! 나도 늙었군. 퇴물이 됐어. 너 같은 자를 죽이려고 이렇게 먼 길을 왔으니."

"존함이……?"

"무림동도는 철권이라고 부르지."

"철… 권 구양춘 선배님."

이 노인이 무림삼정 중의 일 인, 철권 구양춘이다.

"선배? 허허허! 선배는 무슨 빌어먹을 선배. 네놈이 부르라고 선배라는 말이 있는 게 아냐."

"……."

"뭐 해? 빨리 죽지."

"……?"

"죽으라니까! 죽여줘?"

등천조는 철권 구양춘의 말뜻을 알아들었다.

구양춘은 자신이 손을 쓰는 것조차 치욕스러워한다. 하기는 한낱 하오문도에 불과한 사람에게 손을 쓰는 게 수치스럽기는 할 게다.

등천조는 소검을 꺼내 자신의 가슴을 겨눴다.

구양춘은 쳐다볼 필요도 없다.

'정말 사람들이 많이 변했어, 많이……'

차라리 아무것도 모를 때가 좋았다. 그때는 모든 사람이 다정한 줄 알았다. 무공이 높을수록 인품도 높은 줄 알았다.

세상이란 걸 알게 되면서 실망도 늘었다.

살문에 몸을 담그라는 천은탁 망주의 명령이 못마땅했지만, 정작 살문에 들어와 보니 인면수심으로 가득한 무림보다는 한결 좋았다. 적어도 살문은 거짓으로 위장되어 있지는 않다.

'문주, 부디 사무령이 되시기를……'

등천조는 가슴에 소검을 틀어박았다.

*　　　　*　　　　*

탕탕탕……!

쇠망치 소리가 밤낮으로 이어졌다.

살천문주는 근 삼 일간 곡기를 입에 대지 않고 망치질에만 몰두했다. 주문이 많은 것도 아니고, 명기(名器)를 만드는 것도 아니지만 쉬지 않고 망치질을 했다.

"후욱! 후욱!"

입으로는 연신 거친 숨을 토해냈다.

살천문주는 진기를 사용하지 않았다. 본신의 선천적인 신력(神力)만으로 망치질을 했다.

숨이 가빠왔다.

섬서성에서 은밀히 청부 살인을 하던 광부와 좌리살검은 죽음의 길을 떠났다.

그들이 살아올지 죽어서 만날지는 신밖에 모른다.

수하들의 목숨을 자신보다 아끼는 종리추이니 죽음의 길로는 몰아넣지 않으리라.

그러나저러나 이번 싸움은 너무 무모하다.

종리추는 천외천을 상대하는 것이 아니라 천하 무인들에게 정면으로 도전장을 내민 것과 같다.

천하는 넓다. 천외천만 상대하면 될 줄 알겠지만 그와 같은 조직은 얼마든지 나타난다.

끝도 없는 싸움을 시작한 게다.

좀 더 차분차분 일을 풀어 나갔어도 된다.

자신을 무엇 때문에 합류시켰는가. 살문은 대래봉에서 움직일 수 없으니 자신을 통해 자금을 조달하려는 목적이었지 않은가. 그래서 멀쩡한 사곡을 멸문시키면서까지 섬서성을 차지했는데.

모든 게 너무 급하게 흘러간다.

살천문주에게는 어쩔 수 없이 악마의 아가리로 빨려 들어가는 것처럼 보였다.

아가리 저쪽은 도산검림(刀山劍林)이 가득한데 몸을 빼려 해도 뺄 수가 없어 강제로 질질 끌려 들어가는 모습.

"후욱! 후욱!"

탕탕탕……!

붉게 달아오른 쇳덩이는 형체를 잃었다.

검을 만들고자, 낫을 만들고자 했다면 형체를 잡으며 망치질을 했겠지만 지금은 무작정 두들기는, 번뇌를 지우는 역할만으로 족하다.

"후후! 숨으라고? 나보고 또 숨으라고? 숨는 데는 소질이 없다는 것을 잘 알면서 숨으라니 말이 되냐."

살천문주는 연신 혼잣말을 중얼거리기도 하고, 거친 숨을 몰아쉬기도 했다.

모두들 떠났다.

그나마 잠시 정이 들었던 개방 호법들도 후개의 신변 보호를 위해 떠났다.

하오문주와도 연락이 끊어진 지 오래다.

모두가 그때부터다. 종리추가 중원 전역에 걸쳐 살행을 시작한 때부터.

"이놈의 자식! 네가 사무령이냐! 네가 사무령이야!"

분풀이라도 하듯 내려치는 망치질에 쇳덩이가 흐물흐물 짓물렀다.

사무령이 간절히 생각난다.

살수가 되려면 사무령이 되어야 한다. 그렇지 않고는 언제나 이런 꼴이다. 이리 쫓기고 저리 쫓기다가 느닷없이 들이닥친 검에 목숨을 내놓아야 한다.

평생 살아온 길이 그런 길이었다.

내생에서는 절대 살수가 되지 않으리라. 젊어서 검을 들었고 살인을 했기에 계속 이 길을 걸어왔지만 다시 한 번 살 수 있는 기회가 주어진다면 절대 살수가 되지 않으리라.

사무령?

웃기는 소리다. 천하를 상대로 싸울 수 있는 사람은 없다.

종리추는 대단한 자다. 인정한다.

지금껏 살수들 중에 종리추처럼 싸움을 시작해 본 사람도 없었다.

모두들 구파일방의 눈치 보기에 급급했지 누가 검을 들 생각이나 했겠는가.

그만하면 뛰어난 게다.

탕탕탕……!

살천문주는 연달아 스무 번이나 망치질을 한 다음 망치를 한쪽 구석으로 던져 버렸다.

"죽일 테면 빨리 죽이고."

살천문주는 우두커니 섰다.

공격을 해오면 방어하거나 반격하지 않겠다는 의사 표시다. 어쩌면 상대할 수 없는 자이기에 미리 포기하자는 마음이 있었는지도.

대장간 지붕에서 나지막한 음성이 들려왔다.

"아미타불! 살천문주, 끝내 악행 속에 몸을 빼지 못하는구려. 살천문이 몰락했을 때 몸을 뺐어야 하는데. 하기는 그렇게 쉽게 뺄 것 같았으면 평생을 걸어오지도 않았겠지만."

"군소리는 그만 하고."

"아미타불!"

살천문주는 자신을 찾아온 자가 누군지 안다.

간혹 살천문에 찾아와 무리한 요구를 했으니 기억하지 못할 리가 없다.

이자가 찾아온 다음에는 항상 살천문이 휘청거렸다.

무림의 절정고수를 암습하는 일이니 상당한 수의 살수가 죽을 수밖에 없고, 그런 직후에는 반드시라고 해도 좋을 만큼 혈배를 들고자 하는 인물들이 등장했다.

이자는 도움만 청했지 도와주지는 않는 자다.

혈배를 들고자 하는 자가 아무리 강해도, 막강한 조직을 갖췄어도 혼자 해결해야만 했다.

영원히 잊을 수 없는 자인데 죽음의 마당에서까지 이자에게 배웅을 받아야 하다니.

이런 자가 소림사의 계율원 원주라니.

명망 높은 고승 혜선 대사의 숨은 이면에 살수보다 더 강한 살심이 묻혀 있다니.

중원 천하에 고래고래 고함쳐도 믿어주는 사람은 아무도 없으리라.

'후후! 이게 살수의 운명이겠지. 종리추! 사무령이 되지 못하면 지옥에 올 생각도 하지 마! 멀쩡히 잘사는 사람을 살문에 끌어들여 가지고는.'

쉐에엑!

미미한 경풍이 불었다.

노리는 부위는 백회혈(百會穴)이다.

천장에서 떨어져 내리며 내뻗은 일격이니 묵중한 파괴력을 지녔을 게다. 아니, 꼭 지형적인 요건에서라기보다 이자가 지닌 무공은 너무 지고해서 검을 들어 상대할 수 없다.

퍼억!

살천문주는 백회혈에 묵중한 타격이 가해지는 것을 느꼈다.

그것으로 끝이다.

그 이상은 아무 생각도 나지 않았다.

"아미타불!"

고승이 살천문주의 단단한 육체에 합장배례를 했지만 그가 무얼 하는지 살천문주는 알 도리가 없었다.

◆第百二十章◆

불신(不信)

비객은 다시 편성되었다.

적사를 뒤쫓으며 당한 사람들, 종리추에게 당한 사람들…… 모두 서른여섯 명이나 죽음을 맞이했다.

아흔 명으로 시작한 비객이 쉰네 명밖에 남지 않았다.

제일비주 유홍은 모두를 모아 여섯 개 조로 다시 편성했다.

전에도 아홉 명을 한 조로 묶었는데, 이번에도 인원수가 맞아떨어졌다.

'열 개 조가 네 개나 줄었어.'

유홍은 침울한 표정을 지우지 못했다.

제일비주로서 책임을 통감했다.

자신이 사매의 정을 잊지 못해 팔부령에 머물고 있는 동안, 죽을 때까지 협의의 칼을 들겠다고 맹세한 비객들은 한 명, 두 명 죽어갔다.

비객들은 자신의 명이 아닌 천객의 명을 받았다.

'이건 잘못된 거야. 천객은 천객대로, 비객은 비객대로 갈 길이 달라.'

이제는 정말 천객과의 인연을 끊어야 할 때다.

천객은 너무 패도적이다.

무림의 질서를 흩뜨리는 사람은 살문도 아니고 마두도 아닌 천객이다.

비객은 천객의 꼭두각시가 되어 놀아나고 있다.

'살문은 징치한다. 하지만 천객의 뜻이 아니라 우리 비객의 뜻에 따라 움직인다.'

유홍은 비객 내에도 천인(天人)이 있다는 사실을 알고 있다.

그들에게 자신의 뜻을 내비치면 비객을 떠나 천객으로 돌아갈지도 모른다.

자신도 천외천 사람이다.

천외천이 탄생할 적에는 기꺼이 동참했다.

마두들을 죽이는 데 수단 방법을 가릴 것 없다는 논리에는 얼마든지 동조할 수 있다. 하지만 천객처럼 유아독존(唯我獨尊)이 되어서는 곤란하다.

정파에는 정파의 규칙이 있다. 그것마저 무너뜨린다면 정파나 사파나 다를 게 무엇인가.

유홍은 살아남은 쉰네 명의 비객을 한자리에 모았다.

어떤 사람은 나무 그늘에 앉고 어떤 사람은 서 있다. 복장도 가지가지고 병기도 제각각이다.

"먼저… 제일비주로서 책임을 다하지 못했다. 누구든 제일비주가 되고자 하는 사람이 있으면 나서라."

나서는 사람은 없었다.

모두들 제일비주의 책임을 묻지 않는다. 죽은 사람들은 무공이 약해서 죽었다. 그것이 고민이고 충격이다. 각 문파에서 무공이 걸출하다는 사람만 모였는데, 자신들의 무공으로도 어쩔 수 없다면 도대체 어쩌란 말인가.

천애유룡이 간단하게 죽었다.

천애유룡뿐만이 아니다. 공동파에서 실전된 절학을 복원했다는 육천군도 죽었다.

살문 살수들의 무공은 너무 강하다.

"그럼 제일비주로서 의견을 말하겠다. 앞으로 비객은 천객과 행동을 같이하지 않는다."

모두의 눈가에 놀란 빛이 스쳐 갔다.

천객도 살아남은 사람은 고작 세 명밖에 되지 않지만 그래도 살문을 상대할 사람은 천객이다.

"비주, 그건……."

"우린 비객이다. 무공이 약하다고 생각된다면 수련하면 된다. 천객이 추구하는 방향과 우리 장문인들의 생각은 다르다. 생각해 보면 우린 큰 잘못을 저질렀다. 장문인들의 생각까지 저버렸다는 말이다."

유홍의 말에 반기를 든 자가 나오기 시작했다.

"제일비주, 그런 생각이라면 제일비주를 내놓는 게 낫겠소. 난 천객과 뜻을 달리할 생각이 없소."

유홍에게 반기를 든 자는 청성파의 청하 도인(淸夏道人)이다.

물론 지금은 도복(道服)을 입고 있지 않다. 도관(道冠)을 쓰지도 않았다. 하지만 그는 죽은 천객 청운 진인의 사제이며 충실한 천외천 천인이다.

비객이 새로 개편되기 전에는 팔삼(八三)이었다. 지금은 오이(五二)가 되었다. 제오조에 부조장이라고 할 수 있다.

그에게는 비객보다도 천외천이 더 소중할 게다.

"내 뜻에 동조하는 사람은 남고 오이의 뜻에 동조하는 사람은 천외천으로 간다. 이 말에도 이의가 있다면 말하라."

오이가 다시 입을 열었다.

"너무 급작스런 제안이오. 우리도 잠시 생각할 시간이 필요하니, 이 회합은 내일로 미룹시다."

유홍은 고개를 끄덕였다.

아직 충격에서 헤어 나오지 못한 비객에게 천객과 행동을 달리한다는 말은 또 다른 충격일 게다.

'성급하게 서두를 일이 아냐.'

유홍은 여숙상의 거처로 발길을 옮기다가 다시 돌려 버렸다.

구류검수를 잡아온 여숙상은 복수의 화신이 되었다.

그녀의 일과는 소검으로 자상(刺傷)을 입히는 것으로 시작해서 자상을 입히는 것으로 끝난다.

구류검수의 몰골은 말이 아니게 피폐해졌다.

온몸은 검에 찔린 상처투성이다. 얼굴에도 검상이 가득하다.

"그 눈이 싫어. 생각 같아서는 확 찔러 버리고 싶지만 참을게. 너도 고통을 봐야 하니까."

구류검수는 자신에게 가해지는 학대를 묵묵히 참아 넘겼다.

유홍은 구류검수보다도 여숙상이 염려되었다.

구류검수야 어차피 만나기만 하면 도륙을 할 생각이었으니 염려할 것이 못 되지만, 착하기만 했던 여숙상이 표독하게 변한 것은 큰 걱정거리다.

"휴우! 빨리 끝나야 하는데…… 차라리 단칼에 죽여 버리는 것이 더 나을지도……."

구류검수보다도 여숙상을 위해 그런 생각을 했다.

구류검수로 인해 여숙상의 정신이 피폐해지는 것은 차마 보지 못하겠다. 본인은 자신의 상태를 알고나 있는지. 지켜보는 사람들은 과연 독심미화라고 수군대는데.

유홍은 임시로 마련된 초옥으로 돌아왔다.

그에게는 여숙상보다도 시급히 풀어야 할 난제가 있다.

살문 살수들의 무공을 어떻게 꺾을 것인가.

유홍은 살문과의 싸움에 참가했던 비객들을 통해 당시 싸움 현장을 세밀히 그렸다. 천해유룡이 당한 곳이며, 당한 수법… 육천객이나 다른 비객들… 하나하나 빠짐없이 실례(實例)를 기록했다.

그것으로 살문을 상대할 수 있는 방법을 찾아내야 한다.

무공으로 진 것은 절대 아니다.

비객 무인 서른 명이면 웬만한 초절정고수도 넘어간다.

유홍은 시간 가는 줄 모르고 그림을 보다가 글씨를 보다가 살문 무공의 허점을 파악해 내는 데 몰두했다.

파라락……!

촛불이 일렁거렸다.

'아, 암습!'

유홍은 바짝 긴장했다.

다른 때 같으면 무심코 넘겼을지도 모르지만 지금은 다르다. 기척도 없고, 느낌도 전해지지 않고, 기세도 흘러나오지 않지만 분명히 누군가 들어왔다.

비망사의 살수비기를 전수받은 다음부터 이목이 전보다 서너 배는 영민해졌다. 신경 쓰지 않던 부분까지 세밀히 신경 쓰기 때문이다.

유홍은 슬그머니 왼손을 내려 검을 잡아갔다.

밖에 돌아다닐 때는 늘 어깨 뒤에 메고 다니던 검이지만 초옥 안에서는 옆에 풀어놓곤 했다.

상대는 그런 사정까지 아는 사람일 게다.

'비객들이 가득 깔린 곳에서 암습을? 그렇군, 천인이군. 내일까지 회합을 연기해 달라더니만 오늘 밤 날 제거할 심산이었군.'

유홍은 양보해 주고 싶은 생각이 조금도 없었다.

천객, 천외천, 비객에 대해 깊이 생각해 봤지만 역시 비객이 갈 길은 장문인의 명을 충실히 따르는 것뿐이다.

유홍의 손이 거의 장검에 다다를 무렵,

쉬이익!

천장에서 날렵한 인영이 뛰어내렸다.

"누구!"

"쉿! 사형, 나예요."

야심한 밤에 천장을 통해 침입한 사람은 사매, 여숙상이었다.

"사매, 무슨 일로?"

유홍은 얼른 사매의 얼굴부터 살폈다. 구류검수와 무슨 일은 없었는지. 무슨 언짢은 일이라도……

슈욱!

유홍은 입을 벌렸다.

말을 하고 싶은데 할 수가 없었다.

'이, 이럴 수가!'

입에서 나오는 말은 모두 경악뿐이다.

여숙상은 유홍의 가슴에 단검을 깊이 찔러 넣었다.

"사형, 곧 끝날 거야. 고통은 오래가지 않아."

"사, 사매!"

유홍은 비로소 현실이 자각되었다, 사매가 단검을 찔러 넣은 것이 꿈이 아니라 현실이라는 것을.

"호호! 사형, 미안. 난 강한 자가 필요해."

"……."

"사형은 아무것도 하지 못했어. 내가 살문 살수 놈들에게 핍박당할 때, 진백강 저놈을 왜 데리고 나왔는지 알아? 단칼에 죽이고 싶었지만 혹시 반항할까 봐서지. 반항하면 난 꼼짝 못하니까."

"사… 매……."

"저놈은 내 손에 죽어. 살문 살수 놈들도 내 손에 죽어. 하지만 난 지금 강하지 못해. 그래서 강한 사람이 필요한데… 사형은 방해만 하잖아."

"이, 이건 잘못……."

"사형, 말하지 마. 말하면 고통이 커. 조용히… 조용히 가."

여숙상이 손목을 비틀었다.

'크으윽…….'

유홍은 신음을 참았다.

여숙상의 손목을 비틀어 더 이상 휘젓지 못하게 할 수도 있지만, 참았다.

한 사람만 당하면 된다. 사매는 분명 잘못된 길을 가고 있지만 자신도 잘못된 길을 선택하지 않았는가. 사부도 마찬가지다. 구파일방은 비객이란 생각 자체를 하지 말았어야 한다.

무인은 협(俠)에 살고 협에 죽어야 한다.

화산파는 도교를 숭앙하는 문파이니 검을 버리고 도에 정진해도 좋다.

그 길을 갔어야 한다.

무림사에 시시콜콜 파고들 필요가 없었다.

여숙상의 손이 반쯤 비틀어지다가 다시 제자리로 휘돌렸다. 그럴수록 유홍의 가슴에는 점점 더 큰 구멍이 생겼다.

"됐지? 이제 편하게 가."

유홍은 여숙상을 힐끔 쳐다본 다음 고개를 떨궜다.

그는 눈조차 감지 못했다.

청하 도인이 말했다.

"제일비주는 백천의 형이나 정운 형을 모시기로 하지. 누가 좋을까?"

여숙상이 말을 받았다.

"정운이 좋겠어. 백천의는 너무 바빠."

"그게 괜찮겠네. 그럼 내가 말해 보지."

정운은 말을 듣자마자 승낙했다.

일류고수 오십삼 명을 수하로 둔다는 것은 굉장한 즐거움이다.

정운은 제일 먼저 비객들에게 제일비주의 죽음을 공표했다. 시신까지 공개하면서.

"살문 놈들이 극성을 부리는군. 이제는 여기까지 와서 제일비주를 암살하다니."

살문은 온갖 오명을 뒤집어써도 괜찮은 문파다.

그런 면에서는 상당히 유용하지만…… 역시 제거하는 쪽이 좋다.

"당분간 내가 제일비주를 맡지. 불만있는 사람은 말해도 좋아."

비객은 정운의 거친 말투보다 제일비주가 암살당했다는 데 분노했다. 그것도 다른 장소도 아닌 자신들의 은신처에서.

정운은 각 조의 비주를 다시 선정했다.

여숙상이 제이비주를 맡았다. 오이였던 청하 도인이 제삼비주가 되었다. 정운은 여섯 명을 불렀고, 비객들은 무심히 흘려버렸지만 여섯 비주들은 즐거운 미소를 주고받았다.

유홍의 시신이 치워지고 유홍 대신 정운이 제일비주의 거처를 차지했다.

구파일방 장문인들의 뜻과는 전혀 다른 움직임이다.

그날 밤, 여숙상은 정운의 처소를 찾았다.

"이번에 큰일을 했네."

"천객에게 반기를 들었으니까요."

"여자가 대담해."

여숙상은 고혹스런 미소를 배어 물었다.

"한 가지 부탁이 있어요."

"……?"

"구진법을 가르쳐 줘요."

정운은 단도직입적인 요구에 잠시 멍한 표정을 지었다가 옅은 웃음을 흘렸다.

"가르쳐 줄 것 같아?"

"네."

여숙상은 또렷하게 대답했다.

"네라… 왜?"

여숙상은 살며시 웃었다. 가지런히 난 이빨이 새하얗게 빛났다.

"난 여자니까요."

정운은 한참 동안 여숙상을 바라보다 등 뒤로 다가섰다.

그의 손이 옷섶을 헤치고 들어가 육봉을 어루만졌다.

"이렇게까지 해서 구진법을 배우려는 의도가 뭐지?"

"화산파 장문인."

이번에도 여숙상은 망설이지 않았다.

"뭐!"

"왜요? 놀라셨나요?"

"대담한 여자군."

"호호호! 제가 정조를 잃었을 때 가장 원망스러웠던 사람이 누군지 아세요?"

"……."

"모두들 진백강이라고 생각하겠지만, 아녜요. 화산파 모두가 미웠어요. 그들이 쳐다보는 눈길은 마치 더러운 년을 쳐다보는 듯했어요."

정운은 살겁의 냄새를 맡았다.

'이 여자… 독초(毒草)다. 화산파 문인들은 모두 청순한 여자로 알고

있어. 나도 그랬고. 엄청난 복수심을 마음에 품고 있다. 무서운 여자……'

구진법은 구결을 가르쳐 준다 해도 수련에 필요한 독물들이 없으면 시도조차 하지 못한다. 독물이 준비되어도 수련할 수 있을지 의문이다. 보지 않았는가, 뛰어나다고 자부했던 영재들이 죽어가는 모습을.

그렇다고 가르쳐 주지 않겠다는 말을 하면 화살이 바뀐다.

유홍에게 그랬듯이 자신에게 독화살을 쏘아댈 여자다.

'골칫거리군, 이 여자는.'

정운은 여자를 물리치고 싶었지만 그럴 수 없었다.

지금 그에게는 비객이 필요하다.

살문은 곧 제거된다.

정운이 보는 것은 그 다음이다. 흑봉광괴와 밀착해 있는 백천의, 그리고 무공이 엇비슷하면서도 무당파의 전폭적인 지지를 받고 있는 하양 진인.

그들 모두가 먼 훗날에는 숙적이 된다.

정운은 '무림제일인(武林第一人)'이라는 명예를 양보할 생각이 추호도 없었다.

그는 여숙상을 돌려 세웠다.

"옛말에 여인의 옷 벗는 소리가 가장 아름답다고 했나? 들어보고 싶군, 그 소리."

여숙상이 싱긋 웃었다.

"이야기가 통한 건가요?"

"그렇다고 할 수 있지."

"명확하게 말해 줘요."

“그래.”

“구진법 구결은요?”

“구전(口傳)으로 일러주지. 하나씩… 천천히.”

여숙상은 정운의 눈에서 눈길을 떼지 않고 옷자락을 풀어 나갔다.

하얀 살결이 촛불에 일렁거렸다. 굴곡이 뚜렷한 고혹스런 자태가 그림자가 되어 하늘거렸다. 그 위로 묵중한 정운의 몸이 겹쳐 갔다.

하양 진인은 어두컴컴한 동혈을 더듬어 나갔다.

축축한 습기가 묻어나는 것으로 미루어 사람이 살지 않는 것 같다.

준비해 온 횃불에 불을 붙이자 한 무리의 박쥐 떼가 푸드덕 날아올랐다.

"지독하군."

하양 진인은 인상을 찡그렸다.

동혈 바닥은 박쥐 똥으로 엉망이었다. 천장에서 떨어진 새끼 박쥐가 똥 속에 파묻혀 죽어가는 모습도 보였다.

박쥐 똥은 인간에게는 극히 해롭다.

이런 장소에 오래 머문다면 틀림없이 병을 얻어 죽을 게다.

하양 진인은 안으로 안으로 파고들었다.

"으음……!"

"으으음……!"

자세히 듣지 않으면 들을 수 없는 미약한 신음 소리가 들려왔다.

한두 명이 내지르는 소리가 아닌 것으로 보아 여러 명이 있는 듯하다.

하양 진인은 신법을 펼쳐 황급히 쏘아갔다.

신음 소리가 들려온 곳까지는 그리 멀지 않았다.

"이, 이런!"

너무 놀라 말이 나오지 않는다.

그가 목도하고 있는 참상은 차마 인간이 저질렀다고 볼 수 없는 잔인한 광경이다.

여인 다섯 명이 박쥐 똥이 가득한 곳에 널브러져 있다.

모두들 두 다리가 잘렸으나 죽음을 피하게끔 응급조치만 해두었다.

여인들의 몰골은 말이 아니었다. 피로 범벅이 되고, 박쥐 똥에 파묻혀 하얀 얼굴까지 더럽혀졌다. 어떤 여인은 피부가 손상당해 진물이 흐르고 있다.

"정운……."

하양 진인은 여인들의 정체를 알고 있다.

여인들은 화령 살수들이다.

한때는 무림을 공포로 물들게 한 여인들이지만, 그래서 죽여야 할 여인들이지만 이런 식으로 죽여서는 안 된다.

"살려줄까, 죽여줄까?"

하양 진인은 진심으로 물었다.

여인들은 세상에 나가도 사람 구실을 못할 만큼 폐인이 되었다. 그렇다고 생에 대한 욕심이 있을 터인데 무작정 죽이는 것도 마음이 편치 않다.

"주, 죽여……."

힘없이 하양 진인을 쳐다본 여인이 중얼거렸다.

하양 진인은 고개를 끄덕이며 손을 내밀었다.

머리 위 백회혈(百會穴)에 손가락이 닿자 여인은 부르르 몸을 떨었다.

어떤 사람이나 죽음은 두려워하는 법인가. 그토록 많은 사람을 죽인 살수도 두려워하니.

진기를 모아 손가락에 집중시키자 백회혈이 푹 꺼졌다.

"끄륵……!"

여인은 힘없이 고개를 떨궜다.

순식간에 죽음에 이르게 했으니 지금 상태에서는 최선의 죽음을 선사한 게다.

하양 진인은 다른 네 명의 여인도 차례차례 안락사시켰다.

정운의 뒤를 밟기는 했지만 혹시나 했는데…….

하양 진인은 평생 갈고닦아 온 도(道)와 무림의 협(俠) 사이에서 번민했다.

도와 협은 상충하는 점이 많다.

하양 진인도 젊은 나이에 이끌려 협을 따르고 싶지만, 또 그렇게 행동하지만 과도한 행동을 볼 적마다 회의가 치밀곤 했다.

용두방주를 암살할 때, 그리고 지금처럼 잔혹한 광경을 볼 때.

자신은 후개를 죽이자고 했다.

천외천의 굳건함을 위해서는 피할 수 없는 선택이다. 또한 그것은 무인과 무인 간의 대결이다. 정이든 사이든 무인 대 무인으로 싸워야 할 것이 있는 게다.

그 외의 싸움은 무의미하다.

간혹 이런 생각까지 혼란스러울 때가 있다.

어떤 때는 극단으로 치달려 인명을 해하여서는 안 된다는 생각과 마인은 철저하게 징계해야 한다는 생각이 서로 싸울 때도 있다.

다른 천객들은 어떤지 모르지만 하양 진인은 구집법을 통과한 것이 짐이 되어 어깨를 짓눌렀다.

'모두에게 무인의 혼을 보여줘야 해. 그것이 천객이 할 일.'

이 생각만은 후회하지 않을 것 같다.

도인이든 무인이든 승려이든 범부에 불과하든 어떤 위치에 있어도 무공을 닦은 무인의 진솔한 혼을 보여주겠다는 생각은 틀리지 않은 것 같다.

생각을 굳힌 하양 진인은 길을 재촉했다.

천외천과의 연락을 두절시켰다. 변복을 하여 개방도의 눈길도 피했다. 번화한 도시를 피해서 길을 잡았다. 야이간, 혹은 하오문도에게 발각될 요소도 제거해야 한다.

세상 사람들로부터 완전히 숨을 필요가 있다.

'지저분한 관계에서 벗어나 무인이 되어보는 거야. 구진법을 받기 전의 상태로.'

생각해 보니 짧은 삶 중에서 가장 행복했던 때가 무당파에 입문하여 무공을 수련할 때였다.

당시는 꿈도 많았고 모든 꿈이 마음먹은 대로 이루어질 것 같았다. 조금만 노력하면.

하양 진인은 닷새 동안 쉬엄쉬엄 걸었다.

허름한 주점이 나오자 서슴없이 들어갔다. 큰 주점 같으면 눈길을 피해야 하지만 산골에 있는 작은 주점은 이목을 피할 필요가 없다. 무엇보다 그는 이 주점에서 볼일이 있다.

"소채(蔬菜) 한 접시."

하양 진인은 습관적인 주문을 했다.

점소이가 잠시 못마땅한 표정을 짓더니 투박한 그릇에 소채 한 접시를 담아왔다.

점소이의 눈길에 세상에 풀만 먹고 사는 인간도 있나 하는 경멸의 빛이 스쳐 갔다.

'훗!'

하양 진인은 웃었다.

도복을 입고 있을 때는 소채 한 접시만 시켜도 모두 공손히 대접했다. 어떤 주점에서는 돈을 받지 않고 오히려 시주를 하는 경우도 있었고.

소채 한 접시를 게 눈 감추듯 먹어치운 하양 진인은 주점을 둘러보았다.

찾았다. 찾고자 하는 사람이 있다.

서로 간의 길을 맞췄고 날짜까지 어림 계산했는데 정확히 만났다.

하양 진인은 구석진 탁자에서 조용히 차를 마시고 있는 젊은 사내에게 다가갔다.

사내의 주변에는 몇 사람이 호위를 서고 있다.

맞은편에는 상처를 입은 여인도 있다.

살문주 종리추와 그의 일행들이다. 살수들은 또 있다. 천장에도 있고 문밖에도 있다. 살수들은 요소요소에 숨어 있다.

하양 진인은 포권지례를 취했다.

종리추의 눈빛이 반짝였다.

"무당의 하양이라 하오."

"……."

"그대를 죽이러 왔소."

"하하!"

"……."

"먼 길을 온 듯한데… 앉으시오. 누가 죽고 누가 살든 차나 같이 마십시다."

하양 진인은 눈빛을 빛내며 탁자에 앉았다.

'이자는… 종주(宗主)다. 일파의 종주……'

올 때까지만 해도 자신만만했건만…… 승부를 자신할 수 없게 되었다.

종리추와 하양 진인은 서로 검을 겨눴다.

이상한 싸움이지만 살문주와 천객의 싸움인 것만은 틀림없다. 서로가 죽이려고 할 게고 손속에 사정을 남겨둘 형편도 되지 못한다.

"무당파에 태극혜검(太極慧劍)이란 검법이 있소. 난 태극혜검을 절정으로 수련했소."

"태극혜검…… 좋은 검법 같군. 난 그렇게 우아한 검법을 수련하지 못해서."

"그래도 무슨 절초를 지녔는지 알고 싶소."

"혈염옹이란 사람이 혈염도법을 완성했지. 혈염삼절이라고도 하고. 난 그 도법을 종종 검법으로 변환시켜 사용하곤 했는데, 태극혜검에 어울릴지 몰라."

나이로 보면 하양 진인이 훨씬 많아 보였다.

하지만 하양 진인은 말을 올렸고 종리추는 내렸다.

둘 다 자연스러워 보였다. 말을 올린 하양 진인은 인품 자체가 조용하고 차분해 보였으며, 종리추는 조용한 가운데 날카로웠다.

"그럼 먼저."

하양 진인이 기수식을 취했다.

천객이 기수식을 취하기는 처음이다.

그는 구진법을 통해서 얻은 감각에 무당파의 태극혜검을 실으려는 게다.

쉬이익!

속도는 비할 바가 못 되게 빨랐다.

기수식을 취할 때만 해도 우아해 보였는데, 막상 초식을 전개하기 시작하자 숨 쉴 틈 없이 몰아붙였다.

파앗! 파파팟!

종리추는 연신 물러섰다.

적룡검을 들어 간간이 병기를 부딪치기는 했지만 검음(劍音)이 세차게 울리지는 않았다.

하양 진인이 검을 거두기 때문이다.

검이 부딪친다 싶은 순간 검을 물리고 다른 초식을 전개하는 모습이 원래 초식이 그랬던 것처럼 부드러웠다. 그러면서도 무지막지하게 빨랐다.

"지독하네! 나 같으면 일초도 못 받겠어."

좌리살검이 중얼거렸다.

그의 말은 모든 살수들의 심정을 대변하는 말이다.

모진아와 혈영신마는 비등한 비무를 했다.

빠르기는 모진아가 빨랐지만 일격을 가하고 난 후 뒤이어 다가올 혈영신마의 반격을 완벽하게 피해낼 자신이 없었기 때문에 가능한 비무였다.

혈영신마도 같은 생각이었다.

일각을 맞아 중상을 입게 될지라도 일장만 격중시키면 즉사까지 시킬 수 있는 장공이었기에 태연히 접전을 벌였다.

천객은 서슴지 않고 공격했다.

물론 상대가 혈영신마라는 점을 몰랐다. 그렇기는 하지만 아차 하는 순간에 혈영신마만 당할 뻔했다. 모진아는 더욱 가관이다. 빠름에는 자신있다는 사람이 다리 하나를 내주었다.

천객의 빠름은 인간의 상상을 초월한다.

인간이 펼칠 수 있는 무공 중 가장 빠른 무공이 아닐까?

피웃! 피우우웃!

하양 진인과 종리추의 결전은 삼십 합을 넘어섰다.

말이 삼십 합이지 너무 빨리 주고받는 통에 지켜보는 사람들이 느끼기에는 겨우 사오 초 정도밖에 지나지 않은 것 같다.

슈우욱……!

태극혜검이 돌변했다.

지금까지의 부드러운 기운 대신 끈끈한 기운이 물밀듯이 번졌다.

검이 닿으면 떨어질까 의심스럽고, 옷에 닿아도 떨어지지 않을 것 같다.

검에 암경이 실렸다.

검이든 바위든 나무든, 검에 닿는 순간 집중된 힘이 엄청나게 몰아친다. 검이 흐르는 순간은 부드러워도 닿는 순간에는 거력이 발휘된다. 거기에 하양 진인의 검은 반격할 기회마저 빼앗았다.

"후욱!"

종리추가 깊은 숨을 내쉬었다.

그의 의복은 땀에 젖어 번들거렸다.

종리추가 중원에 나와 이토록 고전해 보기도 처음이다.

파라라랑……!

종리추의 검법도 일변했다.

천지 사방으로 회오리바람이 번져 나가는 듯 어지럽게 검을 휘둘렀다. 일면 팔방풍우(八方風雨)와도 흡사해 보인다.

하양 진인도 종리추의 검을 맞받지 못했다.

종리추는 상대의 검에서 맥을 찾는다.

검법이 흘러나오는 경로를 분석해서 미처 다 흘러나오기도 전에 중도에서 차단해 버린다.

천부에서 물고기를 잡으며 터득한 무공이다.

모진아에게는 효과를 봤다. 모진아의 구연진해는 종리추의 구연진해 앞에서 힘을 쓰지 못했다.

천객에게도 효과가 통한다.

마음으로 일어난 검에 맥까지 짚어대니 어지간한 검은 뚫고 들어올 생각을 하지 못한다.

"타앗!"

하양 진인이 거센 고함을 내지르며 검을 옆으로 뉘인 채 달려나왔다.

종리추는 검을 잡은 손을 앞으로 쭉 내밀었다. 왼쪽 다리도 들어 올려 오른쪽 무릎에 올려놓았다.

"비응회선!"

모진아가 비응회선을 알아보았다.

옛날, 적지인살이 사용하는 것을 본 적이 있다. 그때밖에 보지 못했지만, 중원 무학에 대해 새로이 인식하는 계기가 된 것만은 사실이다.

꾸우우욱……!

하양 진인의 검은 지금까지와는 다르게 상당히 느렸다. 천천히, 천천히 거리를 좁혀왔다.

가볍게 볼 수 없는 검법이다. 다른 점은 고사하고 하양 진인의 이마에 구슬처럼 흘러내리는 땀방울만 보아도 얼마나 지고한 심력이 깃들어 있는지 알 만하다.

"세상에! 천하의 변화를 일검에 모았어. 검을 쳐내려는 순간 만변(萬變)이 일어나. 태극혜검이라더니…… 저거야말로 태극이야!"

소고는 입을 쩍 벌린 채 다물지 못했다.

전부 우물 안 개구리였다.

뛰어난 기인의 절학을 익히고 있지만 중원 구파일방의 절학이 이토록 심후한 줄은 몰랐다. 짐작은 하고 있었지만 처음 견식해 본다는 편이 옳을 게다.

휘익! 휘이이익! 휘이이이익……!

종리추의 신형이 팽이처럼 빙글빙글 돌았다.

처음에는 느리고, 조금 지나서는 무척 빠르게 돌았다.

적지인살의 비응회선에는 화린(火燐)이 숨어 있다. 적의 병기가 부딪쳐 오는 순간 화린이 터져 나가고, 적의 살결은 이글이글 타버린다.

종리추는 화린을 섞지 않았다.

노을빛 적룡검의 광채가 천지 사방으로 비산했다.

고오오오……!

하양 진인의 검이 회오리바람을 가르고 들어왔다.

캉캉캉캉캉……!

두 사람이 결전을 치른 후 처음으로 검명이 거세게 울었다. 두 사람의 내력이 결집된 울음이라 귓전이 멍할 만큼 우렁찼다.

"헉헉!"

하양 진인은 세 걸음이나 뒷걸음질쳤다.

그는 상당히 낭패한 모습이다. 옷은 걸레처럼 찢어졌고 머리는 산발해 있다. 접전 도중에 이마를 찢겼는지 가는 피를 흘리고 있다.

종리추도 낭패한 모습이다.

옷이 서너 군데나 크게 베여 있다. 한 치만 깊게 베였어도 중상을 입었을 치명적인 요혈 부근에.

"놀라운 무공이군."

종리추가 솔직히 감탄했다.

하양 진인은 종리추가 겪어본 고수들 중에 최고의 고수다. 분운추월도, 후개도, 소림의 방장도 상대가 되지 않을 것 같다.

"후후! 나야 구진법이라는 기연(奇緣)을 얻었으니까 그렇다고 하지만 살문주야말로 놀랍소. 젊은 나이에 이토록 가공할 무학을 익혔으니. 천객들이 죽었다고 해서 믿지 않았더니 믿을 수밖에 없소."

"계속?"

"아니, 그만 합시다. 솔직히 이번 싸움은 내가 밀리는 것 같소. 하하! 무당으로 돌아가야겠소. 나중에…… 정말 나중에, 그때까지 살아 있다면 한 번 더 겨뤄봅시다."

"후후후!"

종리추는 가늘게 웃었다.

하양 진인의 낯빛이 약간 딱딱하게 굳어졌다. 놀리는 것으로 오해했을 수도.

"당신과 똑같은 말을 남긴 사람이 있지."

하양 진인이 퍼뜩 한 사람이 생각났다.

"양가주? 맞소?"

"맞아. 나중에… 기회가 닿을지 모르지만 닿으면 그때는 꺾어보겠다고 하더군."

"하하하! 좋은 고수를 적으로 두었으니 축하하오."

"……."

"그럼 이만."

하양 진인은 미련없이 등을 돌렸다. 그러다 문득 생각난 듯 뒤를 돌아보며 말했다.

"내가 마지막으로 전개한 초식은 무극태극변(無極太極變)이오. 내 생각에는 오성(五成) 정도 깨우친 것 같은데…… 살문주가 전개한 초식은 무엇이오?"

"비응회선."

"몇 성이오?"

"십이성(十二成)."

하양 진인이 크게 고개를 끄덕이며 돌아갔다. 이번에는 뒤도 돌아보지 않았다.

◆第百二十一章◆

빙무(騁鶩)

　백천의는 여인의 머릿결처럼 윤기가 흐르는 강물을 바라보았다.

　강은 세월의 무심함을 담고 흐른다.

　'어디서부터 잘못되었는가!'

　지난 일을 돌이켜 봐도 딱 꼬집어 생각나는 것이 없다. 일은 점점 틀어지고 있는데.

　비객이 움직이지 않고 있으며 천객이 죽었다. 하양 진인은 무당파로 돌아갔는데, 사제는 점점 멀리 떨어져 나가고 있다.

　개방은 마음대로 움직이지 않는다.

　용두방주를 제거할 때만 해도 개방을 곧 움켜잡을 수 있을 것 같았는데, 뜻밖에도 후개라는 개방의 제도가 걸림돌이 되었다.

　흑봉광괴는 그 점을 왜 생각하지 못했을까.

　생각은 했을 게다. 단지 후개가 그토록 거세게 반발할지 예측하지 못했을 뿐.

정보가 제대로 들어오지 않으니 속사정을 알 수 없다.

하후 가주가 왜 문도를 물렸는지, 양가주는 왜 물러섰는지 모든 게 미궁이다. 최근에 발생한 하양 진인의 돌연 복귀도 의문이다.

도대체 무슨 일이 있었는가.

손아귀에 쥐었다고 생각했던 야이간도 점점 벗어날 기미를 보이고 있다.

'일이 틀어질 때는 손쉬운 것부터 처리하는 게 순서.'

백천의는 사제부터 다잡을 마음을 굳혔다.

정운은 백천의의 방문이 달갑지 않았다.

사형이 찾아온 목적은 뻔한 것이다. 비객을 움직이라는.

동조할 생각이 없다.

사형에게는 원한이 많다. 동생 백천홍이 종리추에게 죽었고, 제수가 될 뻔했던 공화 소저도 팔부령에서 살문 살수들 손에 죽었다.

백천홍과 살문은 불구대천지수(不俱戴天之讐)다.

하지만 자신은 다르다.

무공도 천하제일을 다툴 만큼 높아졌고, 무엇보다 비객이라는 탄탄한 조직을 손아귀에 움켜쥐고 있다.

그가 할 일은 백천홍이 비객들 틈바귀에 끼어들지 못하도록 단단히 단속하는 일이다.

"사제."

"말씀하시죠."

정운은 앉은 자리에서 일어나지도 않았다.

백천의의 눈가에 노기(怒氣)가 스쳤다가 사라졌다. 그는 태연한 신색을 유지하며 정운의 맞은편에 앉았다.

"비객이 사제를 제일비주로 뽑았다고?"

"강한 지도력을 필요로 해서."

"잘했어."

"하하! 잘하기는요. 귀찮은 일만 떠맡아서 성가신 판인데……."

"살문을 내버려 둘 건가?"

"사형이 있는데 뭘 걱정하겠습니까? 천외천 무인들도 득실거리고. 말이 났으니 말이지, 비객이라는 풋내기들보다는 백전노장(百戰老將)인 천외천 고수들이 한결 낫죠."

"……."

"봤잖습니까. 비객은 살문을 상대하지 못해요. 무려 절반 가까이나 죽었는데 더 나서봤자 피해만 커집니다."

"그래서 사제의 생각은?"

"수련을 좀 더 시킬 생각입니다. 한 일 년이나 이 년쯤? 비객은 앞날을 위해서 비축해 두고 천외천 고수를 동원합시다."

"사제, 진심인가?"

"사형도 참. 한참 생각한 끝에 내린 결론이에요."

백천의는 정운의 생각을 읽었다.

이것은 그가 의도한 바가 아니다. 천외천 무인이 어디서 감히 무림 패권을 도모한단 말인가. 그런 짓은 하류잡배들이나 하는 짓이다. 순수한 뜻으로 사마외도를 완전히 몰살시키자는 것이 천외천의 뜻이다.

"사제는 명숙(名宿)이 되었군."

"아이쿠! 명숙이라뇨. 명숙은 사형이죠. 당금 무림에서 사형 이름을

모르는 사람이 어디 있나요?'

백천의는 몸을 일으켰다.

정운의 뜻을 안 이상 오래 있을 필요가 없다.

구역질이 치민다.

그가 이해할 수 없는 것은 비객들의 뜻이다. 한두 명도 아니고 오십여 명이 넘는데 그들 모두 정운의 뜻에 동조했단 말인가?

'아니야, 여긴 뭔가 다른 게 있어.'

지금은 알아낼 수 없다. 비객들의 틈을 뚫고 들어갈 공간도 없을 뿐더러 자칫하면 살문을 제거하기도 전에 정운과 싸움부터 일어난다.

백천의는 일어선 채로 말했다.

"사제의 뜻이… 무림제일인인가? 그렇게 되면 사문은 어떻게 할 생각인가?"

"하하! 사형도 참 걱정도 팔자십니다. 사문이야 어차피 봉문 상태 아닙니까. 앞으로 삼 년 동안은 무림에 나서고 싶어도 나서지 못하는데 무슨 걱정입니까?"

"좋아, 뜻대로 해봐."

정운은 뜻밖의 말을 들은 듯 눈빛을 반짝였다.

"단!"

정운의 입가에 실소가 스쳐 갔다.

"비객을 한 번만 동원해 줘."

"사형, 그건 아까 말했듯이."

"그렇지 않으면 천외천과 싸우게 될 거야."

"……"

정운은 침묵했다.

천외천에는 진정한 강자들이 모여 있다. 비객이 그들보다 나은 점이 있다면 살수비기를 익힌 정도다.

"후개를 죽여."

"하하! 살문이 아니고 후개입니까?"

"소리 소문 없이."

"사형, 살문은?"

"살문은 내가 처리하지.'

'그 다음은 네 차례가 될 거야, 구역질나는 놈.'

사제가 이토록 미워 보인 적은 처음이다. 언제나 염려하고 보살펴주었건만 지금에 와서는 그것조차도 후회스럽다. 결국 이런 놈에 불과했던 것을.

정운을 만난 백천의는 발길을 옮겨 야이간을 찾았다.

여우처럼 간사한 자다.

'네놈도 죽을 날이 있을 거야.'

백천의의 지금 심정으로는 단검에 베어버리고 싶은 놈이다. 하지만 참아야 한다, 개방이 완전히 손아귀에 들어올 때까지는. 무엇보다 백상을 완전히 움켜쥐기까지는 놈을 이용할 필요가 있다.

백상의 자금력이면 천외천이 무난히 굴러간다.

구진법에 필요한 영물도 구할 수 있고, 때가 되면 자신과 비슷한 경지의 천객들도 양성할 수 있다.

천객이 스무 명만 돼도 사마외도는 뿌리를 내리지 못한다.

한 사람이 일 개 성만 맡아도 충분하다.

그때까지는… 그때까지는 이렇게 간사한 놈도 살려둬야 한다.

"어서 오십시오."

야이간은 최대한 공손히 허리를 굽혔다.

'배알도 없는 놈.'

백천의는 상석(上席)에 앉아 묵묵히 노려보기만 했다.

야이간은 뜻밖에도 침착하다.

백천의의 궁금증을 야이간이 먼저 꺼내놓았다.

"무림 정세를 살펴봤는데, 천객의 입지가 상당히 좁혀졌더군요. 살문은 여전히 살아서 꿈틀거리고, 반면에 비객과 천객은 죽어 나가고. 손해 보는 장사를 많이 했습니다."

백천의는 야이간의 말투가 바뀌었다는 것을 깨달았다.

전에는 온말을 사용할 생각도 하지 못했다. 무엇인가 약점이 될 만한 것을 움켜쥔 게다.

'역시 여우 같은 놈이었어.'

"거래를 제안합니다."

야이간은 당연하다는 표정으로 느물거렸다.

"제안이라… 네놈이 죽고 싶은 게군."

"하하! 이러지 마십시오. 이래 봬도 팔부령의 영웅입니다. 많은 사람들이 저를 알고 있죠. 하후 가주까지 죽었으니 앓던 이가 쏙 빠진 느낌이에요."

백천의는 할 말을 잃었다.

이놈이 움켜쥔 약점이 무엇인가. 완벽한 것이 아니면 본심을 드러낼 놈이 절대 아닌데.

'놈을 너무 낮게 봤군.'

백천의는 자신의 실책을 깨달았다.

첫 대면에서 접한 야이간은 확실히 간사한 인간, 그 이상도 이하도 아니었다. 무림에는 이런 인간이 비일비재하다. 길을 걸으면 발길에 채일 만큼 많다.

하후 가주에게 대충 이야기를 들었을 때는 반드시 죽여야 할 놈이라고 판단했다.

묵월광의 실수였다는 대목만으로도 죽여야 할 놈이다.

다른 것은 몰라도 실수는 절대 살려줄 수 없다.

"진주언가에 백화탄금 언동 소저가 있습니다. 확 까놓고 말하죠. 중매를 서주십시오."

"뭣!"

"직접 서주기 곤란하면 무림명숙을 동원할 수도 있을 게고, 백상을 영도하는 신분이라면 언동 소저의 배필로 충분할 겁니다. 진주언가의 사위가 되었는데 설마 죽이기야 하겠습니까? 제 나름대로 구명책이라고 생각해서 제안한 것이니."

백천의는 착잡해졌다.

이제는 이런 놈에게까지 이런 말을 듣다니.

"네가 해줄 수 있는 일은?"

야이간은 그런 말이 나올 줄 알았다는 듯 피식 웃었다. 그 모습이 또한 얄밉기 그지없다.

"백상을 넘겨 드리겠습니다."

"후후후! 백상은 네놈 것이……."

"천 노인을 장악하면 백상은 저절로 굴러 들어오죠. 천 노인이 제수중에 있다면 믿겠습니까?"

"그걸 노리고 있었군."

"부가로 정보도 드리겠습니다. 아! 그건 공짜입니다."

야이간은 당당해졌다.

무공으로는 일초지적(一招之敵)에 불과하다는 것을 알면서도 당당하게 말한다.

사실 백천의가 백상을 손대지 못하고 있는 것도 천 노인 때문이다.

백상의 단결력은 무림인 이상이다. 그들은 각개로 흩어질 수도 있고, 한데 뭉칠 수도 있다. 그 역할은 천 노인만이 할 수 있는데, 그렇게 할 수 있는 근본적인 힘을 찾아내지 못하고 있다. 개방의 정보망으로도, 하오문의 정보로도.

"네놈이 지금 줄 수 있는 정보는?"

"아주 간단하면서도 실속있는 것이죠. 살문이 모자도를 향해 오고 있다는 것."

"뭣?!"

이런 정보는 없었다.

방대한 정보망을 가진 개방의 정보에도 걸려들지 않았다.

놈이 오고 있는 방향이 북쪽인 것만은 확실한데 팔부령도 북쪽에 있어 그리 가는 줄 알았다.

"확실한가?"

"내일이나 모레쯤이면 알게 될 겁니다."

"좋아. 그럼 다른 정보도 알겠군. 하양 진인이 무당파로 돌아간 까닭은 무엇이지?"

"하하하! 후개 때문에 단단히 골머리를 앓고 있군요. 그러게 그런 자는 빨리 제거했어야 되는데. 그렇게 구멍이 뚫려서야 어디 대사를 도모하겠습니까? 하양 진인은 종리추와 비무를 했는데, 소문으로는 평수(平

手)를 이뤘다고 하더군요. 하지만 평수를 이룬 정도로 무당파로 돌아갈
리는 없고…… 아마도 천외천에 회의를 느끼지 않았나 싶습니다."

백천의는 다시 한 번 생각을 굳혔다.

야이간, 이자는 확실히 죽여야 할 자다.

"다른 부분은 중매가 이뤄진 다음에 거론하기로 하죠. 자, 그럼 소인
은 이만. 조금 어루만져 줘야 할 여자가 있어서."

야이간은 처음과 마찬가지로 깊게 허리를 숙였다.

모두들 구린내가 나는 자들뿐이다.

백천의는 모자도로 돌아오면서도 내내 분기를 삭이지 못했다.

정운… 야이간… 후개… 하오문주.

'천외천을 강화시켜야 돼. 야이간이 천 노인을 수중에 넣었다
면…… 그럴 리가? 아무리 개방에 구멍이 뚫렸다지만 그런 정보까지?'

속히 해치울 일이 한두 가지가 아니다. 그러나 무엇보다 살문부터
처리해야 한다.

놈들이 미쳐도 단단히 미쳤지, 모자도가 어떤 곳이라고 그곳으로 오
고 있단 말인가.

혹 야이간이 잘못 안 것은 아닐까?

놈이 비록 간사하기는 하지만 거짓 정보를 흘릴 놈은 아니다. 하루
이틀이면 발각날 정보를.

무엇보다 백천의를 화나게 만드는 것은 흑봉광괴가 개방을 움켜잡
고 있으면서도 이런 하찮은 정보조차도 귀에 들리지 않는다는 것이다.

개방도 절반이 등을 돌리니 사태는 심각해진다.

'우선 살문부터 처리하는 거야. 그 다음은 후개. 하나씩 정리해 나

가는 거야.'

백천의는 강력한 천외천을 꿈꿨다.

마두라는 자, 살수라는 자들이 감히 발도 못 붙이는 무림을 만들 생각이다. 힘이 없다면 모를까, 힘이 넘쳐흐르는데.

*　　　　*　　　　*

취국은 달콤한 잠에 빠져 있다.

볼수록 귀여운 여인이다. 아니, 사랑스럽다. 어떻게 이 여자를 모르고 살았나 싶은 마음이 든다.

야이간은 취국을 껴안았다.

"으응…… 안 자?"

"자야지."

"자. 나 졸려."

야이간은 취국의 유두를 만지작거렸다.

다른 여인 같으면 신경질이라도 부릴 법한데 취국은 한 번도 그런 적이 없다. 아무리 피곤해도 몸을 만지는 것만은 거부하지 않는다.

모든 게 마음에 든다.

"후후!"

공연히 실소가 새어 나왔다.

백천의와 만났던 일만 생각하면 웃음이 실실 새어 나온다.

백상이 거둬들인 정보에 약간의 상상을 가미하자 그럴듯한 내용이 전개되었다.

어차피 이대로 가면 죽을 판이다.

어떤 수든지 써야 하는데…… 손에 잡히지 않은 백상이지만 무슨 수를 써서든지 요리해야 하는데.

백천의에게 모험을 걸었다.

각본은 머리 속에서 착실히 준비되었고, 준비된 대로 읊었다.

단 한 번의 모험이다.

백천의 같은 자에게 무공으로 싸운다면 정말 일초지적도 되지 못한다.

약간의 질투심도 끓어올랐다.

그가 거둬들인 정보에 의하면 종리추는 백천의 같은 자를 무려 두 명이나 죽였다. 모진아도 한 명을 죽였고, 혈영신마는 미련하게도 동귀어진을 했다.

죽으면 모두 소용없는 게다.

살아 있으면서 일을 도모해야 한다.

야이간의 백천의에게 백상을 인계할 생각이 전혀 없었다.

'역시 백화탄금 언동이야. 고것을 아내로 맞이하기만 하면 목숨은 부지되는 거지. 상권을 물려주든 물려주지 않든 그것은 차후의 일. 백천의와 종리추를 잘만 붙이면…… 후후!'

하후 가주가 종리추에게 죽은 사건은 야이간에게 상당한 희망을 불어넣었다.

살문은 멸살한다.

무림 역사상 살문 같은 문파가 무림에 대항해서 살아남은 전례가 없다.

'됐어. 내 꿈도…… 중원제일의 갑부로 떵떵거리며 사는 거야. 이래 죽으나 저래 죽으나 한 세상 잘 살다 죽으면 그만인 것을.'

야이간의 고민은 천 노인에게 있다.

백상은 굳게 입을 다물고 있으며, 백천의에게 은근히 떠보니 개방이나 하오문도 종적을 잡아내지 못한 것 같다.

'너구리 같은 늙은이. 어디 숨어 있는지 몰라도 조만간 모습을 드러내게 될걸. 후후!'

너구리를 잡는 방법 중에 제일 좋은 것은 불을 때는 방법이다.

연기에 질식되어 스스로 기어나오게 하는 방법.

천 노인을 기어나오게 만드는 방법은 그게 유일하다.

다행스럽게도 그는 백천의가 모르는 것을 알고 있다.

백상은 자유롭게 활동하는 듯하지만 실질적으로는 모든 돈을 천 노인이 통괄 관리하고 있다. 천 노인이 없으면 백 명의 상인들 중 누구라도 한 달을 버티지 못한다.

천 노인은 매달 돈을 회수하고 다시 푼다. 한 명이라도 속이는 자가 있으면 바로 교체된다. 그것이 천 노인이 상권을 유지하는 비결이다.

모든 게 천 노인에게 달려 있다.

진작 알았더라면 그렇게 순순히 풀어주지는 않았을 텐데.

야이간은 취국의 입술을 빨았다.

"으음… 아……!"

취국은 금방 잠에서 깨어나 적극적으로 동조해 왔다.

'이, 이건 말도 안 돼!'

이제 어지간한 일이라면 안색도 바꾸지 않을 소고조차도 너무 놀라 할 말을 잃어버렸다.

도망 다녀도 시원치 않을 판에 오히려 찾아가다니.

종리추의 목적지는 명확해졌다.

백석강은 지나 연운에 이르렀을 때만 해도 팔부령으로 돌아가는 줄 알았다. 연운을 지나 마천(糜川)을 지났을 때도 같은 생각이었다.

성운(惺紜)을 지날 때부터 이상하다는 생각을 했다.

팔부령으로 가려면 수로(水路)를 타는 편이 빠르고 안전하다.

종리추는 육로만 고집했다.

천외천 인물들이 공격해 오라는 듯 버젓이 대로를 활보했다.

이상한 점은 그래도 비객이나 천객이 공격해 오지 않는다는 점이지만, 아무리 그래도 그렇지 요행수를 믿고 행동하는 것은 무모하기 짝이 없다.

성운을 지나서 적하(荻河)를 건너자 확실해졌다.

종리추는 모자도를 향해 길을 재촉하고 있다.

소고는 종리추를 쳐다봤다.

굳게 다문 입술은 강인한 의지를 대변한다. 좀처럼 뜻을 굽힐 사내가 아니다. 깊은 생각에 잠긴 듯 고요하게 닫힌 눈꺼풀은 깊은 이지(理智)를 말해 주는 듯하다.

소고는 처음으로 종리추가 사내로 보였다.

지난 며칠 동안 종리추에게 가슴을 보였기 때문일까? 아니면 그의 채취를 맡으며 함께 여행을 한 탓일까?

전에도 매력있는 사내라고 느낀 적은 있지만 지금처럼 품 안에 안기고 싶은 생각이 들었던 적은 없었다.

소고는 마음을 읽힌 것 같아 얼굴을 붉혔다.

종리추가 여전히 눈을 감고 있는데도.

그런 그녀의 상념을 소여은이 깼다.

"언니, 아무래도 모자도로 가는 것 같지?"

"응."

"뭐 하러 가지?"

"……."

대답할 말이 궁색해진다. 모자도로 가는 목적이야 단 한 가지, 천외천과 싸우기 위해서이지 않은가. 하지만 그렇다고 하기에는 너무 무모하다.

천외천은 고수들이 우글거린다.

그들 중 한 명도 강자 아닌 사람이 없다.

"싸울 거야. 그렇지?"

"그렇겠지."

"아무리 생각해도 미친 것 같아."

"……."

소고는 이번에도 할 말을 잃었다.

그녀 생각에도 종리추의 이번 모자도행은 무모한 행동이다. 그렇다고 소여은처럼 '미친 짓'이라고 매도하기는 싫었다.

"휴우! 어떤 놈에게 죽을지 모르지만…… 강한 놈과 같이 죽었으면 좋겠어."

'죽지 않아.'

소고는 그 말을 해주고 싶었다. 하나 입에서 떨어지지 않는다. 죽을 것이 분명한 자리에 가면서 죽지 않을 것이라고 말한다면 삼척동자도 비웃는다.

그때 한 사내가 다가오며 소고가 하고 싶은 말을 대신했다.

"넌 죽지 않아."

소여은의 눈이 화등잔처럼 치켜졌다.

"왜 죽지 않는 줄 알아? 주공께서 말씀하신 게 있지. 특급살수는 사랑하는 사람을 지킬 줄 알아야 한다고. 난 특급살수야. 적어도 내가 사랑하는 사람을 지킬 능력은 있어."

한참 만에야 소여은이 벌린 입을 다물며 말했다.

"말… 잘하네?"

"쓸데없는 생각 말고 몸이나 빨리 완쾌하도록 해."

사내는 언제나처럼 무뚝뚝하게 몸을 돌렸다.

소여은이 멍한 표정으로 말했다.

"언니, 내가 홀린 거야?"

"아니."

"그럼 지금 적사가 내게 뭐라고 하고 갔어?"

"사랑한다고."

소여은은 피식 웃었다.

"미친놈, 더위 먹었나……."

더위를 먹은 게 아니다. 적사는 오래전부터 소여은에게 눈길을 주어 왔다.

왜, 사랑이란 하는 사람보다 지켜보는 사람이 더 정확히 안다는 말도 있지 않은가. 다른 사람은 다 느끼고 있는데 정작 소여은만이 모르고 있다. 당사자만이.

"네놈들의 악행은 진작부터 전해 들었다. 못된 놈들! 내 단단히 혼쭐을……!"

이름도 알지 못하는 무인들이 길을 막고 소리를 질러댔다.

종리추는 무인들을 상대하지 않았다. 그는 깊은 생각에 잠겨 좀처럼 깨어나지 못했다.

일이 틀어졌다.

일을 꾸미는 것은 사람이되 성사 여부는 하늘에 달려 있다고 한다.

그 말이 맞는 것 같다.

잘못 꿰어진 단추는 소고가 정군유와 싸운 것이다.

싸우지 말고 피했어야 한다.

'인면수심(人面獸心)의 인간만 살해하는 살수 문파'라는 말을 들었어야 하는데, 지금은 무모하게 좌충우돌 닥치는 대로 부딪치는 실수 문파가 되고 말았다.

좀 더 시간을 끌었어야 했다.

중원인 모두가 실수 문파이지만 검을 들기에는 명분이 미약한, 그런 문파로 인식시킨 후에 천외천과 겨뤘어야 했다.

도주만 했다면 무난했던 일이 틀어져 버렸다.

혹시나 하면서도 절대 일어나서는 안 된다는 심정으로 준비한 이책(二策)을 사용하고 있으니…….

일책(一策)을 사용했을 경우, 오기는 일 년 정도 살 수 있었다. 하오문과의 연계도 이토록 급박하게 끊어질 리 없고, 개방도 좀 더 부드럽게 재편을 단행할 수 있었다.

지금은 모두가 위험해졌다.

오기는 한 달도 못 되어 죽었다. 혈영신마가 죽었고, 혈살편복이 죽었다.

모두 소고의 잘못이라고는 할 수 없지만, 시간만 있었다면 죽지 않았을 수도 있었을 것을.

무엇보다 종리추를 난감하게 하는 것은 생각하지 못했던 무림인들의 동향이다.

살문의 살행에 병기를 들었으나 천외천의 위치를 몰라 주저앉았던 무인들이 하나둘 병기를 들고 일어선다.

전혀 생각하지 못했던 변화다.

이들을 모두 죽일 수는 없다. 지금 길을 막고 있는 무인처럼 이름도 모르는 무인이 대부분이다.

외장을 한껏 가동시킬 때도 살행에 나서기 위해서는 치밀한 정보를 수집했었다.

지금은 외장의 힘을 빌릴 수 없다. 하오문과의 연계도 끊어졌고 후개도 나서지 못한다.

후개는 자신이 할 일을 착실히 해주었다.

종리추가 그에게 바란 것은 방주로서의 취임 의사 표시를 해달라는 것이다.

그것으로 천객을 분산시킬 수 있다고 생각했다.

천객 모두가 나섰다면 필패(必敗)였다. 두말할 나위도 없다. 살문은 모두 이름없는 구릉에 뼈를 묻었을 게다. 비객들이 죽어 넘어진 곳에 살문 살수들의 시신이 넘어져 있겠지.

후개 덕분에 천객 몇 명이 빠졌다.

힘든 상황이었지만 잘 견뎌냈다.

문제는 지금부터다. 자신의 능력도 모르고 병기를 휘둘러 대는 무인들을 어떻게 상대할 것인가. 달려드는 족족 죽여 넘길 수도 없고, 그렇다고 피해 나갈 방도는 더 더욱 없고.

종리추는 눈을 떴다.

"죽여!"

간단한 명령.

순간 고래고래 고함을 지르던 무인의 발 밑이 푹 꺼졌다. 아니다, 땅거죽이 들썩이며 작달막한 무인이 불쑥 튀어나왔다.

"엇!"

무인은 상당히 놀랐는지 뒤로 두어 걸음 물러섰다.

하지만 그런 틈을 허락할 광부가 아니다. 그는 힘차게 도끼를 휘둘렀고, 얼떨결에 병기를 치켜든 무인은 병기와 함께 머리가 쪼개졌다.

광부는 신들린 듯 도끼를 휘둘렀다.

시마공을 알지 못하는 무인들은 급작스런 광부의 등장에 당황했고, 무지막지한 공부(工夫)에 기가 질렸다. 더군다나 정작 살문 문주는 싸움에 끼어들지도 않고 있으니.

광부가 싸움을 끝내는 데는 그리 오래 걸리지 않았다.

사람들이 다니는 관도에 시신 네 구가 놓여졌다.

모두 도끼에 당해 고개를 돌릴 만큼 처참한 광경이다.

살문 살수들의 손속은 날이 갈수록 잔인해진다.

싸움에 지쳐 가고 있다는 증거다. 편히 쉴 틈도 없이 계속해서 은신술을 펼치고 있으니 심력이 소모되는 것은 당연하다.

'이런 싸움은 무의미해. 악명만 높일 뿐이야.'

종리추가 무인들을 죽이면 죽일수록 천외천은 명분을 얻는다.

'결단을 내려야 해, 한 사람이라도 더 살리기 위해서는.'

"부상자를 버린다."

종리추의 일갈은 모두에게 충격을 주었다.

소고가 멍한 표정으로 종리추를 바라봤다. 소고보다는 양호하지만 역시 싸움을 할 수 없는 소여은도 기가 막히다는 표정을 지었다. 한 발이 잘린 모진아만이 그윽한 눈길로 종리추를 바라볼 뿐이다.

종리추는 절대 수하를 버리지 않는다.

죽음에 임박해서도 혼자만 살겠다고 도주하는 속물들과는 차원이 다르다.

종리추를 문주로 모시며 따랐던 것은 살문이 강해서라기보다는 종리추에게 의지하는 마음이 컸기 때문이다.

이제 버린단다.

살문 살수들 중 종리추의 말을 곧이곧대로 듣는 사람은 없다. 종리추의 말을 바꿔보면 상황이 그만큼 어려워졌다는 것을 뜻한다.

"주공!"

적사가 먼저 입을 열었다.

"내가 적각녀를 사랑하고 있다는 것은 모두 아는 사실. 적각녀 혼자 버려두고 갈 수 없으니 내가 보살피죠."

적각녀라는 말만 들으면 팔짝 뛰는 소여은도 이번에는 아무 소리 하지 않았다. 적사가 사랑한다는 말을 했어도 듣지 못한 듯 종리추만 쳐다봤다.

종리추가 부상자를 버린다는 말은…… 종리추가 불쌍해 보인다.

뜻밖의 말이지만 종리추는 순순히 응낙했다.

"그것도 좋겠지."

"주공!"

이번에는 유구가 말문을 열었다.

"사부님은 한 발이 없으십니다. 얼굴도 많이 알려졌고… 남만인이라 단번에 티가 나고… 해서 제가 모실까 합니다."

종리추는 유구를 쳐다보았다.

그는 두 사람이 연달아 하는 말이 무슨 뜻인지 알아들었다.

"감정적으로 처리할 문제가 아냐. 부상자는 확실히 손을 묶어두기만 해."

"주공!"

좌리살검이 종리추를 노려보며 말문을 열었다.

"왜 이제야 말하십니까?"

"……?"

"혼자 가시겠다고 말입니다. 지금은 부상자를 버리고, 다음은 누구를 버릴 생각입니까! 그렇게 한 사람 두 사람 버리다가 종내에는 모두 버리고 혼자 가실 생각 아닙니까!"

"……."

"그럴 생각이었다면 왜 살문에 끼어들게 만들었습니까! 구류검수만 숙원이 있는 줄 아십니까! 우리도 있어요. 주공, 잊지 마세요. 주공은 우리에게 빚이 있습니다. 빚만 져놓고 어디로 도망가겠다고…… 무식해서 조리있게 말하지는 못하지만 좌우지간 떼놓고 도망갈 생각은 하지 마세요!"

종리추가 좌리살검을 쳐다보며 피식 웃었다.

"조리있게 말하지 못했다고? 아냐, 조리있게 잘 말했어."

종리추가 순순히 인정하니 더 이상하다.

"그래, 그러도록 하지. 빚이 있다는 걸 잊어버렸군. 모두 함께 가도록 하지."

더욱더 이상해진다.

종리추가 이렇게 순순히 뜻을 바꾼 적은 없었다.

모두들 서로의 얼굴을 쳐다보았다가 종리추의 얼굴을 쳐다보곤 했다. 그들의 얼굴에는 종리추의 내심을 알 수는 없지만 쓸데없는 행동을 하지 못하도록 단단히 감시하자는 표정이 역력했다.

종리추는 다른 생각을 했다.

이들을 버린다는 것은 역시 잘못된 생각이다.

시작을 같이했으면 끝도 같이 가야 하는 것을.

'생각해 내야 해, 죽지 않는 길을. 죽지 않고도 살문이 존속되는 길

을. 이대로 가는 길밖에 없지만, 이 길을 가면서도 죽지 않는 길을 찾아내야 해.'

시선을 푸르디푸른 하늘에 두었다.

종달새 한 마리가 시름없이 하늘을 날고 있다.

'단 한 명도 죽이지 않겠어. 죽음은 혈영신마, 혈살편복으로 족해. 후후후! 모두에게 특급살수가 되라고 했으면서 정작 나는…… 나부터 특급살수가 되어야지. 사랑하는 사람을 절대 죽이지 않는. 언제나 보호할 수 있는…….'

종리추는 자신에게 가장 중대한 문제를 냈다.

어쩌면 영원히 풀리지 않을 문제를.

『사신』 제12권으로…